讲给孩子的
世界文學五千年

中

侯会 著

生活 · 讀書 · 新知 三联书店

图书在版编目（CIP）数据

阅读的礼物. 讲给孩子的世界文学五千年. 中 / 侯
会著. -- 北京：生活·读书·新知三联书店，2025.
1. -- ISBN 978-7-108-07908-4

Ⅰ. I109-49

中国国家版本馆CIP数据核字第2024PK1462号

责任编辑　王海燕　王　丹
装帧设计　赵　欣
责任校对　张　睿
责任印制　卢　岳
出版发行　生活·讀書·新知三联书店
　　　　　（北京市东城区美术馆东街 22 号 100010）
网　　址　www.sdxjpc.com
经　　销　新华书店
印　　刷　河北鹏润印刷有限公司
版　　次　2025 年 1 月北京第 1 版
　　　　　2025 年 1 月北京第 1 次印刷
开　　本　635 毫米 × 965 毫米　1/16　印张 21
字　　数　160 千字　图 162 幅
印　　数　0,001－5,000 册
定　　价　468.00 元（全十册）
（印装查询：01064002715；邮购查询：01084010542）

目　录

第 **20** 天

司汤达谱写
《红与黑》

法国・18—
19世纪

话说法国大革命

"英国的女作家不止奥斯汀一位，像勃朗特姐妹，也都名满天下。可是她们比奥斯汀要晚一些，咱们暂时搁在一边，先来看看18、19世纪之交的几位法国文学家。"

爷爷的话音还没落地，沛沛提出了问题："上次讲博马舍时，您说《费加罗的婚礼》是法国大革命的前奏曲，法国大革命又是怎么兴起的？"

"这个问题提得好。往后咱们还要讲到司汤达、雨果、巴尔扎克……他们的作品里，都少不了对法国大革命的描述。"爷爷略一停顿，对源源说，"我看源源对历史挺感兴趣，就请你说说怎么样？"

源源点点头："我讲不好，不过可以试试看——法国大革命是1789年爆发的。那时资产阶级的代表单独组成国民议会，要求改革封建政治。法王路易十六派兵镇压，杀了不少人。于是巴黎全城的老百姓都行动起来，拆平了关押政治犯的巴士底狱。法王开头还假惺惺地表示拥护革命，暗地里却勾结外国军队准备反扑。后来狐狸尾巴露出来，这位国王也给送上了断头台。这是

1793 年的事。

"资产阶级建立共和国后，领导层里派别纷争挺厉害。政权几度转手，最终让一位屡建战功的将军夺去，这人就是野心勃勃的拿破仑。他在 1799 年夺得政权，五年以后，又把共和国改成帝国，自己当了皇帝。——有人说，法国资产阶级革命就到这一年为止；不过还有别的说法，认为直至 1815 年才结束。"

看着爷爷鼓励的眼神，源源接着说："这以后，拿破仑野心膨胀，妄图兼并俄国，结果在莫斯科城下打了败仗，回国后被流放到一座小岛上。路易十六的弟弟路易十八乘机复辟。然而没多久拿破仑又偷偷逃回来，纠集了千军万马，再进巴黎，重掌大权。

攻占巴士底狱

"这时英、俄、奥、普等国结成联军，向巴黎杀来。1815年6月18日，双方在滑铁卢展开一场血战。拿破仑终因寡不敌众，再度失败，被关到大西洋一座孤岛上，一直到死。法国资产阶级革命，也算告一段落啦。"

沛沛不觉鼓起掌来，可是看着爷爷那赞赏的笑容，沛沛的好胜心似乎受了点儿挫折，他叫了一声："爷爷，您今天打算介绍哪位作家呀？"

司汤达：曾随拿破仑打天下

就说说司汤达吧。说起他，你们大约并不陌生。那部著名的长篇小说《红与黑》就是他的大作。

司汤达（1783—1842）出生在法国东南部的城市格勒诺布尔。父亲是个有钱的律师，思想保守，待人总是冷冰冰的。母亲却正相反，又漂亮又温柔，司汤达从小就依恋着她。

司汤达

可不幸的是，在司汤达七岁那年，母亲去世了。幸而外公是个思想开通的好老头儿，他成了小司汤达"真正的朋友"。司汤达跟着外公读了不少书，同时接受了启蒙思想；对拥护皇上的父亲也更加反感。后来父亲因为反对共和而被逮捕，司汤达不但不难过，反而认为这是他罪有应得。

司汤达六岁那年，正赶上法国大革命爆发。看着满街的队伍和旗帜，他高兴得手舞足蹈。不久他进了共和以后开办的学校，受到进步教育，思想也更加成熟。在领袖人物里，他最崇拜拿破仑。十六岁那年，父亲让他去巴黎考大学，他却骑上马追随拿破仑打天下去了。

司汤达先后两次参军，还曾随军远征俄罗斯，一直打到莫斯科城下。兵败归来后，他自知贵族们绝不会让他过舒坦日子，于是动身前往意大利的米兰，在那儿一住就是七年。

在意大利，他真是如鱼得水。除了读书和旅行，他对意大利灿烂的文化遗产产生了浓厚兴趣，写了好几部音乐、绘画的评论专著，还结交了拜伦等人。他们志同道合，共同支持烧炭党人的秘密活动。因为这个，奥地利统治者把他们当危险分子驱逐出境，三十八岁的司汤达只好回到巴黎。

在巴黎，等着他的是挨饿。这会儿拿破仑已经失败，路易十八二次复辟，当然没有司汤达的好果子吃啦。可是饿肚子并没妨碍他张嘴说话。他常常在自由派的沙龙里发表反复辟的大胆言论，还给英国报刊投稿，抨击、讽刺法国的政治。此外他还写了不少文艺理论著作，像那部《拉辛与莎士比亚》就很有名。

《红与黑》中译本封面

司汤达真正拿起笔写小说，是四十岁以后的事。1827年，他的头一部小说《阿尔芒斯》问世了。小说写一对青年男女的恋爱悲剧，背景是1825年法王拨巨款为贵族赔偿损失的这段历史。书出版后，不仅没引起读者注意，反而招来朋友们的批评。而另一部小说，已开始在司汤达脑子里酝酿，就是这本《红与黑》。

《红与黑》：木匠儿子爱上市长夫人

《红与黑》的男主角叫于连，他本来是法国外省小城维立叶尔一个木匠的儿子，但他志向不凡，从小崇拜拿破仑，渴望有朝一日能进入军界，建功树勋，出人头地。后来小城盖起教堂，小于连忽然对宗教产生兴趣，声称要当个神父，并把一部拉丁文的《圣经》念得滚瓜烂熟，倒背如流。

地方上出了这么个年轻才子，立刻就有人请他去做家庭教师。于连去的是市长家，市长德瑞那是保王党，既平庸又粗鄙。他的妻子虽然年已三十，却仍旧十分漂亮，她是在圣心修道院长大的。她看不起粗俗的丈夫，便把一颗心全放在三个孩子身上。

可是现在来了这位年轻的家庭教师，人是那么英俊，又那么聪明、傲气。不知不觉地，德瑞那夫人竟爱上了这个十九岁的年轻人。她爱得那么认真而又热烈。

于连有一幅拿破仑像，他把它藏在床上的草褥里面。正赶上这天市长指挥仆人更换所有房间的草褥，若是这画像被人发现，于连可就完了。就在这紧急关头，德瑞那夫人冒着

《红与黑》插图之一

被丈夫发现的危险，替于连取回了画像。这全是爱情的驱使！德瑞那夫人还在皇帝驾到时，安排于连做了仪仗队队员，使他在众人面前大出风头。

开始时，于连并不真的爱德瑞那夫人。他对自己厕身的这个上流社会又仇恨又蔑视，他的野心大着呢。而一位高贵美丽的妇人爱上自己，又叫他的自尊心得到满足。于是没过多久，他也深深陷入这热恋之中。

不过德瑞那夫人的心却从此不得安宁。她的小儿子得了重病，她觉着这是上帝惩罚自己呢。爱情给她带来欢乐，也给她带来无穷无尽的悔恨和痛苦。终于有一天，一封匿名信寄到德瑞那市长那里，隐情给揭穿了。写信的是市长的政敌哇列诺，他曾一度追求过德瑞那夫人，没能得手，正怀着醋意呢。

《红与黑》插图之二

市长怎么处理这事？他不能赶走妻子，因为她有个阔姑妈，将给她留下一大笔遗产。至于于连，那就只好请他去"度假"啦。就这样，于连去了省里的神学院。

于连凭着自己的聪明与勤奋，很快成了院长彼拉神父的得意门生。后来院长又把他推荐给木尔侯爵当私人秘书。在去巴黎之前，于连又偷偷回了一趟维立叶尔。经过十四个月的别离，他跟德瑞那夫人不但没疏远，反而更加难舍难分。

侯爵小姐的浪漫夙愿

木尔侯爵对这个精明强干的年轻人十分赏识，于连自然也不会轻易放过任何向上爬的机会。为了完成政府交给的外交使命，他不惜冒生命危险；为此他得到一枚十字勋章，同时还赢得了侯爵小姐的爱慕。

侯爵小姐玛特尔是个傲气十足的姑娘，美丽、聪明、高贵、富有，她全具备了，她又怎能不骄傲呢！

她对家族中的一段秘史十分神往：她的一位祖上因与皇后偷情被砍了头，皇后深更半夜坐了马车，抱着情人的头颅将其埋在一处山脚下。这样的爱情多么浪漫，又多么刺激！

不少王孙公子追求玛特尔，可她偏偏看上了没钱没势的于连。不过她的脾气也是够难对付的。她让于连在大月亮底下爬梯子进她的卧室，为的是考验他的胆量。于连对她傲慢无礼时，她反而顺从得像只猫；于连刚表现出温情来，她又大发脾气，连损带挖苦。

不管怎么样，两人算是好上了，玛特尔还怀了孕。家丑不可外扬，侯爵只好给了于连一大笔钱，还给他弄了张骠骑兵中尉的委任状，甚至给他另寻祖宗，说他是一位贵族的私生子。——侯爵的女婿，当然不能是个平头百姓啦。

正当于连做着荣华梦的时候，他接到玛特尔的一封信，信上写着："一切都完了！"——怎么回事？原来德瑞那夫人给侯爵写了一封揭发信，这一来，于连的大好前程算是断送了！

于连读了玛特尔的信，二话没说，跳上车就去了维立叶尔。他下车买了两把手枪，走进教堂，看见德瑞那夫人正在做祷告呢。他朝她连发两枪，德瑞那夫人倒下了，于连也因此进了班房。

首席陪审官就是以前写过匿名信的哇列诺，如今他当上了省长。于连知道，贵族绝不会轻饶自己的；不同阶级之间，还会有什么同情和怜悯吗？果然，于连以蓄意谋杀罪被判处死刑。他不打算上诉，宁愿这么勇敢地去死。他不能让人撇着嘴说：到底是木匠的儿子，瞧，他害怕了！

德瑞那夫人不顾伤痛和别人的议论，到牢里探望他。于连这才知道，揭发信是由她的忏悔神父起草，逼着她誊写的。到这一刻，两人才觉出，他们相互间爱得多么深、多么无所畏惧！——玛特尔也来探监，不过于连发现，自己一点儿也不爱她。

根据《红与黑》拍摄的同名电影剧照

于连死后的当天夜里，玛特尔再次赶来。她把于连的头颅捧起来吻了又吻，然后乘着马车把头捧到一处山洞里掩埋了。她到底实践了那个神秘而浪漫的夙愿！两三天以后，德瑞那夫人也离开了人世。

于连：个人奋斗成样板

这是个哀婉动人的故事。于连的形象尤其令人难忘。他高傲而又顽强，永远以奋斗的姿态出现。他完全凭着个人的力量和才智，从平民小巷，一直攀登到贵族社会的大门口。这个行动本身，不就是对等级森严的封建社会的挑战吗？

普天下的年轻人，谁没有点儿狂妄与"野心"？于连的形象，成了他们心目中个人奋斗的样板啦！

于连的性格里充满了矛盾。他恨上流社会，却又拼命往里钻。

他讨厌虚伪，可为了适应环境，又不能不假意应酬。他崇拜拿破仑，最爱读卢梭的书，可他又接受保王党的勋章，替皇帝效力……到头来，一切努力都落了空。其实即使没有德瑞那夫人的信，贵族社会也不会听凭这个穷小子大摇大摆闯进他们的客厅的。

影视中的于连形象

小说中几个人物的心理活动，被作者描画得细腻而逼真。司汤达本来就是位心理分析专家，还发表过心理学的专著呢。这部小说，也被看作法国现实主义的第一部社会心理小说。

你问小说的题目是什么意思吗？有人说，"红"是军服的颜色。于连不是从小醉心于拿破仑的丰功伟绩吗？"黑"则代表着教会的黑袍。这一红一黑，正代表了两股政治势力。

小说内容还涉及从外省小镇到省会，再到首都巴黎的广阔范围，描画出王政复辟时期的社会图景。作者给这部书加的副标题是"1830年纪事"，可见这部书并非单纯的言情小说。

"写作过，恋爱过，生活过"

司汤达的小说，永远以眼前的社会做背景。他还写过一部

《吕西安·娄凡》，又名《红与白》。书虽然没能最后完成，但仍不失为半部杰作。书中写大银行家之子吕西安历经军政两界，以及涉足外交事务的经历，背景即是"七月王朝"时期。

他的另一部长篇小说《巴马修道院》，本来取材于中世纪一段真实历史，司汤达却把这个故事挪到19世纪，还让小说主人公投奔拿破仑，参加了滑铁卢大战。司汤达对自己生活的这个时代，感情太深啦。

司汤达晚年在外交部供职，曾任教皇统治下一个小城的领事，官场并不得意。他病逝于1842年，这年他差一岁六十。

司汤达一生有过十几次恋爱，却终生未娶。为他送葬的，只有他的妹妹、表弟和几个朋友，其中包括法国小说家梅里美和侨居法国的俄国小说家屠格涅夫。

司汤达曾在米兰待过七年，他把米兰当成了第二故乡。死后他的墓碑上刻着这样的铭文："亨利·贝尔，米兰人，写作过，恋爱过，生活过。"——亨利·贝尔是司汤达的本名。

司汤达在世时，他的小说不怎么受人重视。只有歌德、巴尔扎克、福楼拜等几位大家看重他的作品。当然，司汤达是知道自己作品的价值的，他预言说：到一百年后，人们才会阅读我的作品！

他说得不错。以后现实主义成了文学的主流，又出了那么多名著，涌现出那么多鲜明生动的人物形象，可是人们忘不了《红与黑》，忘不了傲岸不羁的于连，也忘不了司汤达这位现实主义文学的先驱人物。

浪漫主义两作家

源源问爷爷:"您刚才提到的福楼拜、巴尔扎克,也都是法国的现实主义小说家吧?"

爷爷说:"没错。不过跟司汤达同时代的作家里,也不全是现实主义作家。像史达尔夫人和夏多布里昂这两位,生于司汤达之前,都是浪漫主义作家;而大作家雨果比司汤达晚生二十年,那可是法国浪漫主义的大师级人物。——今天先说说前两位。

"虽然同属浪漫主义作家,史达尔夫人和夏多布里昂这两位的人生哲学、政治态度并不完全一致。史达尔夫人(1766—1817)原名热尔曼娜·内克,出生在一个大银行家家庭。后来她嫁给瑞典驻法国大使史达尔男爵,于是用了丈夫的姓。

"史达尔夫人才思敏捷,学识渊博,出入法国上层社会的沙龙,走到哪儿都是聚会的中心人物。她在政治上赞同资产阶级革命,对英国的君主立宪一向很倾慕。

"她在文学理论上成就很高。有一部《论文学》,是她三十二岁那年发表的,她在文中阐述了宗教、风俗及法律与文学之间的相互影响。她还把欧洲文学分成南、北两类,说英、德、北

史达尔夫人

夏多布里昂

欧代表着北方文学，富于想象力，情感更炽烈，也更富于哲理性；古希腊、古罗马及意大利、西班牙、法国代表着南方文学，却是追寻古人足迹，亦步亦趋的，因而她更喜欢北方文学。她的这部著作，成了法国浪漫主义的宣言。

"同是浪漫派，夏多布里昂（1768—1848）却是保守派中的才子。他出身贵族，为人高傲自负，性格孤僻，耽于幻想。他参加过保王党军队，打过仗，负过伤。王政复辟时候，还做过高官。

"他的两部小说《勒内》和《阿达拉》，都是宗教味儿很浓的作品。看看前一部吧。主人公勒内是个身世飘零的法国贵族子弟，性情忧郁，落落寡合。为了摆脱孤独，独自出国去旅行。但无论走到哪儿，苦闷总跟着他。

"他唯一的知心人是姐姐阿美利，可阿美利却突然不辞而别，进了修道院。后来他才知道，姐姐竟暗中爱恋着他，不得不到宗教中去寻求解脱。勒内痛苦万分，决心远走美洲，最终皈依了基督教。

"有人说，勒内是患了'世纪病'。——大革命一起，封建贵族的封地成了资产阶级的天下；一代贵族子弟成了失巢的鸟儿，怎么能不忧郁彷徨呢？这的确是没落阶级的绝症啊。

"夏多布里昂的文笔很漂亮，异域风光以及基督精神，在他笔下都极富感染力，有人称他是'法国浪漫主义之父'。但也有人讨厌他的卖弄与夸张，司汤达就把他称作'伪善者之王'呢。"

浪漫主义文学
巨匠雨果

法国·19世纪

青年雨果出手不凡

"法国巴黎的塞纳河边，有一座古老的大教堂。两座钟楼并肩耸立，宏伟又华丽。四方游客慕名而来，到了这儿，都不免要抬头望望，看那钟楼上是不是真有个漂亮无比的少女，身边还站着个驼背的'丑八怪'。——你们猜这是什么缘故？"爷爷扇着手中的扇子，等待答案。

沛沛说："那座大教堂是巴黎圣母院吧？有一部小说就叫

巴黎圣母院钟楼

《巴黎圣母院》。小说的女主人公是个漂亮少女，叫艾、艾……"源源接口说："是不是叫艾丝美拉达？""对！那丑男人是个敲钟人，好像叫卡西莫多。小说的作者是……雨果！"

爷爷微笑着点头说："不错。今天咱们就谈谈雨果，他可是法国最伟大的浪漫主义作家。

"雨果（1802—1885）出生在法国东部的贝桑松城。他父亲是位木匠出身的将军，一生跟着拿破仑东征西讨，屡建战功。

"雨果少年时代是在母亲身边度过的。母亲满脑了保王思想，跟父亲合不来。不过她早就看出雨果有文学天赋，因而并不逼着他上学读死书，只让他自由自在地发展自己的兴趣和爱好。

"雨果不负母望。他十七八岁就开始写诗歌，办杂志，二十岁时已出版了诗集《颂歌集》，还写了两篇小说。路易十八挺注意这个年轻诗人，两次赐给他年俸。这多半因为雨果的诗歌歌颂了保王主义的缘故。

"可是很快，雨果的思想起了变化。他结识了不少浪漫派文人，诗歌里也出现反对王政复辟、歌颂拿破仑的调门。

"他写了一部戏剧《克伦威尔》，虽然没能上演，可他为剧本写的长篇序言却引起了轰动。

雨果

这篇洋洋洒洒的大文章抨击了当时流行的伪古典主义，提出浪漫主义的文学主张来。这篇序言也就成了浪漫主义文艺的理论经典。两年以后，雨果的戏剧《欧那尼》上演，又在巴黎引起一场更大的热闹。"

《欧那尼》连演百场

《欧那尼》是拿16世纪的西班牙做背景。跟国王有杀父之仇的欧那尼流落江湖成了大盗，他跟吕古梅公爵的侄女素儿相爱，可素儿已跟她的叔叔吕古梅公爵订了婚；国王也来横插一杠子，几次三番要夺走素儿。于是国王成了欧那尼和公爵共同的情敌啦。

后来国王当选了日耳曼皇帝，赦免了欧那尼，还把素儿许配给他。可是在这之前，当欧那尼跟公爵结盟时，他曾把自己的号角赠给公爵，说是为报答公爵的救护之恩，无论何时，号角一响，他就会以命相酬！

就在欧那尼成亲的舞会上，一个戴黑面具的人出现了。他手拿号角，重复着欧那尼的誓言——欧那尼知道自己的死期到了！

欧那尼支开素儿，服毒自尽。素儿发现后，也饮鸩身亡。黑面人，也就是吕古梅公爵，见此情景，悲痛万分，便也拔剑自刎了。

这出戏不但带着反封建的意味，而且打破了古典主义的"三一律"。因而剧本还没上演，古典主义的拥护者已经准备捣乱了。

赞成浪漫派的年轻人当然不甘示弱，两派在剧院里摩拳擦掌对上阵。自然，血气方刚的年轻人占了上风，他们身穿大红大绿的奇装异服，热烈喝彩。可是大幕拉开，保守派的观众很快也被剧情吸引住了，竟忘了往台上扔垃圾！

剧还没演完，有两个出版商便拉住雨果，要买《欧那尼》的剧本版权。雨果说：忙什么，戏还没演完呢。出版商说：我看第二幕时，准备出价两千法郎；看第三幕时，涨到四千。现在是第四幕，我准备出六千。如果五幕都演完，非涨到·万不可！——雨果一笑，当场签字，接过六千法郎。此前他的衣兜里只剩五十法郎啦！

《欧那尼》连演百场，场场爆满，在法国舞台上创了纪录。从此，浪漫主义戏剧在法国站稳了脚跟。

《巴黎圣母院》：爱恨情仇在广场上演

《欧那尼》首演是1830年2月的事。这年7月，法国爆发了"七月革命"。波旁王朝垮了台，整个巴黎都沸腾了。本来雨果正准备写长篇小说《巴黎圣母院》，革命一起，他也满怀激情地投身进去，还当上了国民自卫队的军官。

眼看着转过年来，跟出版商约定的交稿日子只剩下五个月了。雨果为了赶时间，把所有衣服都锁进柜子里，从头到脚只裹一条毛毯，预备了一大瓶墨水，就这么足不出户地写起来。每天除了吃饭、睡觉，就只是写。据说点上最后一个标点，瓶里的墨水刚好用完——离交稿的日子，还差半个月呢。

《巴黎圣母院》写的是发生在15世纪的悲剧故事。巴黎圣母院的副主教富洛娄是个"假道学"，总是一脸高深莫测的冰冷神气。十六年前，他在圣母院门前捡了个弃婴。那孩子相貌奇丑、腰弯背驼。副主教给他取了个名儿叫卡西莫多，长大后就让他当了圣母院的撞钟人。卡西莫多把副主教看成大恩人，对他唯命是从，崇拜得不得了。

这天正赶上愚人节，广场上人山人海，热闹非常。有个卖艺的吉普赛姑娘艾丝美拉达，在人群里翩翩起舞。她的绝世美貌和曼妙舞姿，引得观众如痴如狂。

刚好副主教也挤在人堆儿里。他一见姑娘，就像着了魔似的。多年的苦行生活，他一直压抑着内心的欲念。这欲念一旦爆发，就再也控制不住！摆在他眼前的只有两条道儿：要么占有这姑娘，要么杀了她！

这天晚上，敲钟人卡西莫多受了副主教的指使，去抢这姑娘，刚好让弓箭队长菲比思碰上。姑娘得救了，敲钟人却给抓了起来。

第二天，敲钟人被绑在广场上挨鞭子示众。他口渴难忍，哀号着要水喝。围观的人只是嘲骂戏弄，副主教也躲在一旁。忽然，吉普赛姑娘出现了。她分开众人，把一罐水送到敲钟人嘴边。敲钟人生平头一回落了泪。

姑娘自从获救之后，就一直在巴黎的乞丐王国里栖身。她对年轻英武的弓箭队长总是念念不忘，便找了个机会跟他亲近。就在他俩到一处小旅店幽会的当口，有个黑衣人从黑暗中扑上来，照着队长就是一刀……

队长受了伤，姑娘被送上宗教法庭。法庭一口咬定姑娘是女巫，指使魔鬼伤害军官。姑娘屈打成招，下在死囚牢里。——其实那神秘的黑衣人正是副主教，他一刻不眨眼地盯着姑娘呢。眼下他又溜进牢房，跪求姑娘跟他逃走。姑娘却宁可死在绞刑架上。

天仙地鬼，美善永存

第二天，姑娘被带到圣母院前的广场上行刑。突然，敲钟人冲上前去，抱起姑娘就往教堂里跑，同时高喊着："庇护所，庇护所！"——原来按照当时的习俗，教堂是法定的避难地。进了圣母院，就是天王老子也无可奈何啦。

从这天起，这个天下最丑的男人，就成了这个最漂亮的姑娘的忠实朋友和恭顺仆人。卡西莫多爱艾丝美拉达，甘愿为她赴汤蹈火。谁敢欺负她，哪怕是恩人副主教，他也决不客气！

不久，宗教法庭放出话来，说不能让一个女巫亵渎教堂圣地，要派兵

《巴黎圣母院》插图之一

来捉这姑娘。巴黎的乞丐闻讯赶来，齐力攻打教堂，要救姑娘出去。敲钟人不明真相，拼命守卫教堂，不让乞丐冲进来。就在这当口，国王的军队从背后杀来。乞丐们腹背受敌，尸横遍地。而姑娘呢，却跟着一个前来救她的人，偷偷从后门溜出了圣母院。

可姑娘一旦得知救她的人是副主教派来的，便宁可去死！副主教见如意算盘落了空，便把姑娘交给了官军。姑娘终于被送上了绞架。

副主教站在钟楼上，眼看着绳子套上姑娘的脖子，忍不住发出一阵歇斯底里的狂笑。敲钟人却泪流满面，他恨透了主人。绝望之中，他一把将副主教推下了高高的钟楼……第二天，敲钟人也失踪了。

多年以后，人们在一座坟窟里发现两具紧紧搂抱在一起的尸骸，是一男一女；男的显然是个驼背。当人们想把他俩分开时，尸骸便化作了尘埃……

《巴黎圣母院》插图之二

这是一部浪漫主义的杰作。雨果把最美的和最丑的、最善良的和最邪恶的，放到一起做了鲜明的对照。——副主教表面是道德的化身，内心却最卑鄙，最污浊；弓箭队长空有一副好皮囊，却是个缺少灵魂的家伙。艾丝美拉达和卡西莫多，一个是天仙，一个是地鬼，可他俩偏偏都有一颗纯洁而善良的心。不过最终美与丑、善与恶又都同归于尽，让人感受到一种无边的悲哀。

《巴黎圣母院》出版后，震动了法国文坛。紧接着雨果又写了《逍遥王》《玛丽·都铎》等戏剧，出版了不止一部诗集。由于雨果在文学上的成就，他被推选为法兰西学士院院士，还当选了贵族院议员。那时他刚四十出头；由于有意从政，有一个时期，他对文学不那么上心了。

1851年，拿破仑的侄子路易·波拿巴发动政变，复辟帝制。雨果坚决站在人民一边，在枪林弹雨中四处发表演说，鼓舞人民奋起反抗。反动派要抓他，他便靠了朋友的掩护，逃出法国，开始了长达十九年的流亡生活。

《悲惨世界》：宽容感动了苦役犯

流亡生活是艰苦的。雨果一家常常住在四面透风的屋子里。可是他在精神上却并不苦闷，他喜欢这种生活：没人来打搅，也用不着出门去拜访应酬；只是关起门来，安静地读，安静地想，安静地写。也许，假如没有这段流亡生涯，世界文学宝库中，就将失去一批小说杰作；法国文学史，也要大大减色啦。

说说雨果在流亡时期创作的长篇巨著《悲惨世界》吧。故事从1815年写起，小说的主人公冉阿让是个苦役犯。十九年前，他失了业。由于不忍听外甥们啼饥号寒，便去面包店偷了一片面包。这一片面包，给他换来五年苦役。他一次次试着越狱，刑

根据《悲惨世界》改编的同名电影海报

期也随之一次次延长。眼下，他刚刚获释出狱，衣衫褴褛，无家可归，没人肯留他过夜，他连个狗窝也找不到。

德高望重的卞福汝主教热情收留了他。可冉阿让对这个世界充满了仇恨，他谁也不相信。半夜里，他偷了主教家的银器悄悄溜出了门，但不久就被巡逻的警察抓住，押回主教家。不料主教告诉警察，银器是他送给冉阿让的，他这儿还有一对银烛台，冉阿让忘了捎走啦。——敢情世上真有这样宽容仁爱的人！冉阿让被主教彻底感化了，决心重新开始他的人生旅途。

他在海滨城市蒙特伊住下来，改名叫马德兰，凭着服苦役时学会的手艺，开办了一家磨制首饰的工场。工场的发达推动了小城的繁荣，冉阿让也因此被推选为市长。

有一回，有个老头儿被一辆翻倒的马车压住了。这位市长看见了，跑上去用肩一扛，救出了老头儿。这情景被警探沙威见到了。沙威想起，他一生见过的人里头，只有一个人有这样大的力气：那就是他曾看管过的苦役犯冉阿让。——莫非这位马德兰市长就是冉阿让吗？

可是他的疑虑不久就打消了。因为他听说冉阿让因为行窃而再次被捕，正押在阿拉斯呢。沙威是个忠于职守的警探，不允许自己有怀疑上司的念头，便找到市长，一五一十做了忏悔。这则无心得到的消息却让冉阿让陷入苦思中：自己既已决心改恶从善，又怎么能让一个面貌相似的人在阿拉斯代己受过呢？他决定前去投案。

冉阿让赶到法庭，说出了自己的真名实姓。就在法官犹豫不决的时候，他又匆匆赶回蒙特伊。因为他还有件重要的事要办呢。

珂赛特的人生奇遇

原来，冉阿让的工厂里有个漂亮的女工叫芳汀。十五岁那年，她因受人欺骗而怀了孕，生下个女孩，取名珂赛特，寄养在一家小酒店里。酒店主人德纳第夫妇贪得无厌，不断向芳汀索要钱财。芳汀不得已，卖掉了自己的飘飘长发和珍珠般的牙齿，最终走投无路，当了烟花女。

有一回，有个花花公子无端欺负她；她奋力反抗，却被沙威不容分说关了起来。冉阿让同情这姑娘的遭遇，不但解救她出狱，还替她治病。这回冉阿让赶回来，正是要为她做好安排。

芳汀在病榻上奄奄一息，她唯一的愿望是再看小女儿一眼。就在这时，沙威追踪而至，冉阿让当场被捕。芳汀一口气上不来，带着对女儿的思念，永远离开了这个世界。

再说芳汀的女儿珂赛特，孤苦伶仃地住在德纳第夫妇的小店里，苦活累活全是她一个人的。圣诞之夜，恶夫妇还逼着她到黑

《悲惨世界》插图之一

树林里去提水——要知道，她才只有八岁啊。

就在珂赛特又累又怕的当口，一只有力的大手接过了水桶。这是个高大的汉子，一直帮她把水桶拎到小店门口。大汉住进小店，一个劲儿打量小珂赛特。他见珂赛特挨打挨骂，连个玩具都没有，就买来个昂贵的娃娃送给她。经过一番讨价还价，大汉支付一千五百法郎，把孩子从恶夫妇手里赎出来，带她去了巴黎。

这大汉就是冉阿让，他是从牢狱里逃出来的。在蒙特伊开工场时，他赚了一大笔钱。如今他在巴黎郊外买了一所老屋住下来，爷孙俩的日了过得倒也安稳。

不过嗅觉灵敏的警探沙威很快又追踪而至，冉阿让不得不带着珂赛特逃进一座修道院。刚好修道院里的一名园丁死了，冉阿让顶了园丁的名字。以后爷孙又迁出修道院，另觅房子住下。渐渐地，珂赛特已经出落成大姑娘了。

珂赛特结识了小伙子马利于斯，那是个贵族子弟。他为人正直，跟珂赛特情投意合。可不久冉阿让却碰上了麻烦。原来马利于斯有个邻居，就是当年开酒店的德纳第，如今他在巴黎当上了流氓头子。他认出冉阿让是被通缉的逃犯，便向沙威报警；又把冉阿让骗到家里，要敲诈他二十万法郎。

马利于斯赶来搭救冉阿让，沙威也闻风赶来。冉阿让却趁乱溜走了。

人道理想传芳馨

这会儿正是1832年6月，巴黎爆发了反政府的起义。冉阿让和马利于斯都参加了街垒战。起义军抓住一个奸细，那人正是沙威。冉阿让主动请求把奸细交给他处置，可一转身，他却把沙威放了。

不久，起义军弹尽援绝，不少人壮烈牺牲。冉阿让背着负伤昏迷的马利于斯，顺着下水道来到塞纳河出口处。

真是冤家路窄，冉阿让再次碰上了沙威。冉阿让请求沙威容他把伤员送回家，沙威竟答应了。——此刻沙威脑子里一派混乱，他觉着自己的信念已经动摇了，再也不是恪尽职守的好警探。他终于禁不住内心的自遣自责，在河边徘徊了一阵子，便一头扎进了塞纳河……

《悲惨世界》插图之二

马利于斯伤愈后，跟珂赛特成了婚。冉阿让拿出自己全部财产五十八万法郎，给珂赛特做陪嫁，自己只留下一点点。——谁想马利于斯听说冉阿让曾是苦役犯，只怕这钱来路不正，不大乐意跟这位神秘的老人再来往。冉阿让知道人家嫌弃自己，从此杜门谢客，再也不肯露面。

一个偶然的机会，马利于斯得知，冉阿让就是把自己从死人堆儿里背出来的救命恩人，他顿时觉得，只有圣人和基督才会有这么高尚的德行！可是当他跟珂赛特赶去看望老人时，冉阿让已病入膏肓，奄奄一息啦。

临终时，冉阿让把那对珍藏了半生的银烛台交给珂赛特说："我不知道，此刻给我这烛台的人，在天国里是不是对我满意呢。"——一对年轻人跪在床前紧紧拉着他的手，他就那么安详地闭上了眼睛。

《悲惨世界》总共五卷，雨果前前后后写了十六年，这还不包括拟定提纲、搜集材料所用的五年！

小说控诉了法律的冷酷不公，对穷苦百姓的苦难遭遇也寄予了无限同情。主人公冉阿让是个工人，为了一片面包，竟坐了半辈子牢狱，一生没能逃脱法律的追踪迫害。仇恨一度使他变得冷漠，可是卞福汝主教的感化却唤醒了他心中的善与良知。他最终成了宽恕一切、舍己为人的圣人。不管这么写是否真实可信，重要的是，通过这个人物，雨果阐述了他的人道主义理想。

小说中的沙威是冷酷无情的法律的象征。他一生死死缠定冉阿让，完全是一架没有思想的机器。一旦恢复了一点儿人性，他的人生角色也便演不下去了。——雨果在这里抨击的，不正是那与人性对立的法律制度本身吗？

芳汀和小珂赛特的遭遇，特别让人同情。可是人们掩卷沉思的时候，不禁会想：要把芳汀和珂赛特们救离悲惨世界，单凭博爱和宽容也许还不够吧？

《九三年》：当革命撞上人道主义

雨果身在国外十九年，他的心却一刻没有离开法国。他不断写诗写文，抨击国内统治者。像讽刺诗集《惩罚集》，就是在国外写成的。1870年，普、法之间起了战事，法军大败，拿破仑三世被俘。法国国内又爆发了革命。就在祖国危难的当口，年近古稀的雨果回到了巴黎。他做演说，写文章，捐款买大炮，还当选了议员。

1871年3月18日，巴黎又爆发起义——就是著名的巴黎公社起义。当时雨果正在比利时。开头他对起义不理解，后来听说公社社员遭到屠杀，他愤怒了！不但在报上发表抗议书，还打开别墅大门，让公社社员在自己家落脚避难。为了这个，他

《九三年》插图之一

被比利时政府勒令离境。

这以后，雨果抓紧时间创作。七十多岁时，他的又一部小说杰作《九三年》问世。

这里说的"九三年"，是指1793年，也是法国大革命后两股势力生死搏斗的关键一年。6月的一天，有一艘军舰向法国海岸驶来，军舰上载着由朗德纳克侯爵率领的保王党军队，他们是潜回国内发动政变的。军舰中途触礁，又遇上法国的巡逻艇，眼看靠不了岸啦，可侯爵还是坐着舢板登上了海岸。

侯爵一到，立刻组织起保王军，向一支巴黎国民军的红帽子联队发动袭击。残忍的保王军枪杀俘虏，烧毁村庄，还掳走三个被联队收养的孩子。

共和军司令郭文子爵，恰是朗德纳克侯爵的侄孙。爷孙俩如今站在对立的阵营里，成了你死我活的仇敌。尽管侯爵既残忍又狡猾，却还是斗不过这位晚辈。几经交锋，侯爵的保王军被打得落花流水。

巴黎共和国的领袖们并不怀疑郭文的才能，可是对他的致命弱点——心慈手软，却有点不放心。于是一位政治委员被派去辅佐郭文。

这位政治委员不是别人，正是郭文过去的家庭教师，名叫西穆尔登。他本是位教士，心地高洁，博学多识。他孤身一人，把郭文看成了自己的亲儿子，在他身上倾注了自己全部的爱和理想。郭文能够有今天，全是这位恩师培养的结果。师徒久别重逢，激动之情自不必说。

却说共和军节节胜利，侯爵已是全军溃散，只剩下十几个人，龟缩在一座旧碉堡里。为了防备共和军从桥头进攻，他们还把掳来的三个孩子关在桥头堡里，堆上干柴柏油，当作人质。就在共和军摸进碉堡的一刻，一名匪徒点燃碉堡的柴草，三个孩子顿时陷在一片火海里。

就在这千钧一发之际，本来可以逃脱的朗德纳克侯爵，却突然转身向碉堡爬去。——所有人当中，只有他一个人有碉堡的钥匙。火光映着白发，侯爵把三个孩子救了出来，自己却束手就擒，被关进了地牢。

郭文跟侯爵之间，早已恩断义绝了。可是今天，郭文却坐立不安了：侯爵固然罪不容诛，然而看他今天的举动，不正可以抵销以往的罪恶吗？人道与革命利益起了冲突，郭文狠狠心，放走了侯爵，自个儿留在了地牢里。

恩师西穆尔登铁面无私，按照革命法律判处郭文死刑。临刑前夜，他来到牢中跟郭文告别。天一亮，郭文上了断头台。就在那颗年轻的头颅滚落之际，传来一声枪响，西穆尔登也举枪自杀了。"师徒如父子"，两个灵魂，到另一个世界里会合去了。

《九三年》插图之二

革命利益固然崇高，人道主义难道就不高尚吗？"在绝对正确的革命之上，有一个绝对正确的人道主义！"——郭文这种矛盾思想，反映的正是作者自己的内心矛盾啊。

无上荣名来自伟大人格

爷爷停住话头。孩子们也默不作声，仿佛仍在琢磨这话的含义似的。还是沛沛打破沉默，问爷爷："雨果还写过别的小说吧？"

"还有两部长篇，一部是《海上劳工》，一部是《笑面人》，都是雨果流亡在外时写的。《海上劳工》写一个名叫吉利亚特的渔人，他在大自然面前是条好汉，狂风恶浪、暗礁章鱼，全不在话下。可是他闯不过爱情这一关。他发现未婚妻的心里有了年轻的牧师，便绝望地溺水自杀，以此成全了他人的美满婚姻。

"《笑面人》写一个可怜的孩子关伯伦，落到人贩子手里，被开刀毁容，制造了一副笑口常开的怪脸。他被一位江湖艺人收留，并跟艺人的瞎眼养女好上了。后来一个偶然机会，笑面人发现自己原是贵族后裔。可他拒绝回到贵族社会，宁愿跟着患难与共的伙伴们浪迹天涯。

"以后盲姑娘病死了，笑面人也蹈海自沉，追随爱人而去。——笑面人跟钟楼怪人都属于貌陋心善的人物典型。可笑面人对社会的反抗似乎更强烈，这部书的社会意义也更深刻。

"雨果一生勤奋写作六十年，作品多得数不清。文学创作给他带来巨大声誉。当他从海外归来时，成千上万人到车站去欢迎他。人们高喊着'雨果万岁',齐声背诵他的《惩罚集》里的诗句。雨果满面热泪地对群众发表演说:我二十年流亡,你们用一个小时就补偿啦!

"雨果八十岁生日那天,巴黎六十万人大游行,拥到他的窗下向他祝寿。外省也派来代表团,门前鲜花堆积如山。据说这一天,中小学一律取消了对学生的处分。

"雨果是1885年5月18日去世的。下葬那天,二百多万人组成送葬队伍,护送着灵车经过凯旋门,缓缓走向先贤祠 ——只有民族伟人,才有资格安葬在那儿。雨果生前死后所受到的爱戴和礼遇,在古往今来的文人中,可算是独一无二!

"对了,雨果作为一位伟大的人道主义者,他的目光,还注视过咱们中国呢。英法联军火烧圆明园时,雨果正流亡在外。听到这个消息,他义愤填膺,写信指责说:有两个强盗闯进圆明

法国巴黎先贤祠

园，一个掠夺，一个放火……一个叫法兰西，一个叫英吉利！

　　"其实雨果不单关心中国人民，还关心墨西哥人民、波兰人民、俄国人民……大概正因为他有着如此宽阔、博大的胸怀，才能写出那样伟大的作品来吧。"

看破『人间喜剧』的巴尔扎克

法国·19世纪

横眉观世界，"喜剧"满人间

爷爷吃过饭，拿着蒲扇踱到大槐树下，听见沛沛跟源源正在切磋呢。

"爷爷说雨果是浪漫主义大师，可我看那部《悲惨世界》，内容还是蛮'现实'的。"沛沛说。

"是啊，现实主义又有什么特点呢？"源源有些疑惑。

"就是描写现实生活呗！"沛沛回答。

"沛沛说得对。"爷爷接过话头，"不过除此以外，现实主义还强调深入细致地体察生活，从人物跟环境的联系入手去塑造典型性格。有时现实是很丑恶的，但现实主义却不逃避它，而是勇敢地揭露它，批判它，因而又有了'批判现实主义'这个称谓——可别把它理解成'批判'现实主义，它的含义是'抱着批判态度的现实主义'。

"现实主义作品往往气势恢宏，像是一面大镜子，反映着广阔的社会画面。在刻画人物时，又喜欢用心理分析的手法。前天说过，司汤达的《红与黑》不就是一部社会心理小说吗？

"现实主义文艺思潮源远流长，古希腊、文艺复兴、启蒙运动时期，都有过高潮。而近代现实主义的抬头，是在19世纪30年代，它正是以《红与黑》的问世为标志的呢。

"不过说到19世纪法国现实主义巨匠，不能不首推巴尔扎克，他可是法国文学史上最富传奇色彩的大作家了。

"巴尔扎克比雨果早生三年，又比雨果早死三十五年，可一生的小说作品却比雨果多不少。早期作品不算，单是那组题为《人间喜剧》的系列小说，就包括了长短不一的九十一部小说。就算他刚生下来就会写作，平均起来一年也有两部呢。

"照巴尔扎克的分法，《人间喜剧》的作品分为三大类：'风俗研究''哲理研究'和'分析研究'。其中'风俗研究'内容最丰富，里面又分成六小类：私人生活、外省生活、巴黎生活、政治生活、军队生活和乡下生活。每一小类里，作者计划着写十几部或几十部。

"《人间喜剧》这个总题目，是作者在1842年想出来的；这还是受但丁《神曲》的启发呢。《神曲》最早不就叫《喜剧》吗？当时，巴尔扎克已经写了二十几部，全是以当代社会生活为题材的。他计划着总共写一百四十三部，合起来，就是一部用文学语言记录的当代史了！——他曾说过：法国社会是位历史学家，我就是他的记录员！

巴尔扎克《人间喜剧》全集

"可惜巴尔扎克只写出计划中的九十部，还有四十多部没来得及写，他就去世了。"

巴尔扎克：倒霉童年造就伟大作家

不过巴尔扎克小时候，并没显示出多少天赋来。他父亲本是外省一个打短工的农民，进城后，在大革命那阵子当上了军队里的军需官，狠狠捞了一大把。五十岁那年娶了个十八岁的年轻姑娘，不久就生下了巴尔扎克。

说来可怜，当娘的并不喜欢这孩子。巴尔扎克一落生，就给送到别人家去养活，长大后又被送进一所寄宿学校。据说他读书六年，跟家里人只见过两面。一个孩子失去母爱是件悲惨的事，巴尔扎克只有到课外书里去寻找快乐。他整天读呀读的，挺结实的身子骨，竟瘦得不成样子，功课也成了倒数第几名。为了这个，他休学回了家，他娘更是把他看成了废物。

巴尔扎克后来勉强进了大学读法律，可他爱的却是文学。毕业后，他说什么也不肯进律师事务所，只求爹爹供他两年饭钱，他要在巴黎闯出一条文学之路来。

巴尔扎克

他租了一间透风漏雨的小阁楼，每日挥笔疾书。饿了啃几口干面包，困了喝几口黑咖啡，这个刚满二十岁的小伙子干劲儿足着呢。

可是一干十年，他除了为糊口，用假名字发表过一些通俗小说外，并没有取得预想的成就，反而欠了一屁股债。

原来，这期间他认识了一位比他大二十二岁的贵妇贝尔尼夫人。巴尔扎克自幼缺少母爱，如今仿佛从贝尔尼夫人这儿得到了补偿。贝尔尼夫人鼓励他深入生活，别净面壁虚构；还先后给了他好几万法郎，让他去做买卖。

巴尔扎克先是办出版公司，接着又干印刷厂。可他天生不是当老板的材料，几年下来，不但一个子儿没赚，反而赔了六万法郎！

债主逼债，警察局也发出通缉令。巴尔扎克走投无路，只好隐姓埋名，躲进一间小屋子里，再度开始写作生涯，想用稿酬填上这个债窟窿。

大概是十年练笔打下了基础，又加上生意破产使他饱尝了人间风雨、世态炎凉，巴尔扎克的文学才能终于成熟了。此后二十年里，他发狂般写作，一部接着一部的小说杰作，从他的笔下流水似的涌了出来。他那《人间喜剧》的近百部作品，就全是在后半生里完成的。

这些小说单是列个清单，也得念上一阵子。拣重要的说，有《高老头》《欧也妮·葛朗台》《幻灭》《农民》《夏倍上校》《邦斯舅舅》《贝姨》《驴皮记》《高布塞克》《搅水女人》《皮罗多兴衰记》《于絮尔·弥罗哀》《幽谷百合》……其中最有代表性的，要数《高老头》了。

《高老头》：穷汉偏有阔闺女

高老头本名高立奥，是位退了休的面粉商人，如今住在巴黎偏僻角落的伏盖公寓里。这家客店阴冷寒碜，散发着霉味。住店的全是些底层人物，有穷大学生拉斯蒂涅，黑帮头子伏脱冷，被赶出家门的阔家小姐泰伊番，医科学生皮安训，老姑娘米旭诺和她的影子波阿莱先生……而一副窝囊相的高老头，自然成了餐桌上众人取笑的对象。

可是有一天半夜，拉斯蒂涅参加舞会回来，无意中从锁孔里看见，高老头正在把一些金器银器绞成金条银条呢。怪事还不止这个，平时总有两位漂亮的贵妇人来找高老头。这一切引起众人的怀疑：莫非这老头儿品行不端吗？

拉斯蒂涅是南方破落贵族子弟，一心想钻进巴黎上流社会。可是他头一次到雷斯多伯爵夫人家，就因为提到高老头的名字而被赶了出来。带着一肚子的委屈与好奇，他又来到鲍赛昂子爵夫人家里。她是拉斯蒂涅的远房表姐，如今正因为自己的情人跟一个暴发户的女儿订了婚而独自哀伤呢。

经子爵夫人指点他才知道，原来雷斯多伯爵夫人正是高老头的大女儿。老头儿的二女儿也是位贵妇人——银行家纽沁根的夫人。高老头一心爱着两个女儿，在她们结婚时，给了她们大笔嫁妆，自己只留下不多的一点儿积蓄。他本以为自己从此可以有两个温暖的家，谁知波旁王朝复辟以后，两个女婿都摆出贵族的臭架子，不准老头儿再上门。于是老人不得不搬进花费不多的低级公寓，过着最俭省的生活。

就这样，当两个女儿因生活荒唐急需金钱时，还不时来压榨老头儿。拉斯蒂涅这才明白灯下绞金条和贵妇光临小客店是怎么回事。

在子爵夫人提携下，拉斯蒂涅结识了纽沁根夫人。其实这位银行家的妻子，手头也十分拮据。为了弄钱，拉斯蒂涅两眼又盯上公寓里的泰伊番小姐。黑帮头子伏脱冷乘机拉拢拉斯蒂涅，说他可以派人杀掉泰伊番小姐的哥哥，好让泰伊番小姐能独得百万遗产。条件是事情一旦得手，得分给他百分之二十做抽头。

拉斯蒂涅虽然想钱想得要命，却还不敢卷进谋财害命的勾当。他正待向泰伊番小姐的哥哥通风报信，伏脱冷却早在拉斯蒂涅的酒里下了迷魂药，把他迷倒。

不过到了第二天午餐时，伏脱冷的杯了里也让人下了迷魂药。原来公寓里的老姑娘米旭诺得知伏脱冷的底细，向警察局告了密。优脱冷酒醒时，发现自己已经落入警察手中。

高老头的两个女儿还不断来找爹爹。小女儿纽沁根夫人新从爹爹那儿弄了一万两千法郎，布置她跟情人拉斯蒂涅的新巢穴。大女儿雷斯多伯爵夫人则向老人要钱替情人还赌

《高老头》插图

债。最后，老人抱着病身子跑去卖掉仅剩的几件银餐具，还抵押了少得可怜的年金，总算凑足了一千法郎；而这只是为了替大女儿支付裁缝账，为了让她穿着盛装，在舞会上高兴一晚上。

就在高老头躺在阴冷的公寓里生命垂危的时候，他的两个如花似玉的女儿，正在子爵夫人的盛大舞会上大出风头呢！经历了这么多事，拉斯蒂涅看透了一切。给老人送葬时，老人的女儿女婿一个也没露面。拉斯蒂涅亲手安葬了老人，同时也埋葬了他青年人的最后一滴眼泪。

在黄昏中，他双臂抱胸，从公墓高处望着巴黎的贵族区，说了句：现在咱们来拼一拼吧！——他要投身到这个污浊的社会里去大干一场呢。

高老头是做投机生意起家的，他的钱，无疑是不干净的。可他对女儿那份舐犊之情，却着实让人感动，尽管那爱里带着几分病态。他心里也明白：两个女儿对他只是虚情假意，她们看重的是他的钱袋。一旦没了钱，他便像是一只被榨干的柠檬，抛到街上再也没人过问。——在这个社会里，金钱成了一切的中心；什么父女之情、夫妻之爱，全都染上了铜臭！

《夏倍上校》：金刀斩断夫妻情

在另一部小说《夏倍上校》里，巴尔扎克写了一出金钱扼杀夫妻情的悲剧。夏倍上校是拿破仑手下的一名军官，在一次战斗中负了重伤，好不容易从死人堆里爬出来，被一个农民救活了。

他在国外流浪十年，终于回到了法国。可创伤和苦难彻底改

《夏倍上校》插图

变了他的相貌，没人能认出他来，更没人相信他的话。他的妻子呢，早就带着他的财产嫁给了一位伯爵。

夏倍找上门时，她先是拒不相认，继而哀求夏倍别破坏她的幸福；接着又拿出几个钱，想把他打发走。夏倍上校气愤极了。他鄙视这个女人，不要她的钱，头也不回地走了。——老军人后来贫病交加，死得很惨。

一个人没有钱，妻子不认他做丈夫，女儿不管他叫爹爹，这正是巴尔扎克所处的那个时代的真实情况。还是伏盖公寓里的黑帮头子伏脱冷看得透彻，他告诉初出茅庐的拉斯蒂涅：这年头"有财便是德"——这真是19世纪法国社会的金科玉律呢。

巴尔扎克的笔下还出现一批吝啬鬼形象，譬如《高布塞克》里的高布塞克。他专以放高利贷为业，一心算计别人，为几个法郎也斤斤计较，却耽误了享受的工夫。

临死时，人家发现他的贮藏室里堆满一包包棉花、一桶桶糖和甜酒、咖啡、染料、烟草，还有各式各样的家具、银器、书籍、古董，甚至连腐烂的馅饼、发霉的吃食也一应俱全呢！——看来，剥夺与积累是守财奴的最大乐趣和享受，吃喝穿戴倒在其次呢。

"剩女"欧也妮爱上堂兄

在巴尔扎克笔下还有比高布塞克更吝啬的家伙呢，就是《欧也妮·葛朗台》中的葛朗台，他是欧也妮的爹爹。

葛朗台本是索漠城里的箍桶匠，大革命时靠着行贿，轻而易举地弄到本地最好的葡萄园，后来还一度当上区长。由于经营有方外带假公济私，他发了横财。以后又连得几笔遗产，成了当地首富，还得到贵族头衔。

就是这样一位"大阔佬"，却从来不买肉，不买面包；自有他的佃户送来一切，连柴火也是佃户们把田头地角的破篱枯木锯好，用小车给他运进城来。——每年不管秋天多冷，他家总要到十一月才生火；又在来年三月准时停火，从不管秋寒早到或春寒晚走。

葛朗台的妻子虽丑，却给他带来三十万法郎的财产。然而他给妻子的零花钱，一次从来不超过六法郎！有时他自己都觉得过意不去，便在卖酒时，逼着酒商给妻子一百法郎"中介费"。就是这笔钱，也常常被他从妻子手里"借"走，还总是"忘了"还！

老头儿当然也爱闺女，但也只在她过生日时才给她一个金币。女儿和母亲终年坐在客厅里忙活着，就像两个女工，一家人的内衣和被服全靠这两双手呢。女儿想给妈妈绣一方挑花围领，得挤出睡觉的时间，还要找借口从爹爹手里多骗一根蜡烛——全家的蜡烛和面包，每天都由老头儿亲自分发！

《欧也妮·葛朗台》中译本封面

欧也妮二十二岁生日那天，刚好她的堂兄查理从巴黎来。查理的爹在巴黎做生意破了产，自杀之前把儿子打发来投靠伯伯。自从堂兄来后，不知为啥，欧也妮开始注意起自己的打扮来。不但头发梳得光光的，还换上新袜子；并为堂兄张罗吃的喝的——她爱上查理啦。

葛朗台老头儿可不愿意添人进口，增加开销，何况是这样的穷亲戚。查理觉察出自己不受欢迎，便决心到海外去闯荡。欧也妮拿出自己历年积蓄的六千金法郎交给了他。查理热泪盈眶，把母亲留给他的一个纯金梳妆匣交欧也妮替他保管。临行前两人山盟海誓，而老头子没给他一个子儿。

眼冒金光的葛朗台

后来葛朗台发现女儿积蓄的金币不见了，一气之下把她关了起来，每天只给她一点儿面包、凉水。女儿倒没怎样，当娘的先急病了。老头儿的公证人克罗旭劝他放了女儿，还告诉他，一

旦当娘的死了，女儿有权继承娘的一半遗产。葛朗台这下慌了手脚，为了保住财产，不得不向女儿屈服。

那天晚上，葛朗台走进太太的房间，见女儿跟太太正端详一个金匣子呢。——葛朗台对黄金有一种特殊的癖好，人们常说：你瞧这家伙的眼睛，黄澄澄的，就跟染上了金子的光彩一样。此刻他一见金匣，一纵身扑了上去，像是一只老虎扑向婴孩。他赞叹着："噢，是真金，这么多金子，有两斤重！啊，查理拿这个换了你的金洋是不是？干吗不早告诉我？这交易划得来，乖乖，你不愧是我的女儿……"

老头儿说着，掏出刀子来就撬那匣上的金板，要不是女儿抓起刀子以自杀相威胁，他才不肯罢手呢。

这以后，老伴死了。老头儿连哄带骗，把女儿应该继承的那份遗产弄到手，他的钱更多了。

可是金钱买不来寿数，葛朗台终于死了。本区的教士来给他做临终法事，带着镀金的十字架、烛台等。这些法器一出现，葛朗台那一动不动的眼珠突然放出光来，目不转睛地瞧着这些金光闪闪的法器。神甫把十字架送到他唇边让他亲吻，他的手猛地做出一个吓人的姿势，仿佛要把十字架抓在手里——可这么一挣扎，他彻底咽了气！

千万富婆的"寒酸"人生

爹死了，欧也妮这才知道，自己成了千万富婆啦！——然而她心里还一直惦记着查理呢。

查理终于回来了，他在印度发了财，回来后却跟一位贵族小姐结了婚。他给欧也妮寄来一张八千法郎的支票，算是知恩报恩，连本带利偿还，同时向她讨还金匣子。

欧也妮伤透了心，然而她默默地忍受着，还替查理偿还了他爹欠下的四百万债务，成全了查理的婚姻。

以后她随随便便嫁了个老头儿，不久老头儿就死了。她三十出头，却像是四十岁的妇

画家笔下的巴尔扎克

人。她每年有八十万法郎进项，便用它们办养老院、小学校和图书馆。可她自己再也改不掉老习惯：穿着旧衣裳，住在阴森森的老宅子里……她这一辈子，就这么毁啦。

巴尔扎克写吝啬鬼，连带写出一个资产者精明强干、白手起家的经历。人们读着小说，便也看到了历史。《欧也妮·葛朗台》中这位当爹的贪婪成性，做女儿的却善良纯洁，这种对比，刚好跟《高老头》相反，只是中心都没离开那个"钱"字。

贝姨眼中的淫靡世界

长篇小说《贝姨》则描画了社会风气淫靡的这一个侧面。贝

姨是个丑陋的老姑娘，因为跟于洛男爵沾点儿亲，就住在男爵家里。读者正可以通过她的一双冷眼，看尽那个社会的堕落。

于洛男爵立过军功，在政府担任高官，却是个好色之徒。他的一个下属为了升发，听任妻子华莱丽做他的情妇。华莱丽是巴黎贵族沙龙中有名的荡妇。她一面跟男爵姘居，一面又与暴富的花粉商克勒凡眉来眼去，还勾上一个年轻的艺术家，又不能忘情于她的旧日情人蒙丹士。这后一位刚从巴西发洋财回来。

于洛男爵在女人身上荡尽家财，便盗用二十万公款，去干违法生意。事发之后，他拍拍屁股从家里溜走了，害得贤惠的男爵夫人病得死去活来。华莱丽呢，甩掉男爵后，嫁给了老花粉商克勒凡。其实她想着独吞老头儿的财产，最终跟旧情人蒙丹士快活自在呢。——结果她跟克勒凡得了一种不治之症，双双病死。克勒凡的百万家私反而归了于洛男爵的儿子，因为他正是克勒凡的女婿。

于洛男爵夫人终于找回了男爵。男爵在外面穷困潦倒，却本性难改，仍旧跟一个姑娘姘居。

这一家人总算团圆了，贝姨却恼在心头。原来她从开头就妒忌于洛男爵一家。这一家人的分崩离析，着实也有她

《贝姨》插图

的一份"功劳"在里边呢。后来她跟男爵的哥哥、一位元帅结了婚。但没几天元帅就死掉了。如今自己孤单一人，人家却又团圆了，她怎能不气呢？于是就这么一病不起。

男爵一家真的美满了吗？一天夜里，男爵夫人发现丈夫不在床上。她举灯摸到顶楼，听见男爵正在胖女仆床上说私房话呢，说是："太太活不了多久了，将来你就是男爵夫人！"夫人听了，大叫一声，逃回房里。三天以后，男爵夫人死了。男爵终于遂了心愿，跟胖厨娘结了婚——他可是八十多啦！

巴尔扎克所写的，恐怕不是个别现象。社会的堕落，正是由上层开始的。而操纵这一切的，也还是金钱——华莱丽嫁给克勒凡，还不是看上了他的财产？在丈夫危急的当口，连贞洁的男爵夫人，也表示愿意向克勒凡卖身，来换取二十万法郎的救命钱呢。

作者对贝姨心理的刻画入木三分。这位老姑娘的嫉妒不是没有来由的：书中那个年轻的艺术家本来是贝姨的情人，却叫男爵的女儿奥当斯抢去了！贝姨咬牙切齿地说："穷人的幸福只有一只羊，富人却有着一群羊。可他抢走穷人的羊，却连招呼也不打一声。"——这个比喻倒也形象。

恶魔头上也放光

年轻人野心勃勃闯世界的题材，也常常出现在巴尔扎克笔下。拉斯蒂涅是一个，《幻灭》里的吕西安、《幽谷百合》里的费力克斯也都是。他们身上或许都有着巴尔扎克的影子吧。

《幻灭》写外省青年吕西安只身来到巴黎，历经新闻、出版各界，参与党派之争。所到之处，发现什么都成了买卖，这个世界简直成了强梁世界啦。

为了升发，他也自甘堕落，结果负债累累，还连累了朋友，最终怀揣着二十法郎，垂头丧气地回乡去。正准备投湖自尽，遇上了化装成西班牙教士的伏脱冷。伏脱冷指点说：你之所以失败，是因为还不够无耻！伏脱冷为他打气，要他重回巴黎，再整旗鼓，大干一场。

《人间喜剧》是系列化的小说，有人统计，其中共出现两千四百多位文学人物，有几位个性人物，还在多部小说里露过面。——就说伏盖公寓的这几位吧：拉斯蒂涅后来钻入上层社会，做投机买卖发了财，还当上了大官。医科学生皮安训在后来的小说中成了名医。伏脱冷呢，自从在伏盖公寓被捕，就投靠警察局，当上了侦缉队长，在好几部小说中出过风头呢。

插画家笔下的伏脱冷

伏脱冷是个极富特色的形象。他目光锐利，说出话来总能一针见血。他还是力量的化身，看看他的长相：土红色的短发，表示他的强悍与狡猾；跟上半身气息一贯的脑袋、脸庞，都通灵似的放着光，仿佛映出地狱的火焰。巴尔扎克说他是"一首恶魔的诗"。从他身上，最能体会《人间喜剧》的气质：丑里带着美，又从美里透着丑。——这也正是批判现实主义的典型特质呢。

巴尔扎克笔下的环境描写也够绝妙的。贵族沙龙富丽堂皇、珠光宝气，伏盖公寓却阴冷昏暗，透着寒酸气。作者用大量笔墨不厌其详地描绘公寓的陈旧与肮脏，正是要证明为什么拉斯蒂涅要急着跳出去，而高老头的闺女对爹爹又是多么冷酷绝情！

作者驾驭文字的能力也是无与伦比的。大段的描绘、滔滔不绝的对话，加上自然感发的议论，都像止不住的潮水，向读者滚滚涌来，让人在应接不暇中被他的卓绝才气所陶醉、震撼。

"作品比岁月还要多"

源源说："巴尔扎克写了近百本小说，如果推选'最勤奋的作家'，他一定榜上有名！"

爷爷说："谁说不是呢。据说他常常一天要写十几个钟头。他没别的嗜好，只是每天喝三十几杯浓浓的苦咖啡。他写过一本研究司汤达的书，封面上便印着一把咖啡壶，还有如下的话：'这把心爱的咖啡壶支持我一天写十六个小时，至少也是十二个小时。不过这将损害我的心脏，让我活到五十岁死掉，连骨头都变成黑色的！'——有人做过研究，巴尔扎克一生喝过五万杯浓咖啡。咖啡成了他的'催产剂'，几杯咖啡下肚，人物啊，情节啊，各种字眼儿，便奔涌而来，笔都跟不上啦。

"不过写得快跟粗制滥造是两码事。《人间喜剧》九十几部小说中，共出现两千多个人物，巴尔扎克在每个人物身上都灌注了热情，甚至消耗着自己的生命。写到动情处，他甚至忘了自己是谁，只觉得自己就是高老头，就是伏脱冷……据说他写到高老头死时，不禁号啕大哭。还有一回，他的写作被一个来访者打断了。他站起来对这位朋友大喊：'你，你让这个不幸的姑娘自杀了！'吓得朋友连连后退。原来巴尔扎克还没从他的小说里醒过来呢。

"就是为笔下人物取名，他也不肯将就。取不出合适的名字，他就寝食难安。实在想不出来，他就拉着朋友去逛街，仰着脖子看各种店铺招牌，希望从店主的姓名中获得灵感。有一回走了一个下午，腿都酸了，终于在一条小路尽头的门扇上见到'马卡'两个字。'就是他！'巴尔扎克嚷着，竟激动得手舞足蹈！"

听到这儿，沛沛和源源都笑起来。爷爷顿了一下，又补充说："巴尔扎克对自己的作品要求严着呢。头一遍写完了，印出校样来，他还要反复修改。校样的所有空白处，几乎全被写满字；正面写不下，就写到背面去。——校样修改后需要重新排版，是要花钱的，可他并不在乎，他要的是文字的完美！

"巴尔扎克知道自己作品的价值。他敬重拿破仑，在书房里摆放着一尊拿破仑雕像。巴尔扎克在像下题字说：'他用剑没能完成的事业，我将用笔去完成！'——巴尔扎克是有资格说这话的。"

沛沛问："巴尔扎克结婚了吗？"

爷爷说："巴尔扎克一生有过几次恋爱。早年对他影响最大的是贝尔尼夫人。中年以后，他又结识了俄国贵妇人韩斯卡夫人。韩斯卡夫人喜欢他的小说，两人便开始通信。信来信往十八年，两人却始终没见过面。

巴尔扎克墓

"后来韩斯卡夫人的丈夫死了，巴尔扎克才在1849年去乌克兰，跟韩斯卡夫人结婚。第二年5月回到巴黎，巴尔扎克就病倒了。同年8月18日，一代文豪因心脏病发作，与世长辞。三天后安葬在拉雪兹公墓——巧得很，那正是小说中埋葬高老头的地方。

"成千上万巴黎市民为巴尔扎克送葬。他的朋友雨果、大仲马以及政府部长也来向他表示最后的敬意。巴尔扎克在政治上倾向于保守党，可他的一支笔却是公正而客观的。雨果在致悼词时说：'在最伟大、最优秀的人里头，巴尔扎克是第一等中的一个……不管他愿意不愿意，同意不同意，这部庞大奇特的小说集的作者，早已加入革命作家的强大种族了……他的一生短促而饱满，他的作品比他的岁月还要多！'

"这是一位大文豪对另一位大文豪的中肯评价，称得上为巴尔扎克盖棺论定啦。"

第 **23** 天

剑客重然诺,
卡门爱自由

法国·19世纪

自学成才的大仲马

"爷爷，昨天您提到给巴尔扎克送葬的还有大仲马，有一本小说《基督山伯爵》，是不是他写的呢？"沛沛问。

"正是。说来也巧，大仲马（1802—1870）跟雨果是同一年出生的，他的父亲跟雨果的父亲一样，也是拿破仑手下的将军。只是他父亲离开军队后穷困潦倒，在大仲马四岁时就去世了。

大仲马

母亲带着大仲马开了一爿烟草店，娘儿俩相依为命，日子过得很苦。

"大仲马小时候聪明是聪明，就是不肯用功读书。刚念了几本书，就沾沾自喜，因而始终没正经八百接受过系统教育。

"后来他单枪匹马跑到巴黎打天下，在奥尔良公爵府上找了个办事员的差事。可他志向挺大，总想在文学上一鸣惊人。尽管写了好几个剧本都没能发表，他还是一股劲儿读啊，写啊。

"大仲马头一个成功的剧本是五幕历史剧《亨利三世及其宫廷》。这出戏写法王亨利三世与古伊兹公爵之间的明争暗斗。国王的心腹大臣梅格兰偷偷爱上了公爵夫人，公爵知道后，故意把梅格兰引来，布下埋伏把他杀掉了……戏里有这么一段：公爵发觉夫人跟别人私通，就拿了匕首和药酒，逼着她任选一种。夫人无奈，一仰头喝下了毒药。可一个钟头过去了，竟一点儿事没有。原来她喝下的，只是一杯肉汤。——公爵的阴险，正是从这里显现出来的。

"这出戏首演时，雨果他们都去了，奥尔良公爵也赏脸光临。演出结束时，全场起立欢呼，大仲马一举成名啦。

"大仲马最出名的剧本是《拿破仑·波拿巴》。这出戏上演时，盛况空前，比雨果《欧那尼》首演时还要轰动。崇拜者围着大仲马，有人甚至剪下他的燕尾服留作纪念。

"他的另一本现代剧《安东尼》，则连演了一百三十场。有人计算过，大仲马一生写了八九十个剧本，差不多全是在二三十岁时完成的。这以后，他便开始了小说创作，那才是他最重要的文学成就呢！"

"鲁滨孙也读《三剑客》

有一部《三个火枪手》，又译作《三剑客》或《侠隐记》，你们一定听说过。小说是以17世纪的法国做背景的。那时候，红衣主

《三剑客》插图

教黎塞留跟法王亨利十三貌合神离。主教侦知王后跟英国首相白金汉公爵有私情，还把一件珍贵的钻石首饰赠给了公爵。主教故意出难题，邀请王后与国王一同参加盛大的舞会，还点名要王后戴上钻石首饰。

贵族小伙子达塔尼昂跟三名火枪手——他们都是国王卫队的成员，接受了王后的重托，前往英国去取首饰。主教则派人一路围追堵截。结果只有达塔尼昂和他的跟班历经艰险到达伦敦，取回了这件珍宝，皇家的荣誉也因此得到维护。

小说发表后，读者反应热烈，大街小巷没有不谈论《三个火枪手》的。有人还说：荒岛上如果真有个鲁滨孙，这会儿肯定也捧着本《三个火枪手》，读得津津有味呢。

大仲马下笔极快，他每天工作十小时，一生大约写了一百五十部小说。有时连誊写员也跟不上啦。他的小说中，历史题材占了大部分，这还是受英国小说家司各特的影响呢。

不过历史在他的小说里只起到背景的作用。他曾经说过："什么是历史？历史就是钉子，是用来挂我的小说的！"——从这话里，咱们可以看出作者的创作路数以及他的个性。

快意恩仇的《基督山伯爵》

当读者还在为《三个火枪手》兴奋不已时，大仲马的另一部长篇巨著《基督山伯爵》又问世了。基督山是个小海岛，大仲马曾陪着拿破仑的侄子去那里游玩过。自那时起，大仲马就开始构思一个传奇故事，拿这座海岛来做背景。

小说的主人公邓蒂斯是个水手。老船长临死时，托他代理船长职务。遵照老船长的遗嘱，邓蒂斯把船开到一座海岛去见一位神秘人物，并帮他把一封密信带回巴黎。——神秘人物不是别人，正是被囚禁的拿破仑。

然而信没送到，邓蒂斯却给抓了起来。当时他正举行婚礼呢。他被关进一座海岛上的死囚牢里，一关就是十几年。

好在他并不孤单：相邻牢房里有位白发老人挖通了墙壁，来跟他做伴。老人学识渊博，见多识广，不但教给他许多知识，告诉他基督山岛上埋藏着大量财宝的秘密，还帮他分析了被捕的原因。

原来，邓蒂斯被捕跟三个人有关：一个是同船的押运员邓格拉斯，他一直惦记

《基督山伯爵》插图

着船长的位子呢；另一个是邓蒂斯的情敌弗南。这两个家伙合谋向官府告发他私通拿破仑的罪状。而把他投进死囚牢的，则是代理检察官维尔福。

白发老人死后，邓蒂斯乘机钻进裹尸袋中，被狱卒扔到海里，最终被一只走私船救了起来。他先到基督山岛，发掘了那儿的大量财宝，成了亿万富翁。从此他自号"基督山伯爵"，开始有计划地报恩和复仇。

他先报答了在他坐牢时照顾他老爹的一位好心人，接着就去惩罚已经飞黄腾达的三个仇人。情敌弗南早已跟邓蒂斯的未婚妻美茜蒂丝结了婚，儿子也已长成了小伙子；弗南还当上了议员。基督山伯爵便在报纸和听证会上，揭穿弗南卖主求荣的丑史，让他身败名裂。这样一来，美茜蒂丝跟儿子也抛弃了他，最终逼得这家伙只剩下开枪自杀这一条路。

邓格拉斯呢，他因为侵吞军费发了横财，成了大银行家。基督山伯爵就凭借雄厚的财力，在金融上打击他。他被伯爵手下的人绑架后，吃一顿饭就要他十万法郎，直到把他榨干为止。

维尔福这会儿已经是巴黎法院的检察官大人。他的后妻为了让自己的亲生儿子独霸家财，用毒药毒死了前妻的母亲，还准备对前妻留下的儿女下毒手。基督山伯爵便故意引诱这个女人干坏事，同时又暗中保护维尔福前妻的女儿，因为她碰巧是伯爵恩人之子的未婚妻。后来维尔福夫人真的毒死了前妻之子，自己也畏罪自杀。维尔福怎么样了呢？他发疯啦。

这部爱憎分明的小说，情节虽然离奇，却也真实反映了19世纪上半叶法国的历史状况。

小说先在报纸上连载了一百三十多期，读者们都像着了魔似的。为了早点儿知道下一期的内容，有人甚至贿赂印刷工人，好先睹为快。巴黎的几条大道，也被命名为"基督山""邓蒂斯"和"大仲马"。

大仲马的个性里，有一股爱夸张、好虚荣的劲儿。滚滚而来的稿酬使他成了大富翁。他花了五六十万法郎，在塞纳河边修起一座大别墅，取名叫"基督山庄园"，专门接待四方慕名而来的人。由于挥霍过度，后来他竟负债累累。加上才华衰退，他渐渐混到穷愁潦倒的份儿上，最终病死在儿子家里。——他这一辈子，真像是一出大起大落的戏剧啊。

小仲马名扬《茶花女》

大仲马的儿子叫小仲马（1824—1895）。父子俩都叫"仲马"，人们在前面加上"大""小"，以示区别。

小仲马也是很有才华的作家。他的剧本《茶花女》演出成功后，他曾拍电报给大仲马，说是我的作品得到巨大成功，就如同你的作品首演时获得成功一样。大仲马怎么回答的呢？他说：孩子，我的最好作品就是你呀！

就说说这部《茶花女》吧。最初，小仲马把这个故事写成一部小说。小说的女主角玛格丽特是个红妓女，由于她特别爱茶花，人们都叫她"茶花女"。平日跟她来往的，也都是公子王孙、达官贵人。可有个平民小伙子阿芒也爱上了她。茶花女得了肺病，阿芒便每天去打听她的病情，为她送花，却从不留名。——

根据《茶花女》改编的同名电影剧照

茶花女深受感动，也爱上了这个纯情少年。

两人一同躲到乡下别墅里，沉醉在爱情之中。茶花女过惯了奢侈的生活，阿芒的全部收入，还不够她打发马车费呢。阿芒只好去赌博、借债。茶花女怎么能拖累阿芒呢？她卖掉了自己的马车、披肩，典当了钻石首饰，她决心改变生活方式，做个新人。

眼看新生活正向他俩招手呢，阿芒的爹爹来了。他责备儿子堕落，辱没了门风，非逼着儿子跟茶花女一刀两断。阿芒不肯屈服，可就在这时，茶花女却不辞而别，重新投入贵族情人的怀抱。

阿芒的悲愤是可想而知的。他不能就这么忍气吞声，他得报复！以后他故意在公开场合向别的妓女献殷勤，让茶花女难堪；还写了匿名信辱骂她。有一回，茶花女主动登门跟他重温旧好；第二天，他却给她送去一张五百元的票子，算是支付她的"身价"。

茶花女受不了精神与病痛的双重折磨，不久就含恨死去。阿芒直到看见她的遗书，才恍然大悟。原来茶花女的"背叛"，全是阿芒的爹爹逼的。——阿芒的妹妹就要出嫁，可男方嫌她有个浪荡哥哥。茶花女已经"害"了人家的哥哥，怎么好再"害"人家的妹妹呢？就这么着，她含泪离开了阿芒。

茶花女的墓碑下，堆满了白色的山茶花，那是阿芒献上的。岁月悠悠，而伴随阿芒的，怕只会是终生的悔恨吧？

小仲马在《茶花女》中所写，是他亲身经历过的真事儿。他曾结识了一个叫玛丽的风尘女子，两人爱得很深。后来大仲马出面干涉，小仲马被迫跟她断了来往。玛丽从此自暴自弃，才二十三岁，就患病死去了。小仲马赶去为她送葬，却见门前正在拍卖她的遗物呢。这些情景，后来都被他写进小说里。

其实小仲马是大仲马的私生子。他是大仲马没发迹时，跟一个缝纫女工同居时生下的。后来大仲马抛弃了这娘儿俩，孩子长大后又强行把孩子从娘身边带走。

小仲马却始终深深爱着自己的生身母亲。以后小仲马把《茶花女》小说改编成剧本，上演后大获成功。人们都围着他庆贺，他却撇下众人，陪着一位老太太进了餐厅。那位老太太，就是含辛茹苦把他拉扯大的母亲！

小仲马还写了不少小说、剧本，大都侧重于反映现实。因而大仲马说：我从梦想中汲取素材，我的儿子从现实中汲取素材。我闭着眼写，他睁着眼写。我画画，他照相。——这正是"知子莫如父"啊。

梅里美的《嘉尔曼》：不自由，毋宁死

跟雨果、大仲马同时的，还有一位小说家叫梅里美（1803—

《嘉尔曼》插图

1870）。他的中篇小说《嘉尔曼》，称得上是举世闻名。书中描写了吉普赛人的生活——吉普赛是个流浪民族，男的多半是马贩子或兽医，兼做走私的勾当；女的跳舞卖艺，或是占卜算命。

小说里的嘉尔曼就是个吉普赛姑娘。她早先在烟厂里当女工，人长得漂亮，却带着一股野性，一言不合，就能拿刀在别人脸上划个十字。她本来该进监狱，可押送她的骑兵班长堂育才禁不住她的诱惑，把她放了，自个儿反而蹲了班房。

堂育才出狱后，嘉尔曼来找他；她爱上了这个西班牙小伙子啦。可嘉尔曼的脾气也真怪，一会儿出太阳，一会儿就来场雨。堂育才迷上了这姑娘，决心跟她到海边去走私。有了共同生活，兴许就能把姑娘的心拴住了吧。

在走私团伙里，嘉尔曼总是充当探子。她泼辣、大胆、机灵，干这个真是如鱼得水。可没多久堂育才就发现，嘉尔曼还有个独眼龙丈夫。那家伙心狠手黑，杀人不眨眼。嘉尔曼似乎也并不嫌弃他。

嘉尔曼常常假戏真做。她去诱惑一个英国军官，就仿佛真的做了他的情妇似的。堂育才恨得牙根儿痒痒，却也无可奈何。

以后堂育才终于找机会把独眼龙干掉了。嘉尔曼听了这消息，冲他嚷道："你这呆鸟，一辈子也改不了！他的本领比你高多啦。这回是他死日到了，早晚也得轮到你！"又说："我从咖啡渣里看到兆头啦，咱俩早晚得一块死。管它呢，听天由命吧！"

自从堂育才正式做了嘉尔曼的丈夫，嘉尔曼却不那么喜欢他了。她要的是自由，是"爱怎么就怎么"。不过有一回堂育才受了重伤，还多亏了嘉尔曼照看他。嘉尔曼半个多月没合眼，到底把他救活了。

以后嘉尔曼又喜欢上一个斗牛士，还张罗着让他入伙。堂育才不答应，禁止她跟斗牛士来往。她回答得挺干脆："人家不要我做什么事，我马上就做！"

堂育才再也没法子忍受了。他骑上一匹马，把嘉尔曼驮在后头，来到一处荒凉的山谷。他最后一次央求姑娘，还掉了泪。可姑娘说："我已经不爱你了。本来我能扯个谎，哄你一下。可我不愿意费事了，咱们之间一切都完啦！你有权杀死我，可我嘉尔曼永远是自由的，生是吉普赛，死是吉普赛！"

堂育才掏出刀子来，逼她跟自己走，姑娘却跺着脚喊："不不不！"还把他送的戒指扔进了草丛里。——刀光一闪，嘉尔曼倒在了草丛里。堂育才失魂落魄地站了好一会儿。他掩埋了姑娘的尸体，骑上马向官府自首去了。

在世界文学画廊里，嘉尔曼算得上最独特的一位啦。她跟以往小说中那些贵妇千金、小家碧玉都不一样，她生于自然，长于

歌剧《卡门》剧照

自然，养就了酷爱自由的天性，绝不受任何拘束！在她看来，不自由，毋宁死——这正是梅里美那个时代的最强音啊！

《高龙巴》：谁说女子不如男

《高龙巴》是梅里美另一部杰出的小说作品，主人公高龙巴，是又一个野性十足、极有个性的女孩儿。她是科西嘉岛上一位乡绅的女儿，爹爹曾在拿破仑手下当上校，退伍后回乡闲居。

村长瞿第斯同她家是世仇，处处跟她家作对。有一天，高龙巴的爹爹在村外小路上被人暗杀了，临死前他把凶手的名字写在一张纸条上。村长拿到那张纸条，说凶手是个土匪。不久那土匪被巡逻队击毙了，这桩命案算是了结了。

可高龙巴却不肯轻易罢休。她说那纸条一定被村长换过，杀她爹的其实就是村长一伙儿。她还把自己的揣测编成挽歌，在爹爹灵前唱诵。歌中还表示，一定要为爹爹报仇！

高龙巴有个哥哥叫奥索，是个法军中尉。他离乡日久，受着文明的熏陶，对家乡那种冤冤相报的仇杀风气很不以为然。他认为妹妹的猜疑毫无根据。因而他此次返乡，并不急着回家，而是陪着一位英国上校和他的女儿四处游览闲逛。

高龙巴早就联结了同宗的乡民，准备着跟仇家拼命呢。她见哥哥态度暧昧，就把他带到爹爹遇害的地方，给爹爹的亡灵做祈祷；又拿出爹爹的血衣跟两颗致命的子弹给奥索看，还发疯似的搂着哥哥，吻着那子弹和血衣。不知不觉地，哥哥受了感染，身体里隐伏的科西嘉人的复仇本性也抬头啦。

高龙巴是个有胆略又聪慧的姑娘，每逢村里有人过世，都要请她去唱挽歌，她总能临场发挥，现编现唱，唱得人落泪！这回她又到一个乡亲家去唱，刚好州长前来考察民俗，村长也跟着作陪。高龙巴一见，怒火中烧，顿时改了词儿，把自己比作受恶鹰威胁的小鸟，又说孤女的父亲遭人暗算，孤女要把他那高贵的血保留下来，洒在村子里，等着罪人的血把这无辜的血洗净……歌声撕心裂肺，把乡亲们都唱哭了，村长灰溜溜地钻出人群……

哥哥奥索也开始怀疑村长，不过他主张采取文明的方法——决斗，来了结这场纷争。就在这时，州长闻讯赶来，他要替两家人说和。哥哥奥索差不多要给说服了，可妹妹高龙巴却满怀仇恨，说什么也不相信村长无罪。她略施小计，把州长跟村长父子骗到家里，当场拿出爹爹生前留下的文件，还找来两名证人，戳穿了对方嫁祸于人的谎言。

奥索还算沉得住气，他等着州长秉公裁断。这天他单枪匹马去接英国上校和他女儿，半路上却遭了冷枪。瞿第斯村长的两个儿子在林子里同时向他开枪，他的左臂挂了彩，另一颗子弹打在他胸前的匕首上。奥索想都没想，一只手托着枪向两个敌人还击，两声枪响，对方再也没了动静。——这又怪谁呢？是他们自己送上门来的呀。

半年以后，奥索跟上校的女儿结了婚，带了妹妹到意大利去观光。在一处乡村小路边，高龙巴看见了瞿第斯村长。老头儿自从死了儿子，伤心过度，成了白痴，他是到这儿来投奔远亲的。

瞿第斯受不了高龙巴的逼人目光，哑着嗓子说："饶了我吧，你还不满足吗？……你怎么知道烧掉的纸条上的名字？……可为什么让我两个儿子都去了呢，那上面只有一个名字啊……"

高龙巴转过头，哼起自编的挽歌：我要那只放枪的手，我要那只瞄准的眼，我要那颗起恶念的心……

婚戒传奇：《伊尔的美神》

"高龙巴真了不起，到底是她的眼光准。"沛沛赞叹道。

"她那坚定的复仇心，连她哥哥都比不了呢。"源源也说。

"可不是吗。书中唱挽歌的那一段，写得很感人。撕心裂肺的歌声，让亲人悲愤，叫仇敌丧胆，整个场面笼罩着一种神秘而恐怖的气氛。

"说到神秘色彩，这正是梅里美小说的一个突出特点。就说那篇《伊尔的美神》，说的是一座庄园里，挖出一尊复仇女神的青铜雕像来。那雕像就跟有灵气似的，刚一出土，就砸断了挖像人的腿。小孩子淘气，拿石子掷她，准会被弹回来的石子打破脑瓜儿。——谁让她是复仇女神呢。

"这天，庄园里举行婚礼，新郎官儿跟一伙人打球，嫌结婚戒指碍事，就摘下来套在铜像手指头上。——可是竟出了怪事：铜像的手指头弯曲起来，戒指说什么也摘不下来啦！

"到了夜间，新娘听见有人脚步沉重地登楼进了洞房，她只当是新郎呢，却不好意思回头。可用手臂一碰，冰凉。到了后半夜，新娘发现新郎竟死在了床下，仿佛是被人用力拥抱勒死的。那枚作怪的戒指，也从地板缝里找了出来。人们怀疑，是青铜女神接受了新郎的戒指，也接受了他的爱。她就是这样来'报答'新郎的。"

"这个故事听起来有点儿瘆人。"沛沛说，"这位梅里美是个什么人啊？"

"梅里美吗？他是个画家的儿子，学过法律，曾在官场任职。第二帝国时期，他进了参议院，跟宫廷关系密切，算是皇后

梅里美

的老师。他一生对法国的文化艺术做了大量整理、保护和研究工作，写小说只算是业余爱好吧。他的小说虽说数量不多，又都是中短篇，成就却很高。有名的还有《塔曼果》《查理第九时代轶事》等。

"他的这部《嘉尔曼》，后来被作曲家改编成歌剧，题为《卡门》(卡门是嘉尔曼的另一种音译)，一直是歌剧舞台上久演不衰的节目。你们熟悉的那首《斗牛士之歌》，就是这出歌剧里的名曲呢。"

第 24 天

充满爱心的福楼拜

法国·19世纪

才女乔治·桑

"18、19世纪之交，法国出了好几位大文学家：巴尔扎克是1799年出生的，算是18世纪末生人啦；而雨果是1802年出生，大仲马跟他同一年，梅里美是1803年，乔治·桑是1804年……前面几位都说过了，这里说说乔治·桑（1804—1876）。

"听名字，'乔治·桑'是个男人，可这位作家其实是位美丽的女士，原名叫奥罗尔。那会儿女人的社会地位不如男人，用原名发表小说，难免会招惹是非。

乔治·桑

"乔治·桑不但名字像男人，她的处世行事、穿着打扮，也都喜欢模仿男人。骑马呀打猎呀，她全都在行，平时嘴里还总叼着个烟斗，派头十足！

"她出身于名门望族，

父亲是个军官，母亲却是出身贫寒的舞女。她奶奶不喜欢这个儿媳，儿子死后，就把儿媳撵走，却把四岁的小乔治·桑留在身边。

"乔治·桑从小就像个男孩子，爬屋顶，钻地窖，撒欢儿似的，奶奶都快管不了她了。可奶奶家里藏书挺多，这又给她创造了接近文学的机会。慢慢地，她也试着写一点儿。

"长大后，乔治·桑跟一位男爵结了婚，还有了孩子。可丈夫只管一味地吃喝享乐。乔治·桑受不了这平庸的生活，就一个人带孩子去了巴黎，并跟一位同乡合作，写起小说来。

"她的初期小说《安蒂亚娜》，是一部提倡妇女解放的作品。后来她又写了《康素爱萝》《安吉堡的磨工》等，每一部里都有一位独立不羁的女主角。

"乔治·桑后来一度跟法国著名诗人缪塞恋爱，波兰著名音乐家肖邦也跟她关系密切。1848年，巴黎爆发革命，她特地赶往巴黎，加入了游行的行列，还热情参与临时政府的工作。乔治·桑的一生是不平凡的。她以杰出的才能和成就，证明女子一点儿不比男人差。

"巴尔扎克就曾盛赞她的小说。小仲马、福楼拜这些晚辈作家，都称她'亲爱的妈妈'。她去世时，雨果还亲自为她撰写了悼词呢。"

《安吉堡的磨工》：贵妇"下嫁"穷工人

《安吉堡的磨工》是乔治·桑最有名的长篇小说。书中的女主人公玛塞尔也是位男爵夫人，可她却跟一个工人列莫尔相爱。

男爵在一次决斗中命丧黄泉，列莫尔却不能迎娶玛塞尔：因为他们之间地位悬殊，就像隔着一座无形的大山！——列莫尔又不忍心让她抛弃地位、金钱，跟自己过苦日子，于是强忍悲痛离开了。

玛塞尔带着儿子回她的领地去，准备清理财产，改变身份。可半路上她的马车陷进了沼泽地，车夫也逃走了。就在母子俩孤立无助的当口，有个安吉堡的磨工路易向娘儿俩伸出了援手。玛塞尔十分感激。

磨工路易也是个被爱情折磨着的小伙子。他跟暴发户布芮可南的小女儿罗丝要好，可布老头却坚决反对这门亲事。——他的大女儿就因婚姻遭他干涉而被逼疯了。这老头子，顽固着呢！

玛塞尔回到领地，才知道她已经破产了。除去还债，她的领地顶多能卖三十万法郎，而买主布芮可南还要克扣她五万。路易知道布老头的底细：他想当贵族想得发疯，多拿五万本来不成问题。路易便自告奋勇，当了玛塞尔的代理人。

玛塞尔还托路易帮她寻找列莫尔，列莫尔却自己来了。路易和列莫尔，可以算是一对难兄难弟啦。在路易的安排下，玛塞尔跟列莫尔在树林子里见了面。那种幸福的情景，还用细描吗？

再说布老头得知路易"胳膊肘往外拐"，不觉大怒。他当众侮辱路易，还把正跟路易跳舞的小女儿拖回家去。玛塞尔听说后，情愿在地产买卖中让价五万法郎，条件是要布老头把小女儿许给路易。可就在买卖成交的那天晚上，布老头的疯女儿放了一把大火，老头的房子、牲口以及玛塞尔的二十五万纸币，全都化成了灰烬！

玛塞尔身无分文，反倒觉得坦然。——她跟列莫尔之间，再也没什么障碍啦。路易这会儿却突然交了好运：有个受过他恩惠的老乞丐死了，临终时给了他十万金法郎——那是四十年前老乞丐抢来的，一直埋在地下。路易把五万法郎送给布老头，明天他就可以跟罗丝成亲啦。

有人说过，任何小说的主人公，总会多少带着作者的影子。乔治·桑本人就是位男爵夫人，她后来结识了排字工人列鲁，并且十分推崇他。——列鲁是个空想社会主义者，他的理论让乔治·桑着迷，乔治·桑甚至称他为"新生的基督"。

乔治·桑还跟不少劳动者出身的诗人打过交道，其中有纺织工人、面包师傅、理发师、泥瓦匠……看来贵妇人跟穷工人恋爱的情节，并不是她凭空编造的"天方夜谭"啊。

缪塞的《世纪儿忏悔录》

前边提到，乔治·桑还同诗人缪塞有过一段恋情。缪塞（1810—1857）比乔治·桑小六岁。他们是在一次宴会上认识的，当时缪塞才二十二岁，却已是受大作家雨果赏识的新锐诗人了。他与乔治·桑刚好坐在同一张餐桌上，就此认识并相爱了。两人还双双到意大利水城威尼斯去游玩，良辰美景，青春相伴，还有比这更浪漫的事吗？

大约是两人性格不同吧，一个是爽爽快快的女中豪杰，一个是带着点儿神经质的抒情诗人；总之没过多久，两人就吵翻了。

以后两人时好时坏地又维持了一阵子，最终还是分了手。——这次恋爱对乔治·桑有什么影响，人们很少提到。可缪塞却由此变得愈发颓唐了。

以后缪塞发表了长篇小说《世纪儿忏悔录》，说的是青年奥克塔夫患了精神空虚症。他爱着一个寡妇，后来却发现那女人跟他的一个朋友拉拉扯扯。他感到吃惊，同时也对世事感到灰心。以后他因料理爹爹的丧事回到家乡，发现那儿田园幽静，倒是一处难得的世外桃源。

不久他认识了一位寡居的年轻夫人，名叫勃丽吉特。这女子不但美丽端庄，性格也开朗可爱。有一回奥克塔夫因避雨躲进一家农舍，竟意外发现勃丽吉特也在那儿，她是来义务看护病人的。这仿佛是命运的有意撮合，两人同时坠入爱河。

奥克塔夫生性多疑，感情忽冷忽热；一阵子爱得发狂，一阵子又疑神疑鬼。不过勃丽吉特却死心塌地跟着他，打算就这么过一辈子啦。

有一回从勃丽吉特的家乡来了个小伙子史密特，勃丽吉特一见他就有点儿心神不定，以后还病了一场。还是奥克塔夫发现了这里的秘密：原来勃丽吉特跟史

Alfred de Musset.

缪塞

密特更般配。

可勃丽吉特为了不伤害奥克塔夫，宁可牺牲自己的真爱。奥克塔夫一知道这个事实，便毅然决然地登上了离去的驿车。——与其让三个人都痛苦，不如把不幸留给一个人。

人们都说，缪塞这部小说带着自传的性质。书中的勃丽吉特，自然是以乔治·桑为模特了。小说对奥克塔夫这个世纪儿的病态心理，描摹得细腻而生动。因而研究文学的人，往往更注意书中的男主人公。

福楼拜与小说《包法利夫人》

再来说说另一位法国作家福楼拜（1821—1880）吧，他比乔治·桑小十七岁，曾是这位女作家的崇拜者和朋友。

福楼拜的父亲是位外科医生，医术高明，是卢昂市医院的院长。福楼拜尽管没接过父亲的手术刀，却从他那儿学会了细致地观察，缜密地思考。

以后他考进大学，攻读他本来并不喜欢的法律。大学没读完，他突然得了一种怪病。发

福楼拜

起病来，身子抖得就像风中的树叶。当医生的爹爹也束手无策，甚至连坟坑也替他挖好了。

然而福楼拜竟挺了过来。不过从此他便丢下讨厌的法律课本，如鱼得水地搞起他喜欢的文学来。对他来说，这真是因祸得福啊。

福楼拜写出来的小说，单有一种风格。小说中的主人公，全是现实生活里极平凡又极真实的人物。就拿他的代表作《包法利夫人》来说吧，书中的女主角爱玛是个农家女孩儿，因为长得漂亮，被一位到乡下出诊的大夫包法利瞧上了。后来大夫的原配夫人死了，于是娶了爱玛做续弦。一位小家碧玉，这下子步入中产阶级，成了包法利夫人啦。

爱玛是受修道院教育长大的，养成了多愁善感的性格。她本来对爱情婚姻抱着美丽的幻想，可成家以后，一切都让她失望。丈夫谈吐庸俗，胸无大志。她梦想的幸福在哪里？

秋日的一天，爱玛跟丈夫参加侯爵家的宴会。贵族家的那种排场气派，简直让她心醉。她在一旁瞧着贵族老爷与贵妇们传书递简、调情说爱，心里羡慕得不得了。她跳舞一直跳到第二天清早，才恋恋不舍地离开。

从此她再也忘不掉那美妙的夜晚。她甚至把那晚赴宴时穿的衣服也小心保存起来，还常常回忆舞会的情景，当作消遣。

爱玛在家里脾气越来越坏，总是怨天尤人。她渴望有个男孩儿，到头来却偏偏生了个丫头。丈夫是个迟钝的人，小镇上也没人能理解她内心的痛苦。有个见习医生赖昂对她挺有好感，可后来也去了巴黎。爱玛觉着自个儿就是关在笼子里的一只鸟儿。

"笼中鸟"之死

附近庄园有个地主叫罗道耳弗,他到医生家看病,一眼瞧上了爱玛。这个情场老手领着爱玛去逛展览会,又耍出种种手腕挑逗爱玛。爱玛终于背着丈夫跟他好上了。

爱玛从此更注意生活享受,巴黎的时髦服装买了一套又一套,没钱就去借债。越是这样,她越觉着这个家没法儿待下去。她要罗道耳弗带她走,可那家伙只是逢场作戏,找找乐了,哪里有什么真心。他给爱玛留下一封信,说是为了爱玛着想,他得离开。信上还洒着几点泪痕,其实那是淋的几滴白开水!

爱玛受了这个打击,大病了一场。老包法利心疼太太,就陪着她去卢昂看戏散心。在戏园子里,爱玛又碰上了先头那个见习医生赖昂。两人心有灵犀,终于凑合到了一块儿。以后爱玛借口学钢琴,一个劲儿往卢昂跑,其实是找赖昂去鬼混呢。她花起钱来更加大手大脚,钱不够,就拿房产来做抵押。

终于有一天,债主把她告到了法院,包法

《包法利夫人》插图

利家的财产全给扣押了。爱玛到处找人帮忙，人家不帮她，还占她便宜。

她想，罗道耳弗总还能顾念旧情吧？久别重逢，罗道耳弗跪下来，甜言蜜语地向她诉说爱情。可是一提借钱，罗道耳弗立刻站起身，一脸冷淡地说：我没钱。

爱玛气疯了，她跑到药剂师家里，向仆人骗来储藏室的钥匙，开门抓了一把砒霜送进嘴里。——包法利夫人就这么了结了一生！而包法利医生呢？到这会儿，他还认为太太是清白的呢。

跟雨果、巴尔扎克、梅里美的小说人物比起来，福楼拜笔下的包法利夫人是太平凡了一点儿。可这个形象却是那么真实，那么具有代表性。

这种好幻想、爱虚荣的女人，哪儿没有呢？厌烦平庸的生活，又受着贵族生活的诱惑，因而走上邪道的，到处皆是啊。包法利夫人不过更典型一点儿罢了。

她受人玩弄，最终落得个服毒自尽的下场，够可怜的。而那些真正应当受谴责的人却活得挺自在，这不是很深刻的揭露吗？

这部书一出版，就受到法院的追究，说它有伤风化。可读者却喜欢它，初版的六七千册，很快被一抢而空，两个月后就不得不加印。

《情感教育》，蹉跎人生

福楼拜的另一部长篇小说《情感教育》，也是描写普通人、平凡事的，只是主角换成了一位男子——中产阶级出身的青年莫罗。莫罗思想平庸，意志薄弱，想得多，干得少。资产阶级子弟所有的毛病，他都占全了。

莫罗从外省跑到巴黎来求学，认识了画商阿尔鲁夫妇。阿尔鲁夫人优雅贤惠，莫罗一下子就迷上了她。他挖空心思跟阿尔鲁一家套近乎，学校的功课也都荒疏了。就这样昏头昏脑地混了一阵子，他却始终不敢向阿尔鲁夫人表白自己的爱慕。眼看着没什么指望，他便回了家乡。

《情感教育》英文版封面

以后他得了叔叔一笔遗产，又跑到巴黎来。"二月革命"时，他也跟朋友狂热了一阵子，不久就冷却下来。他一边做股票生意，一边跟别的女人鬼混，可心头却总也抹不去阿尔鲁夫人的影子。——阿尔鲁夫人其实也喜欢他，只是阴差阳错的，两人始终没迈出那一步。

以后阿尔鲁一家因破产而离开巴黎，莫罗也再度回乡。他发现，本来已经跟他订婚的邻家女路易莎，已另嫁他人……十几年后，莫罗又意外地遇上了阿尔鲁夫人，她过着贫寒的生活，早已满头白发啦。莫罗此时也荡尽家财，拮据度日。回想起前尘往事，两人不禁相对唏嘘，拥抱在一起……

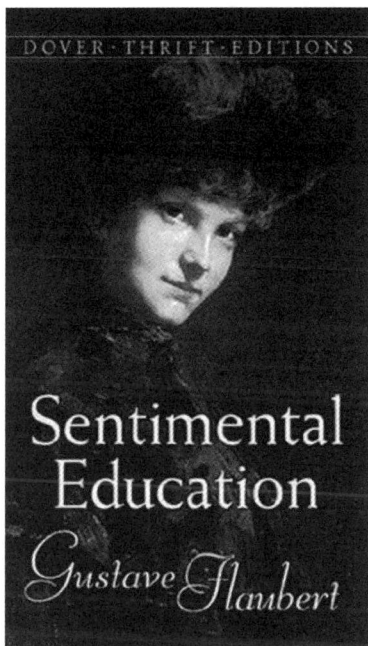

人的一辈子，就这么毫无光彩、一事无成地过去了，这也许是作者最大的感慨吧？——然而莫罗的懦弱性格，正是当时那个时代的产物。

小说用了不少笔墨，描写19世纪中叶的动荡政局，因而有人称这部小说是"革命的1848年的形象编年史"。当民众跟大资产阶级激烈搏斗时，夹在中间的中产阶级，又能有多大出息呢？

用淳朴的心去爱

福楼拜的短篇小说也很出色。他的小说集《三故事》包括《淳朴的心》《圣·朱利安传奇》和《希罗迪娅》三个短篇。其中《淳朴的心》写一位善良而平凡的女仆的故事，感人至深。女仆名叫全福，从小是个孤女，给人家放羊，在忍饥受冻中长大。

福楼拜漫画像

她在农场干活时，爱上了一个小伙子。可是到头来，小伙子却娶了个有钱的妻子。全福在田野里整整哭了一夜，以后便到人家去当了女仆。她能干、不惜力，心里总是想着别人。有一回，她跟主妇一家经过草场时，一头大公牛冲了过来。她沉着地抓了把泥土朝牛眼睛撒去，保护着主妇一家脱了险。发狂的牛把她逼到栏杆边上，她刚好来得及从两根杆子当中钻出去。

后来她一手带大的两个少爷都出了门，她感到寂寞，便又认了个"外甥"，并把一片心全都放在"外甥"身上。"外甥"出洋去，死在了外面；她伤感之余，又去照顾一个住在破猪圈里的孤老头儿。老头儿死后，她又养了一只鹦鹉，把它看作自己的孩子。鹦鹉死了，她又把它制成标本供奉着。终于有一天，女仆自己也病倒了。临终时，她仿佛看见她的鹦鹉在天国门口迎接她呢。

读福楼拜的小说，总让人领悟到一种深深的人生感慨。女仆的一生太平凡了，平凡得让人替她不甘心。然而她那颗淳朴的心中，却包含着多么深沉的爱，这种爱发自天然，又无比高尚。

塞纳河上的"灯塔"

"爷爷，福楼拜一生写过多少小说呀？"源源问。

"写得不多。除了前面介绍过的几部，还有长篇小说《圣·安东尼的诱惑》《布瓦尔与佩居榭》以及历史小说《萨朗宝》等。

"福楼拜走上文学之路，并不容易。二十八岁那年，他完成了第一个长篇《圣·安东尼的诱惑》，书稿足有五百页，整整写了三年！他兴致勃勃地请了两个好朋友来听他读书稿，从早晨读到下午，又从晚上读到深夜。听的人眼光里透出不耐烦，仿佛在说：怎么还没读完？

"直到第二天深夜，书稿才读完。福楼拜满怀期待地问：怎么样？谈谈你们的想法？两个朋友只好实话实说：赶紧把这东西扔进火炉吧，别再提它啦！——福楼拜跳起来，发出一声惨叫，几乎晕倒！

"不过福楼拜可不是那么容易被打倒的！他总结教训，不断练笔，十年以后，他的《包法利夫人》发表出来，震惊了法国文坛，他终于成功了！

"福楼拜写作，十分讲究遣词造句，有的时候，为了一个句子，他能绞尽脑汁想上四五个钟头。好不容易写满几页纸，可删改起来却又毫不吝惜。正因为这样，福楼拜用了二十五年时光，只写了五六部作品。就说《包法利夫人》吧，他写了整整五年。那部《圣·安东尼的诱惑》他后来又重写了一遍，断断续续用了二十年！——福楼拜的功夫没白费，他的小说因此成为完美的语言艺术品，被称作法国文学语言的典范。

"让我们来看看《包法利夫人》中的一段描写。这一段写包法利医生（文中称他'查理'）一大早出发，要到拜尔斗那地方去为一位断了腿的病人接骨：

　　早晨四点钟左右，查理披好斗篷，向拜尔斗出发。人刚离开暖被窝，还迷迷糊糊的，由着牲口的安详脚步颠上颠下。靠近田垄掘了一些荆棘围着的窟窿，马走到前面，不走了。查理身子一耸，惊醒过来，立时想起断腿，试着回忆他知道的种种接骨方法。

雨已经不下了，天开始发亮，有些鸟动也不动，栖在苹果树的枯枝子上；晨风峭厉，敛起它们的小小羽毛。平原展开，一望无际，田庄周围一丛一丛树木远远隔开，在这灰灰的广大地面，形成若干黑紫点子。地面在天边没入天的阴暗色调。

查理不时睁开眼睛，后来精神疲倦，又困上来了，没有多久，坠入一种昏迷境界。他的心境感觉和记忆混淆了，看见自己变成两个，同时是学生，又是丈夫，就像方才一样躺在床上，又像往常一样走过一间手术室。在他的意识里，膏药的热香和露水的清香混合起来了。他听见床顶铁环在帐杆儿上滑动，太太睡着……

"这段描写，写起早赶路的人黎明时见到的田野风景，以及在困倦中半睡半醒的种种感觉，细腻真切，直接把读者带入故事中。

"福楼拜把写小说当成十分严肃的事。写《布瓦尔与佩居榭》时，光是参考书，他就看了一千五百多本，笔记摞起来有八寸厚！他身体那么弱，可是为了写好历史小说《萨朗宝》，他还特意到

《萨朗宝》插图

北非去了一趟。"

沛沛笑着说："这倒真有点儿意思，有的作家写得快，是天才。可像福楼拜，写得慢，也是天才。"

"一点儿不错！"爷爷回答，"福楼拜自己说过：'天才即是耐心。'又说：'难产和涂改才是天才的标志。'不过像福楼拜、巴尔扎克这样不同类型的天才作家，也有共同点。那就是他们都在作品的人物中灌注了自己的热情和生命。

"据说福楼拜写到包法利夫人服毒时，仿佛觉着自己嘴里也满是砒霜味儿，一连好几天吃不下饭去。一天，有个朋友去看他，见他正伏在书桌上哭得伤心呢。半天他才抬起头来，满面泪痕说：'包法利夫人死啦！'

"福楼拜的小说在他生前没有引起太大的轰动。可是随着时间的推移，人们渐渐从他的小说里品出一种淳厚的味道来。有人说：福楼拜把一种崭新的思维方式应用到文学中来，堪称现代小说的鼻祖。

"福楼拜一辈子没结婚，他把他的一切都献给了文学。一年四季，他只管坐在书房里写呀写的。他的书房面对塞纳河，过往船只看着他窗前那盏彻夜不熄的绿罩灯，都把那当成灯塔啦！"

第 25 天

左拉、凡尔纳：实验与科幻

法国·19世纪

左拉：把科学引入文学

"20世纪70年代，有人在法国学生中做调查，问他们爱看谁的小说。不少人回答说，爱看左拉的。左拉（1840—1902）确实是一位与众不同的小说家，19世纪80年代前后，他的小说比雨果的还受欢迎呢。这多半是因为他把科学实验也引入到文学创作中来啦。"

沛沛和源源听了觉得挺新鲜，不由得把板凳往前挪了挪，听爷爷继续讲下去："19世纪下半叶，欧洲的自然科学进步挺快。由于运用科学实验的方法，生物学和医学都取得了很大成就。

左拉

有人还把自然科学的研究方法运用到艺术研究中，认为人种、时代、环境对艺术都有很深的影响。

"左拉对自然科学很感兴趣，读过许多实证主义和医学、遗传学的书。他想：何不把研究病理学、心理学的实验方法，用到小说创作上来呢？这么一想，他的劲头儿来了。

"他给自己订了庞大的计划，准备写一套包括几十部作品的系列小说，通过一个家族的繁衍生息，来证明遗传因素在人的生活中有多重要，同时也借此描画出第二帝国时期的社会面貌来。——看得出来，这还是受巴尔扎克《人间喜剧》的影响呢。

"经过二十年的奋斗，这套小说终于完成了，总题目就叫《卢贡—马卡尔家族》，共二十部长篇，加起来有六百多万字。书中描述了一个家族五代人的升降浮沉、悲欢际遇。

"其中头一部《卢贡—马卡尔家族的命运》是个序幕，述说了卢贡和马卡尔这两家的来历。——卢贡是个懒散的园丁，娶了疯老头儿的女儿弗格，生下儿子比尔·卢贡。日后比尔·卢贡混得不赖，他的儿子不是大官、银行家，就是医生。这是卢贡的一支，是往上升的。

"老卢贡死后，弗格又跟酒鬼马卡尔同居，生下一儿一女，这要算马卡尔的一

20世纪中叶出版的介绍左拉的书

支了。有精神病遗传的妈妈，加上酗酒无度的爸爸，这一支的子孙，大半是农民、工匠、洗衣妇、娼妓……沦落到社会底层。

"以下的十九部小说，像《巧取豪夺》啊，《巴黎之腹》啊，《卢贡大人》啊，以及《小酒店》《妇女乐园》《萌芽》《金钱》《溃败》……都生动描画了这个家族五代人形形色色的生活经历，直到《帕斯卡医生》，算是个总结。

"左拉把这个家族的繁衍发展，画成一棵'遗传树'：五代人由'树根'生枝分杈地发展开去，却都逃不了遗传因素的制约。——这种借助自然科学理论来创作文学的做法，以前还从没人尝试过呢。"

《小酒店》与《娜娜》：自然主义不怕"扎眼"

咱们先顺着其中一条遗传线索，看看这部《小酒店》吧。

洗衣妇绮尔维丝属于马卡尔的这一支，是这个家族的第三代。她还没成年，就跟鞋匠朗提埃生下两个孩子来。后来鞋匠有了新欢，撇下这娘儿仨走掉了。绮尔维丝伤透了心，本不打算再嫁人，可是有个叫古波的泥瓦匠爱上了她。她见古波人还实在，又没有坏毛病，就答应了他。两人又生了个女孩娜娜，一家的日子还算过得去。

可天有不测风云，不久古波受了工伤，家里好不容易积攒的一点儿钱一下子全花光了。幸而绮尔维丝有个女友，借了她一点儿本钱，开了一爿洗衣店，生活又有了新的希望。就在这时，古波受坏朋友的勾引，喝上了酒，这一喝可就打不住了。

这边，丈夫整天醉醺醺的；那边，绮尔维丝以前的丈夫朗提埃又回来了。绮尔维丝一双手养不了两个闲汉，慢慢地，她也开始讨厌干活，借酒浇愁地跟着喝上了。欠了债她也不在乎，甚至跑到街上去拉客卖淫。好好一个家就这么毁啦，最终两口子全死在酒上。

左拉试图以此证明，绮尔维丝跟古波所以堕落，是因为他们的爹爹就都是不可救药的酒徒。可读者更多看到的，是工人们的苦难生活和悲惨命运。小说一问世就引起了轰动，先后重印了三十几次。有人还把书里的人物编进街头流行的小调里。不过也有人批评左拉，说他把贫困和不幸暴露得太扎眼啦！

左拉自有他的一套理论。他提倡文学要真实记录生活，不能有一丁点儿掩饰、一丁点儿走样儿。拿生物学的规律去解释人和人类社会，也是这主张的一部分。这种文学主张，就叫"自然主义"。左拉还写专文来论述自然主义。他的这套理论，在欧洲文坛上影响不小。人们公认他是自然主义文学思潮的当然领袖——其实这多少受了福楼拜的启发呢。

绮尔维丝和古波所生

画家马奈笔下的娜娜

的女儿娜娜，是另一部小说《娜娜》的主角。这姑娘从小在家里耳濡目染，看的全是淫乱和堕落。长大了，她自然也走上了堕落这条道儿。

她当了舞女，又被剧场老板看中，让她登台扮演爱神。她的嗓音可让人不敢恭维，但是她用那几乎是裸露的身体，把庸俗的观众引逗得发狂。这以后，男人们苍蝇似的把她包围了，其中既有皇家大臣、王子爵爷，也有银行老板、演员名优……

娜娜当然不是个好女人，然而那些男人，却不乏第二帝国有头有脸的大人物。围着这个风流女，这伙儿大人物丑态百出，原形毕现。小说里的娜娜问得好：这难道全是我的罪过吗？

《萌芽》：红色巨龙显神威

《卢贡—马卡尔家族》中，意义最深刻，场面最宏大的，是以工人运动为题材的《萌芽》。主人公蒂安是绮尔维丝的儿子。他本是个机械工人，因为打了工头一个嘴巴，叫工厂给开除了。他身无分文，来到煤矿，下井当了推车工。

这是个什么鬼地方啊。又矮又窄的坑道，根本直不起腰来。矿工们就跟夹在两页书中的甲虫差不多，挥镐刨不了几下子，就已经是满身大汗了；可一天得这么干上十个钟点儿！

为了活命，女人和孩子也下井干活，一辆煤车一千五百斤，女工也顾不上羞耻了，脱了衣服玩儿命推着，人变成了野兽。到头来，矿主们七克八扣，工人的工钱剩不下几个。可股东们呢，坐在沙发上打着饱嗝，一年就净拿五万法郎红利——那可是五十

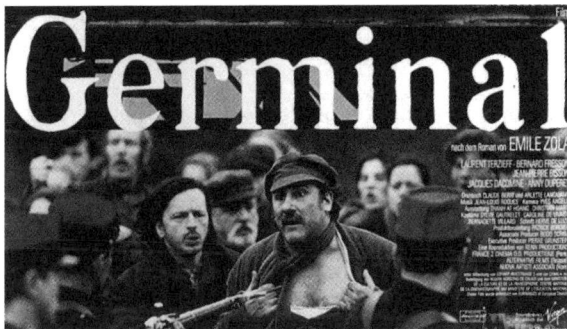

根据《萌芽》改编的电影海报

个精壮劳力一年的血汗钱啊。

蒂安是个有头脑有理想的青年，他跟国际工人联合会有来往。在他的领导下，一场大罢工开始了。工人们轧断升降机的铁索，打倒那些还替老板卖命的工人，砸碎办公处的玻璃窗，包围了老板的公馆，高喊着：面包，面包！

军队来了，他们占领了公馆、厂房，保护资产者。公司想拿饥饿对付工人，矿工村的屋顶上，看不见一缕炊烟，可是没人屈服。军队开始抓人，工人们捡起砖头来还击。枪声响了，工人们成片倒下来……

跟蒂安同住一个小酒店的青年矿工苏瓦林，是个俄国无政府主义者。他认为罢工太温和，对付这个世界，得用火、毒药和匕首！就在工人们罢工失败、垂头丧气去上工的时候，苏瓦林捣毁了矿井的排水设备，大水淹没了巷道，十几位矿工淹死在里面。蒂安虽然被救上来，可是再也下不了矿井啦。——不过自由的种子已经播下，黑色的复仇大军正在田野里生长着呢，早晚是要收获的。

左拉生活的时代，法国的资本主义发展迅速，工人队伍也随着壮大起来。可直到这时，还没有人专门写过工人呢，左拉是头一位。

作品里的斗争场景最雄伟：几千人高唱着《马赛曲》，浩浩荡荡到老板的公馆去请愿。夕阳西下，队伍就像是一条红色的巨龙。连老板的女儿看了，也禁不住感叹呢。

左拉为了写好这部小说，曾亲自到矿区住了好几个月。他就住在矿工宿舍里，跟工人一块儿泡酒馆、聊天，还亲自下到乌烟瘴气、遍地积水的矿井里推过煤车。

细节逼真是左拉小说的重要特点，也是自然主义的写作要求。为了写得更真切，左拉没少在观察上下功夫。没事他就到街头巷尾去转悠，仔细观察各色人物。商店、工地、医院、学校，乃至流氓罪犯出没的场所，没有他不去的。据说只有妓院他没去过，不过没关系，自有他的朋友为他提供细节材料。

仗义执言，"我要控诉"

左拉一生成就巨大，但他却没念过大学。他的父亲是意大利人，在他七岁时就死了。左拉在外省长大，后来到巴黎来读中学。虽然成绩还不错，可法语却不及格。再说他也没钱念大学，他得找个活儿，好帮衬艰苦度日的妈妈。

左拉在一家书局找了个打包的活计，一边干活，一边学着写诗。有一天，老板看到一张诗稿，大加赞赏。一问，是左拉写的，老板便破格提拔他当了广告部主任。在书局，他结识了一大批文学界、出版界的朋友，从此走上了文学之路。

左拉与家人在一起

　　以后左拉成了大作家，金钱、荣誉、地位全都有了。只是他那疾恶如仇、同情弱者的禀性没变。

　　左拉五十几岁时，法国发生了轰动一时的"德雷福斯事件"。有个犹太籍的法国军官，被毫无根据地指控为德国间谍，判了徒刑。政府明知有误，却官官相护，不肯认错。

　　左拉跟这位年轻军官一不沾亲，二不带故，可他不能容忍社会生活中这种不公正的丑行，于是拍案而起，在报纸上发表了题为《我控诉！》的洋洋大文，指名痛斥政府要人。政府要人恼羞成怒，动用司法机关来迫害他，逼得左拉不得不出走英国。——日后真相大白，德雷福斯重获自由。人们对仗义执言、威武不屈的左拉，也更加敬重了。

　　这时左拉已经完成了《卢贡—马尔卡家族》的大计划，可觉着自己仍有使不完的劲儿。他便接着写了三部小说：《罗马》《巴黎》《卢尔德》，合称"三名城"。紧跟着他又计划写另一组小说

《我控诉！》一文发表在报纸头条

"四福音书"，即《繁殖》《劳动》《真理》和《正义》——其中《真理》一部，就是拿德雷福斯事件做素材的。

可惜"四福音书"只完成了前三部。1902年，左拉与妻子回巴黎过冬，准备着手《正义》的写作。回家的第二天上午，已是九点多钟，仆人还不见左拉夫妇起床，打开卧室门看时，却见夫妇俩已经没有了呼吸。

这位大作家死于煤气中毒，时年六十二岁。几年以后，他的骨灰被安放在先贤祠，这在法国，要算是最高荣誉啦。

儒勒·凡尔纳带我们登月球

跟左拉同时代的人里，还有一位对自然科学十分感兴趣的法国作家。不过他不是自然主义的信徒，而是科幻小说大师。他就是儒勒·凡尔纳（1828—1905）。你们一定听说过《格兰特船长的儿女》《海底两万里》和《神秘岛》吧，那就是他著名的科幻三部曲。

凡尔纳一家几代都是律师，他在大学里读的也是法学。可是他从小爱幻想，对航海有着特殊的兴趣。

他在法国的海港城市南特长大，蓝天下的白帆，常把他的思绪带到大海上。有一回，他躲进一条大船里，要不是父亲在开船前找到他，他就去了印度啦。这一年他才十一岁。等到他能自己选择职业时，他就选择了文学。这下他可以借着一支笔，自由自在地去远航了。

有个怪老头对凡尔纳影响挺大。那人是个探险家，

儒勒·凡尔纳

常常跟他海阔天空地大谈冒险奇闻。凡尔纳还结识了好几位科学家、地理学家。没事他就泡在图书馆里，钻研地理、数学、化学、物理……单是笔记卡片，他就记了两万多张。

三十五岁那年，凡尔纳发表了他的科幻小说《气球上的五星期》，引起读者浓厚的兴趣。书中写探险家费尔久逊博士造了个大气球，带着朋友和仆人，做飞越非洲的探险旅行。他的气球在非洲腹地降落时，当地居民还以为是月亮掉下来了呢。

博士一行乘着气球一直飞到尼罗河源头。这以后又遇到无数风险：雷雨袭击啦，干渴啦，凶猛的秃鹰啄破气球啦，当地居民群起围攻啦……在最紧急的关头，后有追兵，前有大河，气球却偏偏因为漏气而挂在了树上。幸而博士临危不乱，收集地上的干草，在气球的破洞下边点着。气球充满了热空气，又冉冉升起。

这会儿追兵离他们只有几百步啦。

让人惊奇的是，凡尔纳仿佛有先见之明。他没去过非洲，更甭提尼罗河源头了。可就在小说发表后的第二年，有个英国探险家从尼罗河源头归来，证明小说里的描写，跟实景相差不多！

以后凡尔纳又写了《从地球到月球》和《环游月球》两部小说，叙述三个人乘一颗炮弹飞到月球上，在那儿环游一周又回到地球，溅落在大洋里。他的这些奇思妙想，对后来的人类登月很有启发。

《格兰特船长的儿女》与《海底两万里》

《格兰特船长的儿女》插图

潜水艇的发明与使用，是20世纪的事。可这种奇妙的船只，在凡尔纳的小说里也早就造出来了。这就要说到他的海洋科幻三部曲啦。

三部曲的头一部是《格兰特船长的儿女》，说的是一位英国爵士，驾着"邓肯"号游船去援救两年前遇难失踪的格兰特船长，船长的儿子、女儿也随船前往。他们先到美洲大陆去寻找，历尽千辛万苦，才发觉找错了地方。格兰特原来是在大洋洲遇险的。

"邓肯"号万里迢迢开到大洋洲，在那儿找到一个名叫艾尔通的人。他自称是格兰特手下的舵手。他带着援救队横穿大洋洲，可哪里有格兰特的影子呢？最终人们发现，艾尔通根本不认识什么格兰特，他是个罪恶累累的在逃犯。

爵士决定把艾尔通流放到太平洋的一个荒岛上，可就在那儿，人们喜出望外地遇上了格兰特船长。经过五个月的探险旅行，整整绕地球一圈儿，"邓肯"号终于又回到了苏格兰。

潜水艇出现在三部曲的第二部——《海底两万里》中。1866年，航海的人传说发现了一只厉害无比的大独角鲸。生物学家阿龙纳斯带着仆人和一名捕鲸手去追捕这怪物，落水后爬到怪鲸脊背上，却发现这是一艘构造奇特的潜水艇。潜水艇里的一切都取自海洋：光、热、动力、食物……船长尼摩身材高大、仪表堂堂，却又神秘莫测。

阿龙纳斯受到尼摩船长的优待，并随船游

《海底两万里》插图

历了海底世界。五光十色的海底奇景是他们平生从没见过的。尼摩船长自称跟人类断绝了关系，可有一次在锡兰岛的采珠场，尼摩为了援救一个受鲨鱼威胁的采珠人，竟挺身上前，拿短刀跟鲨鱼展开了搏斗。

还有好多事让阿龙纳斯感到又好奇又费解。在大西洋底一处古战场遗址，尼摩从古代沉船中打捞金银财宝，又把它们秘密运往陆地。另一回，潜水艇遇到一艘向它发动攻击的战舰，尼摩船长一改平日的沉着冷静，发狂似的指挥潜水艇向战舰冲击，一下子把战舰撕裂……事后阿龙纳斯看见，尼摩船长跪在船舱中祈祷着，脸上露出痛苦的神情……

最终阿龙纳斯在挪威海岸登了陆，这次航行从太平洋开始，经过印度洋、红海、地中海……整整有两万里。

《神秘岛》：三部曲大结局

第三部《神秘岛》，写的是美国南北战争期间，工程师史密斯、记者史佩莱等五人，乘大气球逃离美国南部一座小城，被大风吹到太平洋一座荒岛上。

五人像当年的鲁滨孙一样，卷起袖子为生存而奋斗。工程师拿两块手表的玻璃蒙子制成放大镜，聚集阳光点燃了苔藓。大家又拾来蛤蜊、鸟蛋，捕来松鸡、锦鸡和水豚……各种工具和器皿造出来了，安身的石洞凿出来了。他们还打造车、船，播种麦子……并幻想着有一天把小岛开发出来，献给联邦政府呢。

可岛上却接连不断出现怪事：他们的狗总朝山洞中的一口井狂叫；猎获的小猪身上发现了子弹；平白无故，有人送来一箱子工具，还有衣物；人病得不行，桌子上会突然出现救命的药品；入侵的海盗船自己发生了爆炸……在神秘人物的指引下，他们还从邻近小岛上解救了一个被放逐的水手——其实就是十二年前从"邓肯"号上被赶下来的艾尔通。

到了第四个年头，那位神秘人物终于露面了，他就是尼摩船长。原来他本是一位印度王子，因为反抗英国殖民者失败，便制造了这艘潜水艇，在海底生活了三十年，专门搜罗海底的沉船财宝，用来支援各地的民族斗争。如今他已满头白发，他的潜水艇就停泊在海岛的地下湖泊里。石洞中的那口井，正跟地下湖相通。

不久，海岛上火山爆发了。几分钟的工夫，海水漫上小岛，众人被逼到一块孤立的礁石上。就在千钧一发之际，"邓肯"号出现了。指挥"邓肯"号的，正是格兰特船长的儿子。人们得救了，而尼摩船长呢，他以潜水艇为棺，以火山为墓，就那么安眠于浩瀚大海之中！

《神秘岛》插图

托尔斯泰为他画插图

源源有点儿后悔："寒假时本来借到了《格兰特船长的儿女》，没来得及看。——爷爷，凡尔纳还有什么作品呀？"

"还多着呢。有一部《八十天环游地球》，也非常受欢迎。书里写福克先生跟朋友打赌，要在八十天里环球旅行一周。他一路紧赶慢赶，克服了千难万险，好不容易回到出发地，可还是迟到了五分钟。他刚要认输，却发现自己原来是赢家。因为他从西向东绕地球一圈，刚好节省出一天时间来。你看，这个结尾有多妙！

"此外凡尔纳的科学小说还有《地心游记》《牛博士》《机器岛》《蓓根的五亿法郎》……凡尔纳一生写了六十六部小说，还有好几部剧本及地理著作。他的科幻小说有个总名，就叫'奇异的漫游'。

《八十天环游地球》插图

"人们只知道凡尔纳是畅销书作家，却不知道他的创作天才开始时差点儿被扼杀！他的第一部科幻小说《气球上的五星期》写好后，先后遭到十五家出版社的拒绝。凡尔纳又气愤又气馁，差点儿把书稿烧了。幸亏在妻子的苦劝下，他把稿子投给了第十六家，这一回遇到了慧眼识珠的伯乐，一下子跟他签订了二十年的合同！

"从此，他笔下的精彩科幻作品以每年两三部的速度面世，引发阅读热潮。有家大轮船公司的老板甚至找上门，求他在下一部小说中让主人公乘坐他家的轮船出海，并答应付给凡尔纳比稿费高得多的报酬！——然而这样的请求被凡尔纳断然拒绝：我的小说可不是资本家的广告栏！

"凡尔纳的小说不但显示出他渊博的科学知识、丰富的想象力、惊人的科学预见性，同时还表现了他反对殖民统治、同情被压迫民族的进步思想。许多小说家同行都喜欢读他的这些'另类'作品。

"对了，《八十天环游地球》后来在法国再版时，里面增加了十几幅插图。你们知道那是谁画的吗？原来竟是俄国的文学巨匠列夫·托尔斯泰！托尔斯泰跟凡尔纳同岁，他非常喜欢凡尔纳的科幻小说。读得高兴时，就挥笔画了这些插图，并称凡尔纳是'了不起的大师'呢！"

托尔斯泰为《八十天环游地球》所绘插图

第 26 天

短篇小说之王

莫泊桑

法国·19世纪

《羊脂球》：到底谁是"婊子"

源源问爷爷："您昨天说左拉的自然主义影响挺大。这一派的作家还有谁？"

"多了。单说法国的，就有塞阿德、埃尼克、亚历克西、莫泊桑……其中莫泊桑成就最大。

"有这么一段文坛佳话：左拉因为写《小酒店》名声大振。他用稿费在巴黎郊区的梅塘那地方买了一所别墅，前边提到的这几位自然主义派的作家，没事就到那儿去聚会。

"普法战争以后，有一回他们相约以战争为题材，各写一篇小说，放在一块儿结集出版，总题就叫《梅塘晚会》。这部小说集一出来，立刻轰动了法国，几个星期内连印了八版。而其中最受欢迎的一篇，就是莫泊桑的《羊脂球》。这一篇，可以算作莫泊桑的成名作了。他自己都说：我像流星一样闯进了文坛。

"《羊脂球》写的是普鲁士人入侵法国期间的一段凡人小事。有一天，一辆驿车出发了，车上坐着形形色色的人物：有葡萄酒商人、棉纺厂老板、在省议会供职的伯爵，还携妻带子的。此外还有一位好好先生和两位修女，这些人当然都是正派人啦。——车厢旮旯儿里还坐着个女子，那是个妓女，外号叫'羊脂球'。跟这么个下贱女人坐在一个车厢里，又怎能不让那些正派女人翻白眼儿、说怪话呢。

"由于大雪封路，车走得很慢。众人的肚子很快都提出了抗议。只有羊脂球一人不慌不忙，她随身带着满满一篮子吃食呢。她大大方方地把好吃的分给旅伴们。那班贵妇吃了她的东西，再也不'摆脸子'啦。

法文版《羊脂球》

"车到一个由普鲁士人占据的小镇，被扣住了。原来有个普鲁士军官非要羊脂球陪他过夜；羊脂球不答应，普鲁士人就不放车子过去。开头，车厢里的人没一个不恨普鲁士人，都说羊脂球做得对。可是两天过去了，这帮自私鬼都打起自己的小算盘来。

"于是这伙儿人开始甜言蜜语地哄羊脂球，要她答应普鲁士人的无礼要求。修女甚至说，只要动机纯洁，对某些事情，天主都会原谅的。羊脂球为了众人着想，只好忍辱负重，勉强答应下来。

"可次日马车再次上路，羊脂球却发现，人们仿佛不认识她似的，都像躲瘟疫似的躲着她。到了吃饭的时候，大家拿出在镇上采办的美味大吃大嚼，却没一个人理睬俄着肚子的羊脂球。羊脂球明白了，她让人出卖啦！她强忍着不哭出声，可还是没忍

住，在黑暗中送出一声呜咽来。

"莫泊桑真会选择题材，社会上三百六十行，他偏偏选中一个妓女来写，又把她跟她的'高贵'旅伴们一起，放到事关国家、民族荣誉的大是大非当中去经受淘洗。

"结果怎么样呢？人们看到，这个被迫操贱业的妓女，反而有着一颗高尚的心；那帮道貌岸然的上等人呢，却无一不是灵魂卑鄙的'婊子'！"

莫泊桑师从福楼拜

莫泊桑（1850—1893）出生在法国诺曼底省一个没落的贵族之家。由于家庭不和，自幼他的母亲就跟当银行职员的父亲分了手。不过母亲这一边倒是书香门第，莫泊桑的舅舅是个有名气的诗人兼小说家。受着家庭气氛的熏陶，莫泊桑从小爱上了文学。

在大学里，他读的是法律。可是没念几天，普法战争爆发了。莫泊桑放下书本扛起枪，到国民别动队里服役；当法军大溃败时，还差点儿当了俘虏。战后他曾在海军部和教育部供职，却从来没停止文学创作。发表

莫泊桑

《羊脂球》以后，他就辞了职，一心一意搞他的小说创作。这会儿他刚好年届而立。

说到写小说，就不能不提他的老师福楼拜。莫泊桑在文学上的成功，一多半是这位恩师栽培的结果。福楼拜跟莫泊桑的母亲、舅舅是极好的朋友。他没有儿子，就把莫泊桑当成自己的亲儿子看待。一开头，莫泊桑拿了自己写的东西给他看，他说："你很聪明，不过你得记住，才能就是长期的坚持不懈。小伙子，努力干吧！"

福楼拜对莫泊桑要求很严，他告诉莫泊桑："不论你写什么，只有一个词儿是最准确的，你得学会把这个词儿找出来。"又说："你出去跑一圈儿，看看坐在自己铺子里的杂货商，看看抽烟斗的看门人，再看看马车站。你得给我描绘出这个杂货商和看门人，让我不至于把他们跟别的杂货商、看门人弄混。你还得用一句话点明你眼前的这匹马的特征，让我一听，就知道它跟它前前后后的五十匹马有什么不同……"

这要求也太苛刻了吧？可是严师出高徒，莫泊桑一丝不苟地照老师的话去做。为了练笔，他写了大量习作，却并不急着发表。直到有一天，写出了《羊脂球》，他的艺术才能终于成熟啦。可惜福楼拜读着弟子这篇作品时，已经卧病在床，不久于人世啦。

这以后的十年里，莫泊桑的一支笔就像脱了缰的马似的，总共写出三百多篇中短篇小说，结成十八个集子出版；还写了六部长篇，以及一些诗歌和评论。

莫泊桑是谦虚的，他还把侨居法国的俄国作家屠格涅夫尊为老师，虚心听取他对作品的意见，尽管自己那时已经很有名气。为了表示对老师的感谢，莫泊桑把自己最初的诗集献给福楼拜，把最初的小说集献给屠格涅夫。

可惜他死得太早。大概是长期的紧张写作损坏了他的大脑，他得了严重的神经官能症，后来竟发起疯来，朝自己开枪没死，被关进了疯人院，死时才四十三岁。

"蛮子大妈"替儿报仇

莫泊桑的小说，以中短篇的成就最高。里面题材丰富，有写普法战争的，有描摹底层人物悲惨命运的，也有讽刺小市民的……其中有一篇《蛮子大妈》，写一个老妇人为儿子报仇的故事，读起来动人心魄。

《莫泊桑短篇小说选》中译本封面

蛮子大妈是个乡下老妇人，高高的个儿，姿态古怪，仿佛从来不会笑似的。她丈夫早死了，有个儿子，战争一打响，参军上了前线。不久村子让普鲁士人占领了，有四个普鲁士士兵住到她家来。

四个士兵不算太坏，闲了还帮老妇人干干家务，不知道的还以为是她的四个儿子呢。可老妇人一心只惦记着她自己的那个，逢人就打听儿子的消息。

终于有一天，她得到了实信儿：自己日思夜想的亲骨肉，让普鲁士人的炮弹炸死了。老太太没哭，她把信藏好，擦擦眼睛，仍旧像平日那样安安静静地干着手底下的活儿。但一个主意已经在她心里打定。

晚上，她让士兵把许多干草抱到他们睡觉的阁楼上去，说是为了他们睡着暖和。到了半夜，她撤掉梯子，在底层点起火来。火海里传来普鲁士人的号叫声——蛮子大妈没逃走，她向闻讯赶来的普鲁士军官讲述了一切，然后从容走到墙根，迎着德国人的枪口，没有一点儿恐惧……

读过这篇小说，你就再也忘不掉这个有点儿古怪的老妇人。她字也识不得几个，没有多么深刻的思想，多么高尚的爱国激情。可是她有最朴素的亲子之爱，认准一个"血债要用血偿"的简单道理。当她站在雪地里，看着自己的家园被大火吞没，可以想象，她的心中交织着多么强烈的爱和恨，有着怎样坚定的复仇信念！

一条改变人生的项链

《项链》却是另一种题材的作品。有个市民阶层的漂亮姑娘，嫁给一个教育部的小职员。她一心羡慕富贵之家的豪华生活，对眼下的寒酸日子厌烦得要命。有一回，她跟丈夫一块儿参加一个盛大的舞会。为了风光，她特意做了一身华美的衣服，还从女友那儿借来一串贵重的钻石项链。

在舞会上，她出尽了风头，连部长都注意到了她。可是回到家里，高兴劲儿还没过去呢，她却忽然发现，借来的项链不知丢到哪儿去啦！

没办法，丈夫东挪西借，好不容易凑了一笔三万六千法郎的巨款，买了一挂相同的项链还给人家。一家人从此便背上了山一样的债务包袱。

为了还债，他们只好辞掉仆人，搬进一个小阁楼住下。一切粗笨琐碎的家务活儿，全由女主人一人包下来。她穿得像个穷苦女人，挎了篮子亲自到市场上买东西。为了一个铜子儿，跟人家讨价还价，骂骂咧咧……丈夫为了多赚两个钱，替人家抄稿抄到深夜，吃尽了苦头。

十年过去了，债总算是还清了。艰苦岁月也把这位小康之家温柔闲适的太太，磨炼成了强健粗硬、吃苦耐劳的下层妇女。有一回，她再次见到她的女友，带着点儿骄傲的神气，向女友述说吃苦还债的经历。女友激动地抓住她的手说：可是我借给你的那一串是假的，至多只值五百法郎啊……

小说到这儿就结束了。可读者谁也不能不

《项链》插图

往深处想一想：这是悲剧还是喜剧？这一切又是怎么造成的？小市民的虚荣心吗？命运的捉弄吗？还是贫富不均的社会现实？

难怪左拉在莫泊桑的墓前说过这样的话："读莫泊桑的作品时，或是笑，或是哭，但永远是发人深思的。"这话一点儿不错。

人情如纸读"于勒"

莫泊桑的短篇小说里，还有一篇《我的叔叔于勒》，揭露了人情薄如纸的炎凉世态。小说是以一个孩子的口吻讲述的，用的是第一人称。

"我"是个穷职员家的孩子。家里生活拮据，常常要买减价货。姐姐的长袍也是自己缝的，买很便宜的花边，还要在价钱上计较半天。可是全家人都存着希望：因为爹爹的弟弟于勒到美洲去做生意，据说买卖做得挺大，并来信说早晚要回来，跟大家一块儿过好日子。于勒叔叔因此成了全家人唯一的希望。连二姐找婆家，也是因为对方看了于勒叔叔的来信，才答应这门亲事的呢。

二姐结婚后，全家人到哲尔赛岛去玩。在船上，爹爹带着两个姐姐吃牡蛎，却发现那卖牡蛎的穷水手，特别像于勒叔叔。从船长那儿，爹爹终于打听出来：那人就是于勒，是船长从美洲带回来的。据说过去曾阔过一阵子，现在却沦落到这步田地。

这一来，全家人都大起恐慌。爹爹嘟囔着："出大乱子了！"娘发怒说："我就知道这个贼是不会有出息的，早晚会重新回来拖累我们……"他们带着孩子们躲到船的另一头，生怕被于勒认出来。

小说篇幅很短，才三千字，因而这一家人对待于勒的态度变化，就显得格外突兀、对比鲜明：前头是期待、渴望，如盼救星；后面是嫌弃、厌恶，避之如仇。——是什么造成这么大的变化？还不是见钱眼开、六亲不认的社会风习熏染的结果！

莫泊桑笔下的短篇还有很多，像《两个朋友》《菲菲小姐》《米隆老爹》《决斗》《勋章到手了》《伞》《一家人》等，也都十分出色。而说到长篇，则有《温泉》《皮埃尔和若望》《我们的心》等，但都不如《一生》和《漂亮朋友》著名。

性格、态度决定"一生"

《一生》写的是个名叫约娜的女人的故事。她生在贵族家庭，爹爹一心想把她培养成纯洁完美的淑女。她在修道院里长大，家庭又是那么优雅和谐，她自然也把爱情婚姻想象得浪漫又幸福。

可是她嫁了人以后，却发现丈夫是个好色之徒。他不但勾搭上约娜的女仆若莎，并且跟她生下个儿子；还跟约娜的女友——一位伯爵夫人私下来往。最终，丈夫就死在这上面。

这样的丈夫，死了也罢，好在还有儿子。可儿子跟老子差不了多少。他先是跟一个女人私奔，到伦敦、巴黎四处游荡。后来又不断向家里要钱，直到把家产败光！

约娜还发现，自己那和善的父亲其实也有吝啬的一面；品貌端庄的母亲，年轻时也并不清白。总之，这个世界跟她理想中的那个截然不同。命运仿佛捉弄她似的，把一切厄运都降临到她身上。

而那个被赶走的女仆若莎，却处处比她幸运。——若莎以积极的态度对待人生，她的儿子是个有作为的青年，继承并经营着一处农场。最终约娜还是靠着若莎的帮助，才免于饥寒。

有人说，福楼拜笔下的包法利夫人，一生也是悲惨的，但那多半是她自找；而约娜却是个纯粹的受害者。她总是被动地对待人生，她的悲剧，一半源于她懦弱的性格。

《一生》插图

靠女人发迹的"俊友"

莫泊桑的另一部长篇《漂亮朋友》，早先译作《俊友》，写的是个男人的发迹史。

此人叫杜洛阿，是个退役上士，在巴黎铁路局当个小职员。他那点儿微薄的薪水哪儿够他开销的？有时，口袋里还剩下三个法郎，却得熬上两天才能拿到薪水。对那些满口袋金币的人，他嫉妒得要命。

好在他有本钱——人长得漂亮。他身材适度，一头栗色卷发，配上卷起的小胡子和一双碧眼，哪个女人见了都要多瞅上两眼。

他有个朋友叫管森林，劝他到新闻界去碰碰运气。于是他向朋友借钱租了一套燕尾服，去参加一个新闻界的宴会。凭着自己的卖弄以及朋友的帮忙，他居然闯进了新闻圈儿。不过他的头一篇新闻稿，是管森林太太口授的，他只管抄录并拿钱就是了。

为了钻进上流社会，他又去勾引一位贵妇人，还向报社老板的太太大献殷勤。他的朋友管森林死了，他便娶了管太太。他早就摸清了新闻界的内幕和诀窍，知道怎样利用报纸结交权贵、左右政局。由于老板太太上了他的"钩"，他在报社的地位也越爬越高。

最终他发现，要想像老板那样利用政治大发横财，光这么偷偷摸摸地干还不行，得进一步跟老板联姻才行。于是他甩掉管太太和老板夫人，转而向老板的女儿进攻，并把她弄到了手。

根据《漂亮朋友》改编的同名电影剧照

杜洛阿终于如愿以偿。在与小姐成婚的典礼上，他觉得自己就是世界的主人。他相信，政界的高位正向他招手呢！——可合上书一琢磨，你会发现这位征服了巴黎新闻界的"英雄"，其实是个专靠女人往上爬的流氓、无赖，你便又会感叹作者笔锋的尖刻与犀利了。

莫泊桑的小说偏于自然主义的风格，有些地方只管描摹现实，却模糊了是非。他本人是个悲观主义者，他笔下的人物和故事，也难免带上灰暗的调子。——他最终自杀不成，发疯而死，自己也始终没能走出悲观的阴影。

都德：《最后一课》与《柏林之围》

沛沛说："我见过莫泊桑的肖像，人长得很气派，还留着漂亮的胡子。"爷爷笑了："听你一说，想起一件作者逸事来。一次莫泊桑遇见一位自以为是的贵妇人，当面贬低他的作品，不过又说：'你的胡子倒是挺帅，你为啥要留胡子呢？'莫泊桑不动声色地回答：'就是要给对文学一窍不通的人留一点儿可赞美的东西啊。'"

两个孩子都笑起来。源源问爷爷："您刚才提到普法战争，我想起都德的《最后一课》来。都德不也是19世纪的法国作家吗？"

"说得不错。都德（1840—1897）跟莫泊桑是同时代的法国作家，两人都当过兵，又都参加过普法战争。那次战争本来是拿破仑三世发动的，后来普鲁士人反扑回来，法国反而成了受害的一方。战后，法国的阿尔萨斯和洛林两省，被普鲁士人割去了。

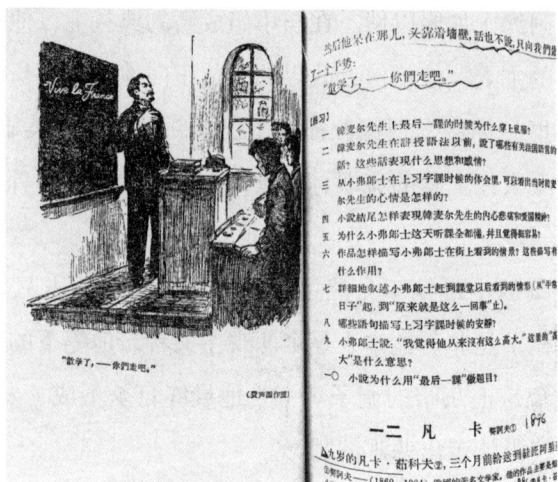

《最后一课》是中学语文课本中的保留篇目

每个有爱国心的法国人，当然都要痛心疾首啦。这就是《最后一课》的背景。

"小说里的'我'是个爱逃学的孩子，这天上学，又迟到了，可是韩麦尔先生却没像往常一样责罚他。让他奇怪的是，韩先生今天还换了节日才穿的礼服，教室后面也破例坐满了镇子上的大人们。——后来他才明白，他的家乡被割给普鲁士人，这是最后一堂法语课啦。柏林来了命令，从明天起，学校就不准再教法语啦！

"小说里的韩麦尔先生是法国人民爱国心的象征。他在这最后一课临下课时，悲痛得说不出话来，只是用粉笔在黑板上写了'法兰西万岁'几个大字。——还有什么样的爱国教育，比这个更有力量、更能撞击人心呢？

"都德还有一篇《柏林之围》，跟这一篇主题相同。只是《最后一课》写的是外省,《柏林之围》写的是法国首都巴黎。全篇是以一个医生的身份来口述他亲历亲闻的一件事。

"普法战争期间,有位八十岁的法国退役上校,满怀爱国热情,认定法国一定能打胜。为了亲眼见证法军得胜回朝的盛况,他特意搬到凯旋门附近居住。然而一次法军吃败仗的战报,让上校患了'半身不遂'。上校的孙女和医生为了病人的健康,只好每天挖空心思编造法军在前线取胜的消息。上校信以为真,身体也逐渐复原了。

"当普鲁士人包围巴黎的时候,照孙女编造的战报,法军正包围德国首都柏林呢。老军人开心极了,他马上就可以看到法军的凯旋大游行啦!

"普鲁士军队开进巴黎这天,上校出现在阳台上。他头顶军盔,腰挎军刀,身穿拿破仑时代光荣而古老的军装,准备向自己的军队致敬呢。

"可是他看见了什么啊?在凄凉的街道上,黑压压的普鲁士军队开过来了。于是,在广场上一片寂静中,传来凄厉的叫喊:'快拿武器……快拿武器……普鲁士人!'老人挥舞着手臂倒下去了——这一回,他真的死了!"

源源和沛沛都没有说话,仿佛在心里回味着那呐喊似的。爷爷又补充说:"都德的这两个短篇,都收在他的短篇集《月曜日故事集》里。他不光写短篇,还写过十几部长篇。像《小东西》《富豪》等,也都挺有名。

"都德在法国文坛上算不上顶尖的作家,可咱们中国的青少年朋友,对他却并不陌生呢。"

第 27 天

罗曼·罗兰与普鲁斯特

法国·19—20世纪

法朗士：要正义不要勋章

"跟莫泊桑、都德同时的，还有一位法国作家法朗士（1844—1924）。"爷爷呷了一口茶水，说道，"前边那两位，都只活了四五十岁；这一位却一直活到八十岁，死于20世纪。他死了以后，举行了国葬，总统和部长们都来参加葬礼。那场面，只有三十九年前雨果的葬礼可以与之相比。

法朗士

"法朗士出生在巴黎一个旧书商的家庭，他是在书堆里长大的。他没念过大学，挺早就独立谋生，一边打工一边写诗，写小说。长篇小说《希尔维斯特·波纳尔的罪行》是他的成名作。主人公波纳尔是个狂热的老学者和藏书家。他热心帮助一位书商的寡妻和孤女；后来那寡妻嫁了一位贵人，并帮他找到了梦寐以求的手稿。

"那么题目里的'罪行'指的又是什么呢？原来波纳尔帮受折磨的孤女逃出寄宿学堂，因而犯了'拐骗'罪。以后他把孤女教养成人，还拿自己的藏书给她当陪嫁，却又偷偷从里面抽回几个珍本，这又是犯了'盗窃'罪。这位老人心地善良、古道热肠，可又爱书如命，不谙世故。在那个社会里，自然不免要处处碰钉子喽。

"法朗士还有个中篇《克兰克比尔事件》，写一个小贩推车上街卖瓜果蔬菜。警察不准他把车停在路边，他却因为等一位女主顾来送钱，故意磨蹭。警察动了肝火，把他抓了起来。法庭因他无意中说了一句'该死的警察'，就判他坐了半个月牢房，还罚了款。

"出狱以后，人们都躲着他。生意做不下去，生活也断了来源。他觉得还是监狱里更舒坦，就故意去辱骂警察。——可这回警察并没当真，只是呵斥他走开完事。

"法朗士在这里讽刺法律的虚伪是有目标的。你们还记得左拉曾为之打抱不平的'德雷福斯事件'吗？法朗士的小说就是针对这个写的。不但如此，他还亲自出庭为左拉辩护。后来法庭吊销了左拉的荣誉勋位团的勋位，法朗士立刻也摘下自己的荣誉勋章——他是个热血汉子！

"法朗士的作品很多，有四部长篇，曾学巴尔扎克《人间喜剧》的样儿，取名叫《当代史话》。此外，像《诸神渴了》《天使的反叛》等作品，也都很有名。1921年，法朗士荣获诺贝尔文学奖，那是为了表彰他辉煌的文学成就，'它的特色是高贵的风格、深厚的人类同情、优雅和真正高卢人的气质'。

"其实在他之前，还有一位法国作家也得过诺贝尔文学奖，他就是小说巨著《约翰·克利斯朵夫》的作者——罗曼·罗兰。"

罗曼·罗兰：让我们打开窗子

罗曼·罗兰（1866—1944）比法朗士小二十几岁。他出生在法国中部小镇克拉姆斯，父亲是个公证人，乐天而知足；母亲却有点儿多愁善感。罗兰不满周岁时受了凉，以后终身疾病缠身。母亲对这个瘦弱多病的孩子格外爱护，常常弹琴给他听。罗兰的音乐天赋，就是从母亲这儿得来的。

父母对他的呵护有点儿过分，整天把他锁在屋子里，小罗兰只能通过玻璃窗观察外界。他看着运河里的流水和船只，蓝天上流动变化的白云，他那一颗敏感的心被变幻的大自然吸引着，有时能那么待上好几个钟头。

罗曼·罗兰

为了让罗兰能上个好学校，在他十四岁那一年，一家人搬到了巴黎。罗兰在中学里读哲学班，准备投考高等师范学校，在当时那是个热门选择。

可是头两次，罗兰没能考取——因为他太热衷于读各种"闲书"啦：斯宾诺莎、拉伯雷、莎士比亚、巴尔扎克、雨果……他全爱读，名落孙山也便是很自然的事。然而事不过三，他最终考取了高师，以后成了学校里的优等生。

从高师毕业，他又有机会到设在罗马的考古学校去深造。以后回国结了婚，又带着太太重返意大利，并写成研究歌剧史和绘画史的博士论文。

可是罗兰并不满足自己的成就，他的音乐才能，并不比他的学术才能差。他弹得一手好钢琴，以至有位艺术学校的校长说，罗兰不搞音乐，实在是艺术界的重大损失。

我们从他日后的文学创作里，不难看出他对音乐是多么热爱，他的艺术修养又是多么高深。他曾打算写一套《名人传》，后来写成三种，是《贝多芬传》《米开朗琪罗传》和《托尔斯泰传》。

他平生最敬佩德国大音乐家贝多芬。他在《贝多芬传》的头一页上写着："让我们把窗子打开，让我们把自由的空气放进来，让我们呼吸这英雄的气息吧！"——以后他又创作了那部音乐小说巨著《约翰·克利斯朵夫》，书中的主人公，就是以贝多芬为原型的。

《约翰·克利斯朵夫》：音乐天才初露锋芒

克利斯朵夫出生在德国莱茵河畔一座小城里。他爹是个穷乐师，跟一个厨娘结了婚。人人都说这门亲事"门不当户不对"，他爹也便自暴自弃，喝起酒来。克利斯朵夫的爷爷是大公爵乐队的指挥，为人耿直，很爱他的孙子，把一架旧钢琴当礼物送给他。小克利斯朵夫的音乐天分，就是在这架旧钢琴上显露出来的。

当爹的发现了儿子的天分，就发狠似的训练他弹琴，想把儿子当成摇钱树。可是这个丑孩子天生脾气犟，一旦知道爹爹的打算，就再也不肯练下去。爹爹对他又是打又是让挨饿的，总算把他给治服了。

不过他在音乐上的进步，还应归功于爷爷的培养和舅舅的教导。他舅舅是个小贩，不懂音乐，却懂得人生。他告诉克利斯朵夫："不能为了让人敬佩才去创作，音乐也要谦虚、真诚……"

《约翰·克利斯朵夫》中译本

这些话深深印在小克利斯朵夫心里。这以后，这个八岁的小神童举办了作品弹奏会，大获成功。十一岁时，他已是公爵乐队的第二提琴手啦。

贫困的生活，低贱的出身，从小就让他饱尝了屈辱的滋味。他忘不了小时候受富家孩子的欺负，娘反而要他给人家赔礼的事。后来他教一个富人家的女孩儿弹钢琴，并爱上了那女孩儿。可女孩儿的娘却有礼貌地提醒他：你们中间隔着金钱和门第的鸿沟呢。

他又爱上了一个年轻的寡妇，但不久那女人就病死了。以后他又一次失恋，便借酒浇愁，差一点儿走上酒鬼爹爹的老路。这一回，又是舅舅唤醒了他："别灰心，虔诚地对待每一天吧……英雄就是做他能做的事儿呀。"

克利斯朵夫重又投身到音乐中去，并得到一位公爵的赞助。他很快发现，德国音乐家们的作品竟是那么平庸、虚伪！他直言不讳地说出自个儿的看法，却遭到人们的讥讽。他创作的乐曲也受到不公平的待遇。

他不能沉默，就在一份报纸上登了一篇反驳文章。不料那份报纸是反对公爵的人办的。公爵大发雷霆，指着鼻子训斥他。克利斯朵夫气得脸发青，他高扬起头说："我可不是你的奴隶，我爱写什么就写什么！"还差点儿伸拳头去揍公爵。这样一来，他的差使也就丢啦。

人在法国

有一天，克利斯朵夫到郊外闲走，在一个小酒店里，碰见一伙大兵正在欺负一个姑娘。他路见不平，挥拳相助，结果误伤人命，不得不亡命法国。

经历了大革命风雨冲刷的法国又怎么样呢？巴黎这个大都会同样是一派乌烟瘴气，比德国好不到哪儿去。开头儿他还忍着，尽量把不满憋在心里。可"江山易改，禀性难移"，他终于忍不住了，激烈地批评起法国艺术界来。这一下，他的作品也别想演啦。

有个政客叫罗孙，忽然对他青眼相待，张罗着排演他的作品。可不久他就明白了，这只是为了捧罗孙的情妇、一个蹩脚的女演员。音乐家愤怒地撤回了自己的作品，交给另一个乐队去演出。

演出的那天，来了一大群捣乱的观众，演出没法子继续下去啦。突然，克利斯朵夫在钢琴上弹起一段粗俗的曲子，弹完了，他傲慢地对台下说："这才配你们的胃口呢！"

这一下可捅了马蜂窝。第二天，所有报纸一致攻击这个"粗野的德国佬儿"。他几乎断了生路，饥寒交迫，孤苦伶仃，病倒在这异国他乡的一间小阁楼上。幸亏有个给人家当女仆的邻居，默默地照顾他；待他复原后，那女子又默默地走掉了。从她身上，克利斯朵夫看到了真正的法兰西人。

这以后，他又结交了一个法国朋友——年轻而腼腆的诗人奥里维。说来也巧，他俩还挺有缘分呢。在德国时，克利斯朵夫曾带着一个姑娘去看戏，那姑娘是个法国人，正在德国给人家当家庭教师。

可就因这次看戏，引来了闲话，让姑娘丢了饭碗。那以后两人便断了联系。克利斯朵夫内心负疚，曾四处寻找过她。没想到她就是奥里维那相依为命的姐姐，如今已经病死了。

有这么一层关系，两人更是一见如故。他俩足不出户地聊了八天八夜。音乐家从诗人那儿了解了法国文化的精髓，看清了法兰西民族的伟大。一对患难兄弟都想把心掏给对方。音乐家借了债，替诗人出了一本诗集；诗人则撺掇音乐家举行一场音乐会。

老版《约翰·克利斯朵夫》中译本

结果呢，诗集一本没卖出去，音乐会也没招来一个听众。

不过明珠不怕土埋！克利斯朵夫的音乐天才，终于得到社会的承认，报纸也来为他捧场。然而克利斯朵夫讨厌这种庸俗的吹吹拍拍。——由于他不买账，报纸上的颂扬很快变成了攻击。不久，他又因为作品遭到篡改，跟出版商闹翻了，再次陷入四面楚歌的境地。

突然有一天，报纸上的攻击停止了。有个大出版商主动要求出版他的作品；奥国大使馆还邀请他去举办音乐会。他想回国为爹娘扫墓，就有人送来了护照……

原来，是一位女子暗中保护着他呢！在巴黎时，克利斯朵夫曾出入一位阔小姐的沙龙。阔小姐倒没怎么样，她的表妹葛拉齐亚却偷偷爱上了这位倔强的音乐家，只是音乐家当时并没理会。如今，这女孩儿成了一位奥地利伯爵的夫人。她利用自己的地位和影响，默默地替音乐家保驾。

奏响生命之歌

音乐家的好朋友奥里维，这期间经历了一场悲剧式的婚姻，又回到克利斯朵夫身边。他俩开始关心起底层民众的命运，常去参加民众集会。5月1日那天，他俩被卷入示威游行的队伍里。奥里维去救一个从报亭上摔下来的孩子，自己却让警察撞倒了。克利斯朵夫挺身跟警察搏斗，在混战中误伤人命，不得不逃往瑞士。到了那儿他得到消息，奥里维已经死了。

克利斯朵夫的痛苦是可想而知的。他的生命力，也快让这痛苦耗干啦。不过冬去春来，和风吹绿了草叶的时候，他仿佛又复活了。心中的生命之曲，像泉水似的涌了出来。他连拿纸的工夫都等不及，有时就把乐谱写在袖口上、帽子上……

在异国的小山村里，克利斯朵夫意外地遇到了葛拉齐亚。葛拉齐亚的丈夫、那位奥地利伯爵，不久前在一次决斗中死去了。不过葛拉齐亚并不想跟克利斯朵夫结婚——他们之间的友谊太神圣了，结婚反而会破坏它！

以后巴黎音乐界邀请克利斯朵夫回去，葛拉齐亚也支持他，音乐家终于又重返巴黎。他指挥了好几场音乐会，跟以前的对头们也握手言和。他还找到了奥里维的儿子。看着这娇嫩的孩子，他觉得自己也在这嫩芽身上复活了似的。

葛拉齐亚有个病儿子，存心横在妈妈与克利斯朵夫中间。葛拉齐亚为这个儿子操碎了心，终于在带他外出旅行时，母子双双病死他乡。克利斯朵夫听到这个消息，竟然非常平静。他没有痛苦，也没有思想，只是耳边响着一曲模糊的音乐。他瞧见葛拉齐亚正朝他微笑呢。

他仿佛突然明白了：再也没有什么可以束缚他的了，再也无须等待什么了。他闭门不出，只跟他的心中人做着无声的对话，听着自己的心在歌唱。他写下不少即兴曲，那是些最沉痛又最欢快的曲子。奥里维的儿子跟葛拉齐亚的女儿结成一对，去蜜月旅行了。克利斯朵夫了却一桩心事，倒在了床上。

在昏迷中，克利斯朵夫大声哼着一曲生命的赞歌。其实他已经发不出声啦。他听见有个乐队奏起最美妙的曲子，然而那乐队渐渐远去

音乐家贝多芬画像

了……他看见了莱茵河，看见了母亲、舅舅、奥里维、葛拉齐亚……一位天才的音乐家，就这样走向了生命的彼岸……

用文字谱写交响乐

克利斯朵夫的一生，是英雄的一生。他那倔强的性格，正反映出他为人的真诚。他从小跟别的孩子玩儿时，也是那么认真，打人打得生疼！他一生两次伤人，全是由于疾恶如仇的天性所致。他容不得一丝虚伪，无论在艺术上，还是在生活中。他凭着个人的力量去反抗那污浊的社会，全不管双方的力量是多么悬殊。他那处处碰壁的命运，早已由他的性格决定了。

《约翰·克利斯朵夫》前后十卷，超过百万字。小说整整写

了十年，陆续发表在《半月手记》杂志上。世界上许多读者关注着主人公的命运，跟着音乐家一块儿去爱去恨，去体验命运的痛苦与欢乐……据说小说最后一部分发表时，许多读者为克利斯朵夫的去世而痛苦得发抖，克利斯朵夫早就跟他们融为一体啦！

其实克利斯朵夫的感受，正是作者自己的内心感受。小说中对大自然的描写也充满激情，那条波涛滚滚、一泻千里的莱茵河，不就象征着克利斯朵夫那奔放热烈的激情吗？

写音乐家，整部小说便成了一部用文字谱写的交响乐。乐章的主旋律昂扬振奋、激荡回旋。到了主人公的晚年，乐曲则归于和谐，进入清明高远的境界，犹如交响乐的尾章。——难怪人们把这部巨著称作音乐小说呢。

罗曼·罗兰因为创作《约翰·克利斯朵夫》而成为当时世界文坛上最有名的作家之一，1915年，他荣获诺贝尔文学奖。

罗曼·罗兰的另一部小说巨著《母与子》，是20世纪20年代写成的。书中的母亲叫安乃德，儿子叫玛克，母子前赴后继从事反战事业，罗曼·罗兰本人也在书中出现。

不错，罗曼·罗兰自己就是个反战斗士，一生经历了两次世界大战。第一次世界大战时，他因发表反战言论，还被不理解他的人骂为"卖国贼"。有人污蔑说：罗曼·罗兰领的诺贝尔奖奖金是卖国的报酬！——罗曼·罗兰呢，他拿到奖金，马上就捐给难民，回击了敌对者的谩骂。

第二次世界大战前后，他严厉谴责法西斯，拒绝接受德国颁发的"歌德勋章"。德国人恼羞成怒，把他的书列为禁书。后来法国陷落，纳粹对他严密监视，他却从容自若地写他的书，改他

罗曼·罗兰（左）拜访印度"圣雄"甘地

的稿子，一点儿也不害怕。那会儿他身体很糟，常常卧病。可他还是坚持到了光复的一天。

1944年11月30日，就在德国败退不久后，一代文豪与世长辞。

罗曼·罗兰说过："我称为英雄的，并非指靠思想和强力称雄的人，而是指靠心灵而伟大的人！"——罗曼·罗兰自己就有着伟大的心灵，他可以算得上法兰西民族的大英雄了！

普鲁斯特：口含银汤匙出生的"苦孩子"

几乎与罗曼·罗兰同时，法国文坛还出了一位十分"各色"的作家——普鲁斯特（1871—1922），他生得比罗曼·罗兰晚，死得比他早。

各国文坛上多的是苦孩子出身的作家，普鲁斯特正相反，他是含着银汤匙出生的。他爹是位名医，娘则有着很高的文化修

普鲁斯特

养。他的外公是富有的犹太经济人。

普鲁斯特自幼受到良好教育，就读于名校，同学都是有钱人家的孩子。他年纪轻轻便出入巴黎最负盛名的贵族沙龙，结识了大批社会名流。其中就有前面提到的法朗士，是他引领普鲁斯特走上文学创作之路的。

不过从某种角度上说，普鲁斯特也是"苦孩子"：他自幼患上哮喘病，一辈子没能治愈。到了壮年时期，非但没好，反而越发严重，到了怕风又怕光的地步。他只能整天待在屋子里，门窗紧锁；又因失眠怕响动，把墙壁都贴上了软木。就在这没有铁窗的"囚牢"里，他一待就是十五年，直至五十一岁辞世！

坐在这间锦绣"牢房"中，普鲁斯特倒不觉得苦闷。因为衣食不愁，无人打搅，刚好能安静地从事写作。他从小就喜欢涂抹文字，此前也常为杂志撰稿，还发表过长篇小说呢。眼下有了大把的时间，他准备写一部巨著。至于写作的材料，都是现成的：他静静回想自己的半生经历，要把从小到大见过的人和事，连同精确的细节、细腻的感受，都写进小说里。——有的学者就曾表示疑问：普鲁斯特写的是小说还是回忆录？

法国20世纪初，被历史学家称为"黄金时代"。普鲁斯特用他独特的细腻笔触，对"黄金时代"前夜的上层社会，做了精细的描摹。他的小说《追忆似水年华》总共七部，洋洋大观，足可与巴尔扎克的《人间喜剧》相媲美。

《追忆似水年华》：时间主题与"意识流"手法

普鲁斯特以前的小说，总是以故事情节为主线。然而在普鲁斯特的小说里，几乎找不到跌宕起伏的情节。书中只是按时间的线索，写一个孩子慢慢长大，逐渐认识自己和周围人的过程。

《追忆似水年华》的主人公马塞尔·普鲁斯特，出生在一个富有的家庭，自幼体弱多病、神经敏感又才华横溢。他常常出入巴黎社交场合，结识了不少贵族、商人、艺术家……这一切跟作者的经历几乎一模一样。

在一次疗养中，他爱上了一个叫阿尔贝蒂娜的姑娘。那姑娘长得并不好看，马塞尔自己都不知道为什么喜欢她。可那姑娘越是拒绝，他越是紧追不舍。后来两人渐渐接近，到了谈婚论嫁的地步，姑娘却突然不辞而别——她受不了马塞尔的"各色"脾气！

马塞尔百般寻觅，正在茫无头绪时，突然传来噩耗：那姑娘竟在骑马时摔死了！这消息对马塞尔打击之大，可想而知。他决心写一

《追忆似水年华》中译本

部书，把这半生的悲欢际遇都详细记录下来，也算给自己一个交代。

马塞尔的世界里主要有三类人：一类是公爵、侯爵等贵族，作者冷静地看着这个阶级走向没落，心中带着些许惆怅；另一类是富有的大资产阶级，里面又以犹太人居多——别忘了，作者的外公就是犹太富商；第三类则是一群仆人，作者并不鄙视他们，甚至认为他们有时比贵族还聪明、有教养。

主人公所见所闻，就集中在这样一个狭窄的层面上，谈不上"广"，然而他的文字却有着他人不及的深度。

学者分析说，在普鲁斯特的小说中，"时间"才是真正的主题。人可以拥有大块的空间，譬如一所宅院，甚至一片森林；可任何人都无法拥有比别人更多的时间。——这个问题无时无刻不在困扰着敏感的作家。

普鲁斯特写小说，就是跟"时间"做斗争呢——用回忆去为青春"保鲜"！普鲁斯特认为，回忆通常有两种方式：一种是借助智力、文字等方式，人为地重建过去；另一种是让鲜活的回忆不期然地浮现出来。

譬如说，你吃着一种味道独特的小饼干，喝着一杯椴花茶，突然心血来潮，觉得这一场景似曾相识，于是当年的场景和感受，就接二连三地浮现出来，仿佛比当时更真实，更生动！这也正是作者所追求的——从时间之外找到一种"绝对的真实"！

这种想到哪儿就写到哪儿的手法，叫作"意识流"。——为什么叫"意识流"呢？这本是美国心理学家威廉·詹姆斯发明的词儿。他说，人的思维不断产生，又不断消逝，就像是流水一样永不间断，因而他把人的思维称作"意识流"。以往的文学家，主要写人物的"生活流"，即外在的言谈举止，而意识流小说则主要描写人的意识活动。

人的意识往往是无章可循、不受时空限制的。理性的和非理性的、从前的和现在的，各种意识相互交织影响，形成一种"心理时间"。——《追忆似水年华》的书名直译即"寻找失去的时间"，这里所说的"时间"，应该便是"心理时间"吧。

细致的观察，惊人的记忆

沛沛这才注意到，爷爷手边茶几上放着的书，正是《追忆似水年华》。经爷爷允许，沛沛翻开书，不由得轻声读起来：

在很长一段时间里，我都是早早就躺下了。有时候，蜡烛才灭，我的眼皮儿随即合上，都来不及咕哝一句："我要睡着了。"半小时之后，我才想到应该睡觉；这一想，我反倒清醒过来。我打算把自以为还捏在手里的书放好，吹灭灯火。睡着的那会儿，我一直在思考刚才读的那本书，只是思路有点儿特别；我总觉得书里说的事儿，什么教堂呀，四重奏呀，弗朗索瓦一世和查理五世争强斗胜呀，全都同我直接有关。这种念头直到我醒来之后还延续了好几秒钟；它倒与我的理性不很相悖，只是像眼罩似的蒙住我的眼睛，使我一时觉察不到烛火早已熄灭。后来，它开始变得令人费解，好像是上一辈子的思想，经过还魂转世来到我的面前，于是书里的内容同我脱节，愿不愿意再挂上钩，全凭我自己决定；这一来，我的视力得到恢复，我惊讶地发现周围原来漆黑一片，这黑暗固然使我的眼睛十分受用，但也许更使我的心情感到亲切而安详；它简直像是没有来由、莫名其妙的东西，名副其实地让人摸不到头脑。我不知道那时几点钟了，我听到火车鸣笛的声音，忽远忽近，就像林中鸟儿的啭鸣，标明距离的远近。汽笛声中，我仿佛看到一片空旷的田野，匆匆旅人赶往附近的车站；他走过的小路将在他的心头留下难以磨灭的回忆，因为陌生的环境、不寻常的行止、不久前的交谈，以及在这静谧之夜仍萦绕在他耳畔的异乡灯下的话别，还有回家后即将享受到的温暖，这一切使他心绪激荡。

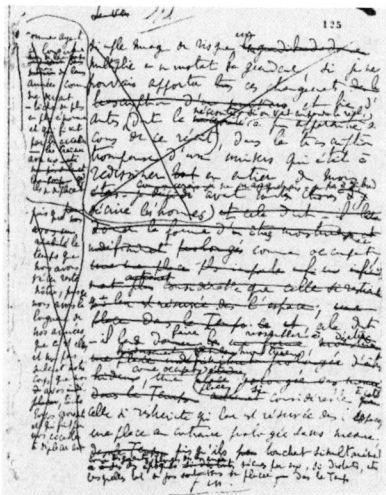

《追忆似水年华》手稿一页

爷爷笑着打断说："你一定以为作者关于失眠之夜的描述到此为止，其实这才是个开头，后面还有好几页呢。读了这一段，对于什么是'意识流'，咱们也有了大致的了解。

"普鲁斯特天生敏感，情感细腻，外界的一点儿小刺激，在他的心中会被放大许多倍。他记忆力又强，能记住往日生活中的每一细小感受。小说中的马塞尔还是孩子时，'爱'上了邻家小姑娘希尔贝特。其实那女孩儿大大咧咧的，并不在乎他。只是一次玩耍时缺个伴儿，临时招呼他参加。于是马塞尔每天盼着跟小姑娘玩，早起第一件事就是抬头看天，希望是个好天气。他用了大量笔墨描写天空的光影变化，你不能不佩服作者的观察细致、记忆惊人。

"《追忆似水年华》共七部，第一部是《在斯万家那边》。书写出来，却没有出版社愿意接受。没办法，普鲁斯特只好自费印刷，出版后反响也不大。然而第二部《在少女们身旁》出版后，却受到评论家的关注，一时好评如潮，还一举获得了法国最有影响的龚古尔文学奖。

"这以后，《盖尔芒特家那边》《索多姆和戈摩尔》《女囚》《女逃亡者》《重现的时光》等，也一部部接连完成，差不多两年一部。只可惜普鲁斯特的身体一天不如一天，以至于后三部的出版，作者自己竟没看到！"

狄更斯

专写『苦孩子』的

英国·19世纪

"苦孩子"大卫·科波菲尔

"法国的文学人物和故事，到昨天算是告一段落。转过头来，咱们再看看英国的情况。——还记得中英鸦片战争是哪一年发生的吗？"

"是1840年。"源源和沛沛齐声回答。

《大卫·科波菲尔》插图

"不错。19世纪30年代，英国进入了维多利亚女王时代。英国是君主立宪制，权柄握在资产阶级手里，英国的资本主义也发展得特别快。当时英国号称'世界工场'，它把工业产品销往全世界，又从世界各地掠夺了大量原料和金钱。单是一场'鸦片战争'，英国就从中国掠走白银两千万两！

"你们也许会想：英国人这下子可发了大财！其实发财的只是英国的大资产阶级，广大的英国工人、农民乃至小业主，依然是朝不保夕。——英国大作家狄更斯的长篇小说《大卫·科波菲尔》，是在鸦片战争后第十个年头写成的，里面记述了一个苦孩子的不幸遭遇，那正是英国底层社会生活的写照。

"大卫这孩子没出世就死了爹爹。娘再嫁后，后爹把大卫看成眼中钉。等到娘也死了，大卫便被送到一家工厂当了刷瓶子的童工，寄住在密考伯先生家。密先生孩子一大堆，日子过得挺艰难。可密先生满脑子都是发财致富的大计划，只是一施行起来，总是失败，最后干脆因为负债太多，全家都进了监狱。大卫失去依靠，只好去投奔他的姨婆……

"小说刚开头，读者已领略够了底层社会的贫困与灰暗。然而这不是作者的虚构，这里面写的，一多半是狄更斯的亲身经历。《大卫·科波菲尔》这部书，也始终被人看作是狄更斯的自传体小说。"

《大卫·科波菲尔》俄文版封面

狄更斯：小童工成了大作家

狄更斯（1812—1870）出生在英国南部朴次茅斯一个海军小职员的家庭。他父亲为人善良，喜爱孩子。可他不怎么会过日子，挣钱不多，却喜欢讲究个排场，因而欠下一堆债务，最后被债主送进了监狱。

一家人失去生活来源，也都跟着搬进牢房。只有小狄更斯在一家鞋油作坊里找了个贴标签的活儿，两头不见日头拼命干，一星期才挣六个便士。也就是说，干一个季度还挣不到一个金镑！

贫困肮脏的街巷、阴森黑暗的监牢，从小给狄更斯留下难以抹去的印象，这些场景后来都被他写进小说里。以后，就像他的小说里常常出现的情节：他家有个远亲去世了，给他们留下一笔遗产；父亲还清债务，出了监狱，小狄更斯也进了学校。

狄更斯是个聪明好学的孩子，在学校里总是考第一。可是读了没几年，父亲又把他送到一家律师事务所去当缮写员。虽然跟学校断了缘分，狄更斯却始终不忘学习，他是伦敦大英博物馆图书馆的常客。何况在他身边，还有社会这本大书，他每天都在翻动着书页呢。

狄更斯

《匹克威克外传》插图

不久，狄更斯当上了报社的采访记者，专门写一些社会特写。这样一来，他有了展露才华的机会。于是有人建议他为一套幽默连环画配写故事。故事是分期发表的，取名《匹克威克外传》。

主人公匹克威克是个古道热肠的绅士，他出门旅行，遇到许多人和事：诱拐女人、制造笑料的骗子啊，想要显示枪法却误伤了同伴的主人啊，还有为竞选而变得癫狂的市民们……读者通过这些有趣而亲切的故事，认识了二十五岁的狄更斯。这以后，狄更斯辞去记者职务，当上一家杂志社的主编，并跟一位报社老板的千金结了婚。这时他已是名作家了。

《大卫·科波菲尔》里的大卫，走的也是这样一条道路。他被姨婆收留后，先是读书，接着又进了一家律师事务所。以后当上记者，又成了作家，就连他那并不美满的婚姻，也有着狄更斯生活的印迹。

不过把《大卫·科波菲尔》单看成作者的自传，却又低估了它的意义。其实作者是在写他的一种人生理想。在那个金钱至上的社会里，一些人巧取豪夺、自私自利，全不顾道德廉耻。像小说中那个给律师当助手的坏蛋希普，永远是一副谦卑谄媚的样子，一握手，手掌又潮又黏，让人打心眼儿里腻味他。他表面假装恭顺，暗地里却设下圈套，掌握了事务所的大权，把老律师当傀儡耍，还侵吞了大卫姨婆的财产。

大卫则代表了完全不同的另一类人。不管世风怎么衰颓、人心怎么混乱，他却抱定了利他主义的信念，对生活充满信心和热爱。——这才是作者要告诉人们的。

《奥利弗·退斯特》：仍是苦孩子的故事

狄更斯是苦孩子出身，他的小说，也总离不开苦孩子的题材。有一部长篇《奥利弗·退斯特》，是紧接着《匹克威克外传》写出来的。

在英国的一座小镇上，有个年轻的孕妇晕倒在街心。有人把她送到贫民收养所，在那儿她生下个男孩儿就死去了。收养所管事的给男孩儿取名叫奥利弗·退斯特，并把他交给一个老太太收养。九年以后，管事的又把他领回收容所，让他当了童工。

有一回吃完饭，被饥饿折磨着的孩子们推举奥利弗再去要点儿稀粥。管事的大怒，狠狠打了他一马勺，又把他关进黑屋里。第二天，收容所贴出告示，说是谁愿把奥利弗领走，收容所甘愿倒贴五个金镑！就这样，奥利弗成了殡仪馆的小学徒。白天，他

《奥利弗·退斯特》插图

替人挽车出殡，天生的一脸苦相，全不用化装；夜里，他就睡在空棺材边上。

奥利弗受不了老板的虐待，不久就一路要饭逃到了伦敦。可才出狼窝，又入虎口；奥利弗又落入一伙儿窃贼手里。贼头儿费金逼着他去行窃。头一回出马，他就代人受过，挨了一顿打。第二回，他又挨了一枪子儿，差点儿送了命。

可是他回回遇见好人：有个叫勃朗罗的好心先生曾领他回家。勃朗罗家的墙上挂着一幅画像，画像上的女子跟小奥利弗别提多像了。后来奥利弗又遇上了梅里夫人和萝斯姑娘，她们成了他的保护人。

就在这时候，有个叫蒙克斯的神秘人物来找贼头儿费金。他提出个怪要求：只要费金能把奥利弗"培养"成不可救药的坏小子，他甘愿出一大笔钱。——奥利弗在贼窝儿里有个要好的小女伴叫南茜，她偷听到蒙克斯与费金的密谈，就偷偷跑去告诉了萝斯姑娘和勃朗罗先生。可她自己却被蒙克斯杀害了！

勃朗罗先生找到蒙克斯，逼他吐露了真情：原来蒙克斯跟奥利弗竟是同父异母的兄弟。这两兄弟的爹爹爱德华娶妻生下蒙克斯，又转而爱上了一个退休军官的女儿，并让她怀了身孕。以后爱德华去罗马办事，病死他乡。这边呢，姑娘怀了孕，被爹爹赶出家门，在收养所生下小奥利弗就死去了。而勃朗罗先生家的画像，画的正是奥利弗的亲娘，因为勃朗罗是奥利弗爹爹的好朋友。

不过奥利弗的爹爹临死前立下遗嘱，把家财的大半留给未婚妻和未出世的孩子。但有个条件：如果这孩子将来行为不端、有辱门风，遗产就归他的异母哥哥蒙克斯一人独有。——这回咱们明白了，为什么蒙克斯盼着弟弟堕落。

当年，奥利弗的娘一死，他外公也忧愤离世。留下个小女儿只有三四岁，被梅里夫人抚养长大，那就是萝斯姑娘。论起来，奥利弗还得管她叫小姨呢。

最终，蒙克斯跑到美国，犯了事，死在狱里。费金也受到应有的惩罚。不过临死前，他透露了一封信的线索。那信是奥利弗的爹爹写给未婚妻的。有这封信做证，奥利弗继承了爹爹的全部遗产。这才叫"苍天有眼，善有善报"呢。

《老古玩店》：催人泪下祖孙情

在狄更斯的小说人物里，给人印象最深的就是那些苦孩子。

Mr. Swiveller and the Marchioness (page 442).

《老古玩店》插图之一

狄更斯对他们太熟悉啦。他们就是跟狄更斯一块儿贴标签的童工，一块儿在贫民窟里挣扎活命的小伙伴。在另一部小说《老古玩店》里，耐儿、吉特等，也全是这样的苦孩子。

耐儿是个女孩儿，人长得漂亮，心地又纯洁，只是身体太柔弱了点儿。她跟外公相依为命，守着一爿老古玩店过活。店铺开在一条偏僻的小巷里，堆着卖不出去的陈年破烂货。为了给外孙女挣下嫁妆，老外公开始一宿一宿地玩牌下赌注，幻想着有朝一日时来运转，可命运却把他交到放高利贷者的手心儿里。

终于有一天，老古玩店破了产。祖孙俩被迫离开伦敦，一路向西流浪。不久耐儿在一处蜡像馆找到一份解说员的工作，可外公却依旧嗜赌如命。没办法，姑娘只好又带着老人离开这里。一路饱尝了流浪的艰辛，他们终于在一个偏僻而宁静的小山村落了脚，当上了小教堂的看门人。

"耐儿真的死了吗？"

可是在伦敦，有人正惦念他们呢。老古玩店本来雇着一个打杂儿的男孩儿叫吉特，耐儿待他很好，常教他读书识字。在吉特的心中，耐儿也就成了最可爱的天使。然而耐儿却不辞而别；当吉特赶来送行时，空荡荡的店堂里，只留下一只小鸟儿。

惦念这祖孙俩的，还有一位神秘的海外来客。那是个有钱的独身绅士，四处打听祖孙俩的消息——吉特后来才知道，原来他是老人的弟弟。年轻时，这哥儿俩爱上了同一个姑娘。为了哥哥的幸福，弟弟放弃了心上人，远走他乡。可哥哥婚后不久，妻子就死了，只留下个漂亮女儿。女儿长大后嫁了人，生下一男一女，也便撒手而去。那男孩子不成器，以后成了恶棍，老人的家财，全被他败光了。女孩儿却好得出奇，就是耐儿。

《老古玩店》插图之二

如今独身绅士在海外发了财，回来寻找哥哥。几经周折，他跟吉特来到了这穷乡僻壤的小教堂。——然而他们来迟了，当吉特捧着鸟儿来到耐儿床边时，她刚刚咽气。过度的操劳、旅途的艰辛，彻底毁了她的健康。

耐儿就葬在教堂边的墓地里。白发人送黑发人，世上还有比这更惨的事吗？老外公伤心过度，也倒在了耐儿的墓碑旁。

狄更斯的小说，不少都是喜剧结局。而这部，却是以诗一样的悲剧作为结尾的。耐儿这个美丽、纯洁、柔弱的姑娘死了，不知有多少读者为她流下同情之泪。

小说在杂志上连载时，就有人给狄更斯写信，要他千万"保全"耐儿的生命。据说远在美国矿区的工棚里，矿工们丢下手里的纸牌，静静地听伙伴朗读《老古玩店》。当听到耐儿死去时，粗壮的汉子们也禁不住流下热泪来。

纽约码头的民众看见有外洋船来，就高喊着问："耐儿真的死了吗？"——还没有哪个文学人物被老百姓这样真挚热切地关怀过。因为她不是高高在上的公主和小姐，她就是他们的姐妹或女儿啊。

《董贝父子》，呼唤人性

狄更斯的新作一部接着一部，差不多每一部都针对某一种社会弊端加以讽刺。像《董贝父子》吧，讽刺一个只重生意不重人情的资本家董贝。他神气十足，总觉着自己就是这个世界的主人，地球是专门为他的公司在上面进行贸易而存在着，太阳和月亮也只是为了给他的生意照亮。

他爱儿子，那是因为儿子将来可以继承他的买卖。但儿子得不到亲情与温暖，小小年纪就得病死了。董贝又娶了个太太，想再生个继承人。可谁愿意跟这种无情的人生活在一块儿呢，不久太

《艰难时世》插图

太就跟董贝的助手跑掉了。

最终公司也破了产，还是他那一直得不到父爱的女儿向他伸出了手。董贝抱着小外孙子，体会着天伦之乐，到这会儿才若有所悟。

《荒凉山庄》揭示的是司法机构的阴暗内幕。有一家人为了争夺遗产打起官司来，可官僚机构就像是一台走走停停的老钟，案子一拖就是二十年。遗产全部在诉讼中花光了，当事人死的死、疯的疯，案子最终不了了之。小说极力渲染初冬时节伦敦那雨雾迷茫的坏天气，那显然是司法机构混沌阴暗的象征。

另一部长篇《艰难时世》写的是劳资对立的事。虽然作者不赞同暴力斗争，主张用爱来调和矛盾，可作品描写了工人的凄惨生活，也写出了工人的觉醒。作者显然是站在工人一边的。

爱恨交织《双城记》

面对黑暗势力，是以暴力抗争呢，还是用宽容、仁爱去感化？在历史小说《双城记》里，作者探索的，依然是这个问题。

"双城"指的是英吉利海峡两岸的英国首都伦敦和法国首都

巴黎。故事发生的时代，正是法国大革命前后。1715年的一个夜晚，巴黎的年轻医生梅尼特被厄弗里蒙地侯爵兄弟请去出诊。病人是个漂亮的农家女子，由于受了侯爵的奸污，悲愤发狂、神志昏迷，不久就死去了。

她的丈夫早就被侯爵兄弟折磨死了，爹爹也因悲伤而去世。她弟弟赶来报仇，也死在领主的剑下。一家人就这样家破人亡，只逃掉一个小妹妹。

医生是个正直的青年，他了解了这黑暗的一幕，便毅然写了一纸控告信，上呈朝廷。可是信却落到侯爵兄弟手里。为了灭口，他们劫持了医生，把他打入巴士底狱。从此，梅尼特医生从人间"蒸发"了。两年以后，他的妻子悲伤而死，留下个小女孩儿，被医生的好朋友劳雷先生带到了伦敦。

梅尼特在巴士底狱中度过了十八个年头，终于等来了出头的一天。是他的老仆人得伐石和好友劳雷营救他出狱的。如今他已

《双城记》插图之一

白发苍苍，而从英国赶来迎接他的女儿路茜，也已出落成亭亭玉立的大姑娘。

在前往英国的旅途中，有个英俊的法国小伙子查理斯跟他们搭伴，一路上悉心照顾医生。医生父女对他挺有好感。到伦敦后，查理斯当了一名法文教师，还时常来看望医生父女。他跟路茜情投意合，结婚几乎是水到渠成的事。

可就在举行婚礼的前一天晚上，查理斯向姑娘透露了一个秘密：原来他竟是厄弗里蒙地侯爵的儿子！——作恶多端的侯爵，却有个贤惠的妻子。她痛恨丈夫的行为，预感到这罪恶之家早晚要遭报应。她把全部希望都寄托在儿子查理斯身上，盼望他长大了能替父辈赎罪。

这孩子没辜负当娘的期望。他善良、正直，又有热情，一点儿不像他爹。他还决定放弃贵族身份，改名换姓，远走英国，做一个自食其力的普通人，彻底跟这个罪恶之家一刀两断！

其实医生早就隐约猜到查理斯的真实身份。不过经过十八年地狱般的磨炼，老人的思想早已由激烈转入平和。他不念旧恶，坦然接受了这个仇家之子做女婿。路茜跟查理斯结合后，生下个可爱的小女孩儿。一家老少三代，日子过得和谐而美满。

因仇生恨，为爱牺牲

终于有一天，法国爆发了大革命。巴黎市民攻下巴士底狱，贵族老爷们一个个上了断头台。作恶多端的侯爵兄弟早已经死了，他家的仆人代主受过，被投入监狱。查理斯接到仆人的求救信，不顾个人安危，赶回巴黎救人。他一到，立刻被关进了死囚牢——谁让他的身体里流着侯爵的血呢。

医生父女连夜赶到巴黎，把查理斯救出了监狱。梅尼特医生坐过巴士底狱，他说话挺有权威；他亲自到革命法庭替查理斯辩护，法庭还能不放人吗？

不过查理斯刚踏出监狱大门，又被捉了回去。这回是梅尼特医生的老仆人得伐石，把查理斯又告下了。他所用的控诉书，正是医生多年前在狱中写成的。旁听的民众听到控诉书中叙述的累累罪恶，都恨死了侯爵一家，一致主张让查理斯代父偿命。法庭的判决，这一回算是板上钉钉啦。

就在这千钧一发的当口，英国青年卡尔登来到巴黎。他是个律师，长得跟查理斯活像双胞胎兄弟。在英国时，他是梅尼特医生家的常客。他暗恋着路茜，曾发誓为了她和她所爱的人，甘愿献出自己的生命。

如今机会来了。他一到巴黎，就让医生父女准备好马车和护照，只等查理斯一到，就带他逃走。而卡尔登自己则买通了监狱看守，用麻药把查理斯麻翻，偷偷抬出监狱；他自己换

《双城记》插图之二

上囚衣，代查理斯留在牢中。

天亮了，卡尔登被当作查理斯，送上了断头台。为了最真诚的爱，这个英国小伙子献出了自己宝贵的生命。与此同时，一辆马车载着几个法国人奔向边境——他们会永远记着卡尔登的。

狄更斯在小说中尖锐抨击了法国贵族的残暴，面对贵族的罪恶，民众的任何过火行动也都是可以理解的。——得伐石为什么那么恨侯爵一家？因为他的妻子就是当年从侯爵魔爪下逃走的那个小女孩儿。

得伐石开了个小酒店，那是个革命党的联络据点。得伐石的妻子整天坐在店门口织她的大围巾。织啊织啊，她是用不同的花纹来记录贵族的罪行，等待着算总账的一天呢！

最终，这位复仇女神闯进医生的住所，想要亲手报仇，却在与女仆争斗时死于枪支走火。——狄更斯在小说中依然抱着反暴力的主张，他希望人们像医生那样宽恕他人，像卡尔登那样牺牲自己，又希望贵族们都像查理斯那样脱胎换骨。然而，即使在小说里，这一切也是行不通的。

《远大前程》，又名《孤星血泪》

源源给爷爷的杯子里添满茶水，沛沛却在一边发愣。等爷爷慢慢喝了两口，沛沛忽然问："我跟妈妈看过一部英国电影，名叫《孤星血泪》，不知道是不是根据狄更斯的小说改编的？"

"为什么认为是狄更斯的呢？"爷爷问。

"因为那里面写的，也是个苦孩子的故事：有个叫匹普的乡下孩子，没爹没娘，跟着姐姐和当铁匠的姐夫过活。有一回，他在坟圈子里遇上一个逃犯，匹普给他弄来吃的喝的，还带给他一把锉刀，帮他打开了镣铐。

"多年以后，忽然有个不愿透露姓名的人，通过律师向匹普提供金钱，让他去过上等人的生活。匹普开头以为，这个好心人一定是村里的一位老小姐，因为他曾在这位行为古怪的老小姐家里当过一阵子小听差，还偷偷喜欢上她的养女艾斯特拉。

"不管这位幕后人是谁吧，匹普反正是去了伦敦，由一个乡下的穷孩子，踏入上流社会，这简直就是一步登天呀。可不久他就发现，上流社会有的只是冷酷无情、自私自利、贪得无厌！他所喜欢的艾斯特拉也已嫁了人，这一切都让他失望。一比较，他觉着还是在乡下当铁匠的姐夫显得那么朴实，那么高尚。

"后来匹普才知道，幕后提供金钱的不是老小姐，而是当年他帮助过的那个逃犯，艾斯特拉便是这逃犯的亲闺女。不过逃犯不久就被官府捉住，判了死刑。匹普断了经济来源，又大病一场。病好后就出了国。

"电影结尾时，匹普从海外归来，在乡下意外地遇上了艾斯特拉。如今她死了丈夫，成了自由人啦。这一对有情人终于拉起了手——电影到这也就结束了。"

爷爷说："这还真是狄更斯笔下的故事。这部小说叫《远大前程》，是他晚年的作品。你看，狄更斯终生都忘不了那些苦孩子。据说自从狄更斯的'苦儿'题材小说问世，社会才普遍关注起儿童问题来。谁说小说只是一些无足轻重的闲书呢？

"狄更斯一生勤奋，共写过十四部长篇，没一部不引起轰动

《远大前程》插图

的。他写得太苦，再加上家里有许多烦心事，这一切损害了他的健康，五十八岁时终于一病不起。

"狄更斯是一位文学上的革新家。他的小说塑造了那么多底层社会的小人物，个个生动活跃，还带着几分夸张的神色。细腻的描写，幽默的语言，形成了狄更斯的独特风格。

"在当时的英国，无论贵族还是贫民，人人都在读他的小说，人人都觉着自己跟他有私交。他的小说里没有说教，可人们读着读着，不知不觉就受到书中人物的感染，心灵得到了净化。——这大概是因为狄更斯出身苦孩子，始终怀着一颗赤子之心的缘故吧。

"对了，最早把狄更斯的小说介绍到中国的，是林琴南。只是所译的书名有所不同。如《大卫·科波菲尔》林译《块肉余生述》，《奥利弗·退斯特》林译《贼史》（另有译名《雾都孤儿》），《老古玩店》林译《孝女耐儿传》，《董贝父子》林译《冰雪姻缘》。"

第 29 天

萨克雷、夏洛蒂：
笔底巾帼有异同

英国·19—20世纪

萨克雷：画家改行写小说

"狄更斯写《匹克威克外传》，是拿文去配画。后来那个画家死了，狄更斯想再挑个画家做搭档，拿画来配他的文。有个叫萨克雷的画家登门拜访，毛遂自荐，然而狄更斯不喜欢他的画，婉言谢绝了。萨克雷碰了钉子，心里挺不是滋味儿，索性扔掉画笔，也写起小说来。

"中国有句古话：'塞翁失马，焉知非福？'面对挫折，萨克雷及时调整自己的航线，日后竟成了名声仅次于狄更斯的大作家！"

爷爷扇了扇大蒲扇，接着介绍道："萨克雷（1811—1864）虽是英国人，却出生在印度的加尔各答。他父亲是英国东印度公司的高级职员，在他五岁时就去世了，给他留下了一大笔遗产。

"萨克雷从小被送回英国读书，后来又进了赫赫有名的剑桥大学学法律。他可算不上是好学生，能玩好赌，不务正业。不过那年头有钱的少爷们，有几个不是花花公子呢？

"萨克雷跟狄更斯差不多同岁，可他们的少年却那么不同：一个养在蜜罐中，一个泡在苦水里。然而狄更斯靠着自己努力，二十出头就成了有名的作家；萨克雷呢，二十多岁时，他存钱的那家银行破了产，他丢了金碗，正走投无路呢。

"他想靠赌钱发财，又想凭着绘画糊口，结果都行不通。最后还是狄更斯激励他走上写作这条道儿。他很感谢狄更斯，在一次宴会上，他对这位大作家说：'是你让我看清了自己。'——而萨克雷的这番经历，本身就像一篇情节曲折的小说呢。"

《名利场》：蓓基姑娘算盘精

萨克雷开始只是写些幽默故事和特写。有一部《势利眼集》，很能体现他的讽刺锋芒。作者认为这个世界从国王到大臣，从商人到奴仆，全都是势利眼。

其中有这么一段描述：旅馆里来了一群仆人，他们的主子全是当朝显贵。身为贵人的奴仆，他们自然也都挺胸凸肚、派头十足啦。可是不一会儿，国王的仆人到了，这些私家奴仆马上点头哈腰，再也端不起架子。——作者说，他们还不是学主人的样儿，他们的主人就是一群下贱的势利眼啊！

萨克雷

让萨克雷成名的作品，是他的长篇小说《名利场》。这名字，来自17世纪班扬的寓言小说《天路历程》。——那书中写了一个把名利当作商品的市场，什么灵魂啊，荣誉啊，鲜血啊……跟房屋、地产、珠宝一块儿出卖。萨克雷拿这个典故来做书名，意思是再明白不过了。

《名利场》一开头，写两位姑娘从一所女子学校毕业，准备回家去。其中一位是爱米丽亚小姐，她善良厚道，心思简单，家里又有钱，学校上下没有不喜欢她的。另一位叫蓓基，五官还算端正，可身材瘦小，脸色苍白。她父母双亡，全靠自己在学校里半工半读，好不容易毕了业。照她自己的说法，她从来没当过孩子，从八岁起就是"妇人"啦！

蓓基无家可归，准备先到爱米丽亚家待一阵儿，再去谋个家庭教师的差使——这几乎是有知识的贫家女孩儿唯一的出路。可一到爱米丽亚家，她马上对女伴儿的哥哥乔瑟夫动起了心思：如果能嫁给这位阔少爷，这辈子还用为吃穿发愁吗？

乔瑟夫天生是个"窝囊废"，好吃懒做，爱虚

《名利场》插图之一

荣又怕羞。他被蓓基迷住了。准备求婚的那天晚上，他喝了一大碗五味酒壮胆，结果耍起酒疯来。第二天没脸见人，便悄悄溜走，去了海外。蓓基眼看要到手的好前程，就这么"一天云消雾散"。没法子，她只好告别女友，到克劳莱爵士府上当了一名家庭教师。

老爵士是个小气鬼，外号"老剥皮"。他有个异母姐姐，是个老处女，手里有几个钱儿。老爵士见钱眼开，处处巴结她。

蓓基看准府中形势，使出浑身解数讨老小姐欢心。老小姐最疼爱爵士的二儿子罗登，蓓基当然也不能放过他啦。罗登是个骑兵军官，跑马打拳、赌博决斗，样样是好手。蓓基有的是聪明和机灵，不久，她就把老小姐和罗登哄得团团转啦。

两个姑娘，道路不同

其实老爵士正打蓓基的主意呢，只是他还有个病太太。等病太太一归天，他就忙不迭地跑去求婚。可蓓基掉了几滴眼泪说：我已经跟罗登私下结婚啦。老爵士登时气得破口大骂，老小姐也当场晕了过去。

蓓基跟罗登租了公寓，过起小日子来。蓓基会甜言蜜语地哄骗人，罗登有一手赌博赢钱的"绝活儿"，两人倒是挺般配的一对儿。

以后两人有了儿子，蓓基却不愿尽当娘的责任。她把孩子交给乡下奶妈带着，只顾自己享乐——这都是后话。

再说爱米丽亚，这时却遭遇了不幸。她爹突然破了产，她的未婚夫乔治一家本来受过她家大恩，此刻"准"公公不但知恩不报，还落井下石，逼着儿子乔治跟她一刀两断。

乔治是个军官，他有个好朋友都宾上尉，是个厚道人。他同情这一对恋人，就给他们出主意，让他们私奔。

不久发生了战争，乔治、都宾都上了前线。滑铁卢一战，乔治死在战场

《名利场》插图之二

上。都宾把爱米丽亚送回娘家，又自己拿出一笔钱给了爱米丽亚，只说是乔治留下的。爱米丽亚伤心得几乎发了狂。幸而她已经怀了孕，生下个儿子来。她把爱丈夫的心，全都放在了儿子身上。

蓓基呢，战后跟罗登一块儿去了巴黎，在那儿享乐了一阵子，又回到英国。蓓基是个交际天才，她家的客厅，很快成了英国上流社会的夜总会。有位秃了顶的斯丹恩勋爵被蓓基迷住了，又是甩票子，又是买首饰；还跟蓓基商量，要把罗登送进牢房，省得碍眼。

事情闹到后来，罗登一气之下去了海外；斯丹恩勋爵觉得自己受了蓓基耍弄，也跟她一刀两断。蓓基的算盘虽精，最后却落得人财两空、名利双失，只好灰溜溜离开了伦敦。

好女赚同情，"坏女"很生动

爱米丽亚的运气却有了转机。她哥哥乔瑟夫从海外退休回来，把妹妹接到家里。爱米丽亚还从公公那儿继承了一笔遗产。如今她出门，又有马车坐啦。

这一回，她跟哥哥以及都宾上尉一起出国旅行，在一处赌场里遇上了穷困潦倒的蓓基。好心的爱米丽亚想把蓓基接来同住，都宾却极力反对。

都宾早就爱着爱米丽亚呢，可爱米丽亚心里却仍被死去的乔治占据着。蓓基冷眼旁观，倒对都宾产生几分同情。于是她拿出一张纸条给爱米丽亚看，那是乔治婚后不久写给蓓基、约她私奔的。爱米丽亚这才如梦方醒：自己那么挚爱的人，原来也是个薄情的家伙！——心中的偶像打碎了，爱米丽亚终于嫁给了都宾。

乔瑟夫这会儿对蓓基旧情难忘，买了一大笔人寿保险金，指定送给蓓基。不久，乔瑟夫死了。蓓基又有了钱。她常年住在温泉和避暑地，热心慈善事业。她儿子跟着伯伯一起住，不认她这个妈；丈夫罗登也没回来，他死在了海外……

萨克雷出身资产阶级家庭，熟悉资产阶级的生活；他笔下的人物，自然也不同于狄更斯小说里的苦儿贫女。——不过从讽刺社会现实这一面来看，两人的作品又是一致的。

《名利场》就讽刺了一群贵族和资产者们。他们的活动，是由两位女子的经历串起来的。爱米丽亚显然是正面形象：她心眼好、感情真，可受了一辈子骗，最后才醒悟。人们只觉得她可怜，并不觉得她多么可爱。

蓓基就不同了。从道德上讲，她自私、虚荣，为了名和利，不惜损人利己；可她同时又是个聪明、机灵、独打天下的女冒险家。你尽可以讨厌她，却不能不佩服她的胆识和能力。她本身就是那个虚伪与腐败的社会的产物。

萨克雷特别擅长细节描写，笔下人物的性格更为复杂。狄更斯喜欢把自己的爱憎倾注到小说人物身上，跟他们一块儿哭一块儿笑；萨克雷却是冷静地不带感情地去刻画他们。——萨克雷的小说手法，对后来的英国作家影响很大。

跟萨克雷同时代的女作家夏洛蒂·勃朗特就十分崇拜他。她写了一部长篇小说《简·爱》，第二版的题词就是"献给萨克雷"。

夏洛蒂《简·爱》：一个孤女的爱情传奇

夏洛蒂·勃朗特（1816—1855）是个牧师的女儿，出生在爱尔兰的一个乡村小镇。她曾跟两个姐姐在一所寄宿学校读书，由于学校里生活太苦，两个姐姐都死在那儿。夏洛蒂十九岁从这所学校毕业，先是留校当教员，后来又去给人家当家庭教师。——日后她写小说《简·爱》，女主人公的经历大致就是这个样子。

简·爱是个穷牧师的女儿，老早就父母双亡，被舅舅领去抚养。舅舅死后，舅妈对她很不好。有一回小表哥欺负她，她只反抗了一下，就被舅妈不容分说关进一间黑屋子里。简·爱吓得大病一场，差点儿死掉。

以后她被送到一所寄宿学校，其实那就是座孤儿院。孩子们身心受着摧残，伙食又是最差的。一场伤寒病，就死了不少孤儿。

简·爱由于性格倔强，没少受惩罚。好不容易熬到毕业，她留校教了两年书，终于找了个家庭教师的职位，离开了这个鬼地方。

她教书的这家是个贵族，主人罗切斯特态度傲慢、喜怒无常。他对简·爱总是忽冷忽热的，不过对她的工作倒很满

《简·爱》中译本封面

意。简·爱只教一个女孩儿，据说那是罗先生朋友的女儿。

慢慢地，简·爱喜欢上了这位罗先生，觉得他身上有着一股男子汉的刚强气质。——其实罗先生也喜欢简·爱，不过这让简·爱很痛苦：罗先生周围并不缺少出身高贵的追求者，她一个身份卑微的穷教师，又往哪儿摆？

日子一长，简·爱发现，这府中似乎隐藏着什么秘密。夜静更深，楼里会突然传出一阵瘆人的怪笑。有一回，罗先生的卧室无缘无故着起火来，要不是简·爱发现及时，罗先生就没命啦！

真正的爱情是任什么也阻挡不了的。罗先生与简·爱决心冲破世俗成见，结为夫妻。在教堂里，婚礼刚举行一半，突然来了位不速之客；他说罗先生早已结过婚，他自己就是罗先生的妻弟！

罗先生激动起来，他带领众人来到罗府楼上的一间密室，那里关着个可怕的疯女人——这就是他的妻子！简·爱这才明白，半夜的怪笑、卧室里的火光，以及府中的种种怪事，原来全跟这个疯女人有关！

简·爱痛苦极了。她爱罗切斯特，可她不能嫁给一个有妇之夫啊。

第二天天没亮，简·爱便提着简单的行李离开了罗府。她毫无目标地走啊走啊，流落到一个小镇上，被好心的圣约翰兄妹收留了。说来真巧，圣约翰兄妹竟是简·爱的表兄妹！而简·爱这时也意外得到了叔叔留给她的大笔遗产。

爱的前提是尊严

圣约翰是个牧师，他喜欢简·爱，并向她求婚。可简·爱的心里还惦记着罗先生呢。

到了夜间，她似乎听见有个绝望的声音在极远处呼唤着她。她听出来了，那是罗先生！简·爱再也不能等待了，第二天就动身去找罗先生。可到了那儿，她却给惊呆了：好端端一座府第，如今却成了一片瓦砾场！

邻居告诉她，在一个风雨交加的夜晚，疯女人放火烧了罗府。罗先生冲到火海里去救疯女人，人没救出来，自己却受了伤。如今他双目失明，住在附近乡下。——简·爱听了，马上去找他。两人又相遇了，这中间发生了多么大的变化呀。一对恋人紧紧握着手，泪水从罗先生的眼窝里淌了下来……

简·爱长得并不好看，身材瘦小，脸色苍白。可她身上自有一股魅力。她在追求爱情时，不忘记保持一个平民姑娘的尊严。当初隔在她跟罗先生之间的障碍，不单是一个疯女人，还有地位和财产的巨大差距。终于，这一切都不存在了，他们才真的走到一块儿……

《简·爱》插图

简·爱跟萨克雷笔下的蓓基，是对照鲜明的一对儿。不过她们也有共同之处：两人都是单枪匹马打天下的贫家女孩儿，都有着要强的个性。——夏洛蒂十分崇拜萨克雷，不知她写简·爱时，是否也受了萨克雷笔下人物的影响。

艾米丽《呼啸山庄》

夏洛蒂还有两个妹妹，也都是文学家。大妹妹艾米丽·勃朗特（1818—1848）生性要强，像个男孩儿。有一回她被疯狗咬了，回到家，自己拿起烧红的烙铁烧烫伤口止血消毒！这事儿还被夏洛蒂写进她的另一部小说《雪莉》中。

《呼啸山庄》插图之一

艾米丽最著名的长篇小说是《呼啸山庄》，故事发生的地点，是爱尔兰约克郡的大荒原——那正是勃朗特姐妹的家乡。一到冬天，荒原上狂风呼啸。小说里的这座山庄，因此被称作"呼啸山庄"。

山庄主人老恩萧有一儿一女：辛德雷和凯瑟琳。此外他家还有个皮肤黝黑的男孩儿叫希斯克利夫，那是老恩萧从利物浦大街上"捡"回来的，这会儿也当儿子养着。

孤儿跟凯瑟琳，可谓青梅竹马，仿佛有着天生的缘分。稍大一点儿，两人更是难舍难离。——可少爷辛德雷却讨厌这个拾来的"野种"；老恩萧一下世，他就摆出老爷的架子，对希斯克利夫呼来喝去，把他当奴仆看待，还禁止他跟凯瑟琳来往。

附近田庄有个林惇少爷也看上了凯瑟琳，一个劲儿追求她。姑娘寻思：嫁给林惇也好；有了钱，还怕不能帮孤儿一把吗？——这消息让希斯克利夫知道了，他招呼也不打，便离家出走，不知去向。凯瑟琳万分伤心，大病了一场，就此嫁给了林惇。

"一本可怕的……充满激情的书"

不想几年以后，希斯克利夫突然回来了。他衣帽光鲜，神态庄重，俨然成了一位绅士。他口袋里装满金币，心中却藏着刻骨的仇恨。他是回来报仇的！

论能力，希斯克利夫比辛德雷强多啦。他跟辛德雷较量，就跟大人耍小孩儿似的。他先是逼辛少爷自暴自弃，又是酗酒又是赌博，把家产输光荡尽，最终死在决斗中。

希斯克利夫却反客为主，赢得了山庄的产业，还把辛少爷的儿子哈里顿贬为奴仆，处境比他当年还惨！

希斯克利夫表面上仪表堂堂、举止从容，内心却暗藏着一股野性。他依然疯狂地爱着凯瑟琳，因此他不能原谅夺走她的林惇。

他先是引诱林惇的妹妹跟他私奔，等结了婚，又百般折磨她，来发泄自己心中的怨恨。妻子受不了虐待，带着身孕逃出了山庄，在外面生下个儿子来。以后这孩子被舅舅林惇抚养。

凯瑟琳呢，她受不了情人归来的刺激，在为林

《呼啸山庄》插图之二

惇生下个女儿之后，就一病身亡。希斯克利夫已经成了复仇狂，连孩子也不肯放过。他把自己的儿子从林惇那儿弄回来，不断地折磨他，虐待他。——谁让他是林惇的外甥呢！

以后他又想法儿把林惇的女儿骗来，逼她跟儿子成亲。等林惇一死，这两个古老家族的产业，就全归希斯克利夫啦。

仇也报了，仇人也死光了，希斯克利夫的内心反而觉得空荡荡的。他的儿子不久也死了。他发现，儿媳跟辛少爷的儿子、那个当奴仆的哈里顿好上了。这多像当年凯瑟琳跟他自己啊。

往事如潮，涌上心头，他不觉精神恍惚。凯瑟琳的幽灵不断在他眼前闪现，仿佛是在召唤他呢。他陷入无边的悔恨中，连连呼唤着凯瑟琳的名字，就这么离开了人世。

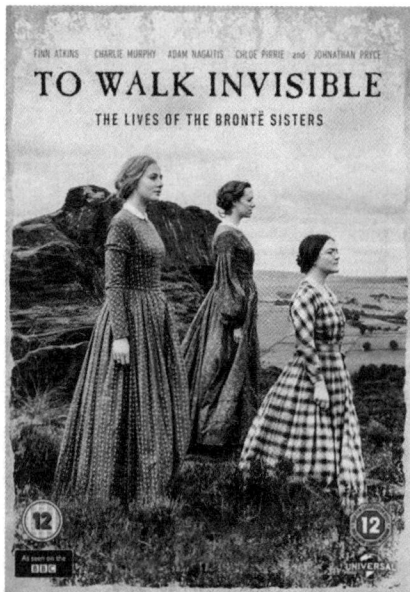

勃朗特三姐妹的传记被搬上银幕

小说从始至终笼罩着一重神秘、恐怖的气氛，疯狂的人物心理跟严酷的自然环境相互呼应，给人留下强烈的印象。难怪有个英国作家称它是"一本可怕的、令人痛苦的、强有力的、充满激情的书"。

希斯克利夫的报复是够刻毒、够彻底的。可仇恨的破坏力，最终抵不过爱的原生力量。

小说结尾写小凯瑟琳与哈里顿相爱，似乎就暗示了这一点。

对了，夏洛蒂的另一个妹妹叫安妮·勃朗特（1820—1849），天赋可能不如两个姐姐。不过她的小说《威尔德菲尔庄园的房客》记述了勃朗特三姐妹的家事，人们可以从中了解三才女的成长过程。——一家子出了三位文学家，还都是女性，这不但在英国，就是在世界上也很少见呢。

如果对这三位才女感兴趣，你们还可以读读《夏洛蒂·勃朗特传》，那是英国女作家盖斯凯尔夫人（1810—1865）写的。她跟三姐妹是同时代人，比夏洛蒂还要大几岁呢。

盖斯凯尔夫人《玛丽·巴顿》：谁是凶手

见爷爷停下来，源源赶紧给茶杯续上热水，递给爷爷。爷爷喝了两口，接着说："盖斯凯尔夫人也是个牧师的女儿，后来跟一位年轻的牧师结婚；由于传教的缘故，常年随丈夫住在英国大工业城市曼彻斯特。她对工人的生活很熟悉，她的著名长篇小说《玛丽·巴顿》，反映的就是工人的生活和斗争。

盖斯凯尔夫人

　　"小说写的是1839年前后的事，那正是英国经济大萧条的年代。有一家纺织厂着了大火，老板卡尔逊倒不着急，因为他可以得到一大笔保险金。工人们可惨了，本来就吃不饱，这回干脆断了炊。

　　"工人们找老板谈判，可老板父子不但不答应工人的要求，还出言不逊。工人们火了，他们召开秘密会议，决定用抽签的方式选定一个人，去处死老板的儿子小卡尔逊。不过这一切都是秘密进行的，除了抽到签儿的人，谁也不知道刺客是谁。

　　"约翰是位老工人，他喜欢读书，又善于思考。长年的贫困和压抑使他的心变硬了，他成了工人运动中的积极分子。老约翰的女儿玛丽·巴顿是个漂亮而有个性的姑娘，认定自己凭着美貌能出人头地。她发誓，将来成了阔太太，一定要加倍报答自己的亲人和朋友。

　　"技术工人杰姆深深爱着玛丽。可玛丽自从存了当阔太太的念头，便不再理睬杰姆，反而跟老板的儿子小卡尔逊混到一块儿去。——其实小卡尔逊哪里有什么真心，他只想拿这工人家的姑娘找乐子罢了。

　　"杰姆听说小卡尔逊把姑娘耍了，气得要命。他虽然不愿再见玛丽，却憋着一股气，非要替姑娘报仇不可！——就在这当口，小卡尔逊在回家的路上让人开枪打死了！警察第一个想到的就是杰姆。就这么着，杰姆下了大狱。

　　"玛丽得到消息，心都碎了。她知道，这一切都是为了她的缘故。她决心搭救杰姆，哪怕能替他减轻点儿罪名也好。可是等她找到杀人犯的确凿证据时，她不禁惊呆了——原来杀死小卡尔逊的不是别人，正是自己的爹爹老约翰！

"老约翰杀人后，神思恍惚，失魂落魄。他在外边躲了几天，终于回了家。他把老板也请到自己这昏黑破旧的小屋里，痛苦地向他承认了自己所干的事。他恳求得到老卡尔逊的宽恕。

"而老卡尔逊呢，面对这垂死的老人，也想起自己苦难的童年和坎坷的人生，产生出怜悯之心，终于原谅了他。老约翰眼里闪着感激的泪光，他心力交瘁，人已经不行了。天亮时分，老约翰死在了老卡尔逊的臂弯里。

"玛丽则勇敢地到法庭上替杰姆做证。后来杰姆被宣判无罪释放，两人双双去了加拿大。

"这部小说出版后，激怒了那些'有身份的人'。他们认为小说把工厂主写得太坏啦。——其实小说不真实的地方多半倒是结尾：从不体恤工人又刚刚死了儿子的老卡尔逊，真的那么容易受感动吗？有人说，这只是盖斯凯尔夫人宗教式的理想。

"盖斯凯尔夫人的另两部小说《南与北》和《露丝》，也都是写工人生活的。她长期生活在工人当中，对工人的悲惨生活了解得最真切。狄更斯十分欣赏她的小说，因为狄更斯本人，也是在那悲惨环境里长大的呀。"

哈代『荒原图』与高尔斯华绥『金钱梦』

英国·19—20世纪

哈代与爱敦荒原

　　"昨天说到的约克郡荒原位于英国北方，今天再说说英国南方的爱敦荒原。19世纪中叶的爱敦荒原，满眼是杂草荆棘和裸露的岩石；天空永远像一顶灰帐篷，罩在人们头上。每到黄昏或是风雨交加的日子，天地万物一片混沌，气氛格外凄凉。英国著名小说家哈代（1840—1928），就出生在爱敦荒原边上的一个小村子里。

　　"哈代的父亲是个能干的包工头，闲时喜欢音乐，一直是教堂乐队里的风琴手。哈代的母亲特别重视孩子的教育，哈代虽然生长在穷乡僻壤，从小却受到良好的文化教育和艺术熏陶。

哈代

　　"以后哈代到伦敦去求学，专攻建筑，毕业后做了一名建筑师。

他白天忙着搞设计画图纸，可一回家，便一心扑在书堆里。他自学希腊文，对文学、哲学以及乡村中的风土人情充满兴趣。——后来他自己设计图样，在家乡盖起一所住宅，在里面专心搞起文学创作来。

"哈代的小说离不开生他养他的这片大荒原，荒原在他的小说里也仿佛有了生命似的。大自然的严酷，衬托着人类的软弱，一个个悲剧故事，就这么在爱敦荒原上展开了。"

《还乡》：故乡归去难

哈代的早期作品里，有一部《还乡》挺有名。是谁还乡呢？姚伯太太的儿子克林。

克林是巴黎一家珠宝店的年轻老板，因为厌倦了大都会的喧嚣，特意回家乡来寻觅宁静。归来后，他见家乡还是这么落后、蒙昧，便盘算着在家乡办一所学校，把文明带到这荒原中来。

小说的女主角游苔莎是这荒原上土生土长的姑娘，漂亮得像希腊女神。她心比天高，恨透了这片阴郁荒凉的原野，总想着有一天能到大城市去，过上"真正的生活"。

这下子机会来了：克林的到来，让她看到一线光明。她不请自来，混在歌舞队中，参加了克林的宴会。果然，克林一见这女扮男装的漂亮姑娘，立刻爱上了她。

可婚后游苔莎发现，两人的志趣竟是那么不同！克林只想做个清闲自在的农夫、伐木人，而游苔莎却念念不忘她的都市梦。同床异梦的两人，还有什么幸福可言呢？

《还乡》插图

游苔莎好虚荣，爱热闹，不愿意受约束，只求自己痛快。有一回她去参加吉普赛人的露天舞会，又遇上她旧日的情人韦狄。韦狄本来已经娶了克林的堂妹，可跟游苔莎还是藕断丝连。从这回见面，两人又偷偷好上了。

姚伯太太先前反对儿子跟游苔莎结婚。为这事，母子几乎闹翻了。如今生米煮成熟饭，当娘的也只好让步。眼下她听说儿媳又有了新欢，就顾不得烈日炎炎，独自穿越荒原，去看儿子儿媳。

可来到儿子家，敲了半天门，却没人来开。——刚才她在远处，明明看见有人进了门。她寻思着：自己先头反对过儿子的婚事，儿子一定还在记恨她呢。这么一想，她格外伤心，只好转身回家。就在她走累了坐下休息时，从草丛里钻出了一条毒蛇……

其实屋子里并非没人。克林如今当了伐木工人，他干活干累了，到家倒头便睡，敲门声一点儿没听见。而游苔莎呢，她正跟韦狄在另一间屋子里幽会呢，当然也不敢去开门啦。

克林一觉醒来，忽然想去看娘。走在荒原上，绊了一跤。爬起来才发现，地上躺着娘的尸体！

克林回家后了解到实情，盛怒之下把游苔莎赶出了家门。——这时韦狄刚好得了一大笔遗产，便与游苔莎相约私奔。

这天夜里，游苔莎前去赴约时遇上暴风雨，在荒原上迷了路，掉进湖里淹死了。为了救她，韦狄也送了命。——克林万念俱灭，最终当了一名传教士，把余生献给了宗教。

一派苍茫混沌、万古不变的爱敦荒原，本身就是悲剧命运的象征。克林是那么爱它、向往它，舍弃了巴黎的锦绣前程来投奔它，可最终却落得娘死妻亡，凄凄惶惶。漂亮的荒原女儿游苔莎是那么恨它、厌烦它，使出浑身的解数要摆脱它，可是她越是挣扎，厄运就把她缠得越紧。

这些悲剧命运是人的性格造成的呢，还是环境造成的？哈代认为两者都有，因此他把自己的小说称为"性格和环境小说"。

《德伯家的苔丝》：姑娘失身之后

哈代另一部著名的长篇小说《德伯家的苔丝》，说的也是个漂亮姑娘的人生悲剧。

苔丝是个穷人家的女孩儿，正当十七岁青春年华，人又是那么单纯、善良。有个牧师考证出来：苔丝家是当地一个古老骑士之家的嫡派子孙。这消息让苔丝的爹娘兴奋了好一阵儿，他们决定打发女儿到当地有钱的德伯太太家去认本家。——其实德伯太太家恰恰是"冒牌货"，她家因经商赚了几个钱，为了体面，才乱认祖宗、改姓德伯的。

德伯太太有个独生子叫亚雷，二十岁了，是个毫无心肝的花花公子。他见苔丝长得漂亮，就留她在家里养鸡；并在一个周末

《德伯家的苔丝》插图之一

的晚上，把她骗到树林子里欺负她，使她怀了孕。

若是碰上别的女孩儿家，这正是逼着阔少爷跟自己结婚的好机会。可苔丝是个纯朴要强的姑娘，她厌恶亚雷，不愿意再见到他，便径自回了家。

然而村里的人却不这么看。他们觉着苔丝失了身，这责任全在她自个儿！苔丝独自带着个婴儿，没人帮衬她、同情她。虽是本乡本土的，她却觉着比待在异地他乡还难受。——后来孩子死了，苔丝便离开村子，到外面做了一名挤奶女工。

在大自然的怀抱里，苔丝几乎忘记了过去的不幸。不久，她结识了在奶厂干活的小伙子克莱。克莱是个牧师的儿子，本来可以到剑桥读大学，但他不愿意当牧师，宁愿当个工人。

日子一长，他俩就好上了。克莱爱她爱得那么深，他爹娘给他找了个大户千金，他不乐意，只爱这个没地位的挤奶姑娘。——可苔丝心里老装着过去那档子事儿，因而克莱几次向她求婚，她都没答应。

不过两人最终还是结了婚。苔丝打算在新婚之夜向克莱吐露自己的心事，可没等苔丝张嘴，克莱倒先坦白起来，说自己过去跟一个女人鬼混了两天。苔丝顿时松了口气：这下算是扯平了，谁也不亏负谁啦。于是她把自己受亚雷欺负的事一五一十告诉了克莱。

谁知克莱一听，立刻翻了脸：一个男人不妨荒唐一下，一个女人失身，却是天大的事！——一气之下，克莱去了巴西。

一个纯洁的"不贞女"

这一回，苔丝彻底成了"坏女人"啦。没人再搭理她，人们都躲着她，就像躲瘟疫似的。她到处流浪，给人家打短工、干零活。有时活儿很重，她咬紧牙，像男人似的干着。她心底还存着一线希望，盼着有一天克莱能回心转意，回来跟她重归于好。

克莱终于回来了。他在巴西经历了一番人生挫折，渐渐领悟到自己对苔丝的不公平，他是回来跟苔丝和好的。

然而，他来晚了。从前欺负苔丝的那个坏蛋亚雷，又缠上了苔丝。苔丝恨死了他，又怎么肯嫁给他呢？不巧这当口苔丝的爹死了，家里的房子也给人家收了回去，一家人只好住在祖上的坟圈子里。就这样，亚雷用金钱和花言巧语，连哄带逼，迫使苔丝跟他同居了。

看到克莱回来，苔丝简直要发疯了。命运太会捉弄人啦，克莱为

《德伯家的苔丝》插图之二

什么不早一天回来呢？现在一切都太迟啦！

是谁毁了苔丝的一生？是亚雷！苔丝忍无可忍，绝望之中，她举刀杀死了亚雷，追上了克莱。

苔丝跟克莱躲在荒原里，在这儿，她度过了一生中最幸福的时刻。然而这是需要付出代价的。几天以后一个宁静的黎明，官府捉住了苔丝。她因犯了杀人罪，被送上了绞架——温切斯特监狱升起了黑旗……

苔丝就这么死了。是谁导演了这场人间悲剧呢？照哈代的说法，冥冥之中一直有一位主神在摆布她呢。可读者不难领会到，是贫富不均的社会以及虚伪的世俗偏见杀死了苔丝！

《德伯家的苔丝》出版后，便有一些道貌岸然的先生提出批评，说哈代不该写一个不贞洁的女人。然而更多读者站在了苔丝一边。有人还给哈代写信，希望别把姑娘的结局写得太惨。哈代本人怎么认为呢？他在小说的副标题里，称苔丝是"一个纯洁的女人"。

《无名的裘德》：谁导演了悲剧

哈代一生写过十四部长篇，其中著名的还有《卡斯特桥市长》和《无名的裘德》等。在后一部小说里，作者描述了劳动者的悲惨生活。

裘德是个学徒出身的青年，他热爱学习，有上进心，一心要进牛津大学，可生活让他吃尽了苦头。

他和所爱的人同居，并吃力地照料他们的三个孩子。最大的男孩儿看到爹娘太难了，就把弟弟妹妹吊死在壁橱门后的钩子上，自己也上吊自杀了。他用铅笔留下遗言说：我们死了，因为我们太多了。——世上还有比这更惨的事吗？

哈代小说的结构精密而完整，那是作者匠心安排的结果。有人说，哈代是把建筑学上的法则运用到小说中来啦。书中的情节、人物、景致、对话，也都配合得紧凑、匀称，语言简明而有力。

他的作品在当时没有受到特别的重视，进入20世纪，人们才越来越看重他的小说，哈代也成了英国文学史上公认的大作家。

高尔斯华绥：《有产业的人》

哈代的小说风格，基本上是现实主义的。在他之后，英国文坛又出了一位现实主义小说家——高尔斯华绥（1867—1933）。不过他比哈代年轻二三十岁，常有人把他算作20世纪的小说家。

高尔斯华绥的父亲是伦敦有名望的大律师，他自己是在富裕的环境里长大的。以后他进牛津大学学习法律，虽然毕业后没当律师，

高尔斯华绥

可丰富的法律知识，对他日后写小说很有帮助。

他的头一部小说《天涯海角》，是在三十岁那年发表的，只是当时没引起人们注意。他不泄气，接连不断地写，单是练笔，就用去五年时光。

终了，轰动一时的长篇小说《有产业的人》问世了——那是《福尔赛世家》三部曲的头一部。另两部是《骑虎》和《出租》。

福尔赛一家是个资产阶级家族，祖上本是农夫，后来搬到伦敦，几经发展，到第三代时，竟成了名门望族，出了好几位大老板、大股东、大律师、大地主……他们住着风景如画的豪华住宅，为自己拥有的大笔财富而得意扬扬。

故事的主人公索米斯已是家族第四代传人。他身为律师，腰缠万贯，人们都戏称他是"有产业的人"。他喜欢收藏名画，但并不是为了欣赏，只觉得那是一笔财富。他很爱他的妻子，但不懂得真正的爱情——他把漂亮妻子也当成自己的一项财产啦。

他的妻子伊琳是个穷教授的女儿，她跟索米斯结婚，只是为了摆脱她那冷酷的后妈。可是一嫁过来她就后悔了：她实在不喜欢这个一身铜臭的丈夫。

索米斯想造一所大别墅，来个"金屋藏娇"，也省得她老跟那批有自由思想的朋友来往。可人的感情是圈得住的吗？伊琳不久就跟新别墅的设计师波辛尼好上了。

索米斯跑到法庭上告了波辛尼一状，说他经济上有问题。波辛尼吃了官司，心神不定，走在街上给汽车撞死了。——而索米斯到底没留住妻子，这个倔强的女子永远离开了索米斯给她营造的"金银窝"。

《福尔赛世家》另两部:《骑虎》与《出租》

三部曲的第二部《骑虎》,写的是十二年以后的事。索米斯年近五十,却还没个继承人。他跟伊琳早就分居了,却一直没离婚——他还惦记着跟伊琳言归于好呢。

他给伊琳送上昂贵的钻石别针,伊琳连瞧也不瞧一眼。她已有了心上人了,就是索米斯的堂哥乔里恩。

乔里恩是福尔赛家族里最有个性的·位。他早年为了追求婚姻自由,被家族排斥在外,宁肯受穷吃苦,也不向家族低头。如今妻子死了,他成了独身。他同情伊琳的遭遇,伊琳也喜欢他的耿直。

索米斯真是又恨又妒,骑虎难下。后来伊琳到底跟索米斯离婚,嫁给了乔里恩,还生下个儿子,取名约翰。索米斯则娶了个法国女人安耐特,生了个姑娘,取名芙蕾。

第三部《出租》,写的又是二十年以后的事。约翰长成了小伙子,芙蕾也成了大姑娘。鬼使神差地,这一对青年男女好上了。后来约翰从爹爹那儿得知

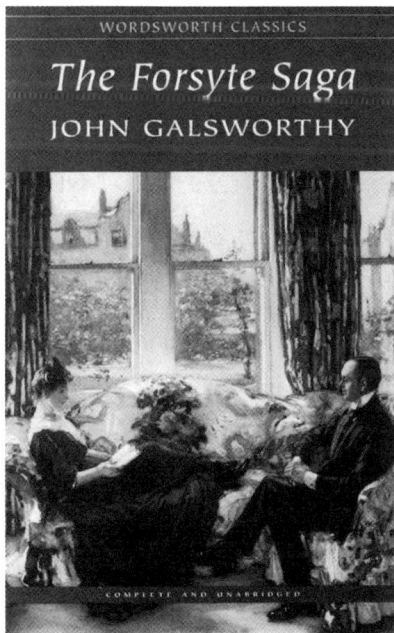

英文版《福尔赛世家》

两家以前的恩恩怨怨，为了不伤娘的心，就陪妈妈离开了英国。他家的住宅前，挂起了"出租"的牌子。

不过福尔赛家的故事到这儿还没讲完。在作者的另一组三部曲《现代喜剧》里，故事又有了新进展。

《现代喜剧》三部曲

《现代喜剧》包括《白猿》《银匙》和《天鹅之歌》三部，主要写芙蕾的生活经历。

芙蕾失恋后，随随便便嫁给了个贵族青年马吉尔。以后又跟颓废派诗人威弗烈有过一段恋情。她出入上流社会，同一位贵妇人争风头、闹意气。作家的笔，已经超越了家庭的范围。

芙蕾也是个占有欲极强的人，她的性格里打着爹爹索米斯的烙印。后来她费尽心思，到底把约翰弄到了手。可心地诚实的约翰事后非常痛苦，觉得对不住妻子，终于跟芙蕾一刀两断。

芙蕾彻底绝望了。正赶上她家失火，爹爹索米斯跑上楼去抢救那些名画，把它们从窗户扔下来。芙蕾偏偏站在楼底下，想让画箱掉在自己头上，砸死算了！当爹的不顾一切跑下楼来，把女儿推开，他自己却被燃烧的木头砸伤，不一会儿就咽了气。

高尔斯华绥写这六部书，前后经历了二十多年。其间资本主义社会发生了很大变化。写第一部《有产业的人》时，正值第一次世界大战之前。作者对索米斯这个只重金钱、不懂得美的资产者，抱着尖锐批判的态度。

高尔斯华绥参观建筑工地

后面的几部，则是那场大战以后的产物。"一战"使资产阶级元气大伤，作者的态度也由批判转为留恋惋惜。——索米斯在最后一部里成了道德高尚的慈父，他的身上哪儿还有那个铜臭熏天的"有产业的人"的影子呢？

高尔斯华绥十分重视作品的真实性。他说，他既不打算取悦读者，也不想把自己的看法强加于人，只是客观地描写生活，让读者自然而然地获得启示。在他的创作里，不难看出法国作家巴尔扎克和福楼拜的影响来。他的作品，也成了20世纪初英国资产阶级真实而生动的兴衰史。

高尔斯华绥的小说作品，还有《岛国的法利赛人》《庄园》《弗里兰一家》《开花的荒野》等。除了小说，他的剧本《银盒》《斗争》《正义》等，也都十分出色。

1932年，高尔斯华绥荣获诺贝尔文学奖。

墙里开花墙外香的《牛虻》

爷爷停了一下，又说："在英国的作家里，还有位'墙里开花墙外香'的女作家——伏尼契（1864—1960）。她的小说《牛虻》在本国不太有名，可在咱们中国，却是家喻户晓。"

沛沛说："我记得曾跟爸爸看过同名电影，只是那会儿年龄小，看不太懂。"

"是这样，小说分成两部分，前一部分讲一个英国富商的儿子亚瑟，生长在意大利。他的亲娘是爹爹的续弦妻子，母子俩受够爹爹前妻所生哥哥的虐待，母亲就那么郁郁寡欢地死去了。

"亚瑟长大后，到神学院学习。院长蒙太尼里把他当亲儿子对待。亚瑟是个虔诚的教徒，同时又秘密加入了反抗官府的青年意大利党。在一次党内秘密集会上，他遇见了童年时的女伴琼玛。可他很快发现，琼玛对党内年轻领袖波拉十分崇拜，心中不禁起了妒意。

"对天主教徒来说，嫉妒是一种要不得的坏品质。亚瑟自愧自责，便在忏悔时把自己的痛

《牛虻》插图

苦一股脑儿倾倒给神父。——这会儿蒙太尼里已调到罗马去当主教，听亚瑟忏悔的是新来的院长。

　　"就在这天夜里，亚瑟被捕了；一块儿被捕的还有波拉——是新来的院长出卖了他。亚瑟被释放了，琼玛来接他，听说波拉是他'出卖'的，气愤地打了他一记耳光，转身走掉了。

　　"亚瑟昏昏沉沉回到家里，哥哥嫂子又闯进来，大骂他是私生子。——他这才知道，自己的亲爹原来竟是蒙太尼里！他也突然明白，娘活着时为什么总受委屈。

　　"教士都不是好东西！蒙太尼里是伪君子，新来的院长是官府密探、奸细！亚瑟抓起榔头，打碎桌上的耶稣像，逃出了家门。人们在河边发现了他的衣物——他多半是投河自尽了。

　　"小说的第二部分，已是十三年以后。意大利革命党人的圈子里，出现了一个陌生的面孔——列瓦雷士。他是从南美洲来的。看着他那一脸的伤疤和微跛的右腿，就知道他曾经历过怎样的磨难。

　　"琼玛这会儿依然是革命党内的积极分子。当年亚瑟的死使她受到极大打击。她爹把她接回英国，不久她跟流亡英国的波拉结了婚。后来波拉死了，琼玛又回到意大利，重新投身革命活动。

　　"琼玛对列瓦雷士格外关注：他思想敏锐，文笔犀利，总在报纸上发表文章，猛烈抨击教会。对蒙太尼里大主教，更是毫不留情。他用'牛虻'做笔名，大家就都喊他'牛虻'。

　　"从牛虻身上，琼玛总能看到一点儿当年亚瑟的影子。有一回，牛虻要去发动武装起义，临行前答应琼玛，回来后向她透露自己的身世秘密。可这一去，就再也没回来。

"起义失败了，牛虻为了掩护同志，走在最后面。本来他完全可以突围，可是一眼看见蒙太尼里主教出现在面前，他那持枪的手竟抬不起来，就那么束手就擒！

"严刑拷打和主教的劝说，都没能让他投降。而直至临刑，蒙太尼里才知道眼前这个坚强的汉子，就是失踪多年的亲骨肉！——但他没勇气跟儿子一块儿逃走，只能痛苦地摆摆手，牛虻被送上了刑场！

"十天后，琼玛接到牛虻死前写给她的信。信的结尾是一首她俩从小就喜欢的儿歌：'不论我活着，还是我死了，我都是一只快乐的牛虻！'——而蒙太尼里主教呢？他又一次杀死了自己的儿子，没出刑场，他就疯啦！

"《牛虻》的作者伏尼契生在爱尔兰，长在伦敦，还曾到德国柏林学习过音乐。她年轻时结识了不少外国流亡者，以后嫁给一位波兰革命者。她的作品不多，这部《牛虻》是写得最好的一部。

"她后来移居美国，死于1960年，活了九十多岁。在作家里，这位老太太要算是长寿的了。"

爱写『不愉快』戏剧的萧伯纳

英国·19—20世纪

一生爱美的王尔德

"19世纪下半叶，英国出了一位与众不同的文学家叫王尔德。他的文学主张是'为艺术而艺术'，人们称之为'唯美主义'。

"王尔德（1856—1900）出生在爱尔兰的都柏林。父亲是有名的医生，母亲是位诗人。王尔德在富足优雅的环境里长大，在牛津大学读书时，又受到美学家罗斯金的影响。以后他遍游意大利和希腊，被那里的灿烂文化深深吸引着，他的唯美主张也渐渐成了体系。

王尔德

"照王尔德的认识，现实社会是丑陋的，永恒的美只存在于文学艺术里；因而艺术家的任务，就是创造美、歌颂美，别管真实不真实，也别受任何道德伦理的约束。

"他这么说，也就这么做。他替自己设计了一套与众不同的衣服：鲜红的天鹅绒外衣，宽松的汗衫，式样别致的领口，脖子上还扎着一条艳丽的领带。

"他身穿这套奇装异服，足蹬高跟鞋，手拈百合花，就这么招摇过市，四处宣扬他的唯美学说。——可由于在生活中不拘小节，蔑视社会道德，后来他遭人控告，坐了监牢，出狱后没几年就去世了。

"王尔德的童话写得非常美，有一篇《快乐王子》是其代表作。在一座城市里，竖着一尊快乐王子铜像：纯金的叶子贴遍全身，眼睛是一对蓝宝石，剑柄上镶着红宝石，只有心是铅做的。

"王子生前身居王宫，锦衣玉食，确实很快活。但如今他站在高处，从大街小巷中看到的，却全是丑恶和苦难，他不禁滴下两行清泪。

"于是王子吩咐一只燕子把他剑柄上的红宝石叼去，送给一个可怜的女裁缝，又把当作眼睛的蓝宝石分头送给年轻贫苦的戏

英文版《快乐王子》封面

剧家和卖火柴的小姑娘，连同他身上的金叶子也一片片分送给穷人。——冬天来了，燕子赶不及飞回温暖的埃及，冻死在王子脚下。

"就在此刻，雕像的身体里一声爆响，王子那颗铅做的心破裂了。市长和议员们商量着把失去光彩的王子像熔化掉，好为他们自己铸像。可那颗铅心却怎么也化不掉，最终被扔到垃圾中，跟死去的燕子躺在了一处。

"拿美和丑来做对比，这个长一长，那个便消一消，这是王尔德最喜爱的文学主题。那部有名的小说《道林·格雷的画像》，讲的也是类似故事。

"格雷是个漂亮哥儿，美得像姑娘。画家哈尔华德为他画了一幅惟妙惟肖的画像。有位亨利爵士是个享乐主义者，他劝诱格雷：爱惜你的青春，别浪费金子般的时光，去及时行乐吧！

"受爵士的诱惑和熏染，格雷的性情慢慢起了变化。他疯狂地寻欢作乐，先是勾引女演员，后来又抛弃她，害得她在化妆室里自杀。回到家，格雷惊奇地看到，画像那漂亮的面孔上，竟现出一丝残忍的笑容。

《道林·格雷的画像》插图

"以后格雷越来越放

纵，可他的面貌依然那么年轻漂亮；不过阁楼上的画像却替他承担罪恶，变得越来越丑陋。十八年后，格雷已变成一个丧心病狂的家伙。他恨那幅画像：因为那是自己灵魂堕落的证据，他得把它毁掉。

"一天夜里，他爬上阁楼，拿刀向画像刺去……一声惨叫惊醒了熟睡的仆人们，他们发现阁楼的墙上挂着一幅光彩照人的主人画像，地上却躺着一具陌生人的尸体，胸前插着尖刀，面貌既丑陋又狰狞。

"艺术可以永葆美丽，现实却最终掩饰不住它的丑恶。这就是作家要告诉人们的吧。"

《鳏夫的房产》：萧伯纳让谁不愉快

跟王尔德几乎同时出生的，还有一位大戏剧家萧伯纳（1856—1950）。这两位还是同乡，都出生在爱尔兰的都柏林。不过两人的文学主张却大相径庭：萧伯纳认为文学得反映尖锐的社会问题；如果一出戏散了场，观众们都心平气和，既不争辩也不自责，这就绝不是一出好戏！

萧伯纳的青少年时代并不幸福。他爹爹是个法院公务员，酗酒，很少顾家。母亲独自到伦敦去谋生，靠唱歌和教音乐挣几个钱。萧伯纳跟着酒鬼爹爹过日子，哪里还谈得上什么良好教育。

中学一毕业，他就到一家房地产公司当了写字员。几年以后，他又去伦敦投靠母亲。他一面学习音乐，一面学着写点儿乐

萧伯纳

评、剧评，还练习写小说。可是写啊写啊，整整九年，他总共才得了六英镑稿费，其中五英镑，还是编广告词得的。

然而萧伯纳不泄气。一有空儿，他就到图书馆去读书。有一回，他听了一位经济学家的演讲，开始对社会经济学产生浓厚兴趣，一头钻进大英博物馆的图书馆，抱着马克思的《资本论》"啃"起来。读累了，他就翻翻乐谱，换换脑筋，轻松一下，然后再接着读。

日后萧伯纳虽然没有走马克思指引的路，可他对政治经济、社会问题的兴趣，却终生未变。

萧伯纳最早的一部戏剧集叫《不愉快的戏剧集》。怎么个不愉快呢？看看《鳏夫的房产》就明白了。

屈兰奇是个好人家出身的正派青年，他爱上了白朗琪小姐，两个人已经订了婚。可是屈兰奇突然发现，白朗琪小姐的爹爹萨托里阿斯是靠压榨贫民窟的穷人发的财：他是个大房产主，专门把一些破烂房子租给穷人，却向他们收取高额租金。

屈兰奇可不能跟这种人沾边儿。他要白小姐跟她爹断绝关系，否则他就要撕毁婚约。——这真是好事多磨啊。

萨托里阿斯听说这事，哈哈一笑。他问屈兰奇：你是靠什么活着呢？屈兰奇理直气壮：我的经济来源清白得很！——然而说来说去，萨家的破烂房子，正是建在屈家的地皮上；因而屈兰奇的收入，也是从贫民窟的穷人身上搜刮来的呢。

屈兰奇这下子泄了气。他不再难为白小姐，而且一转脸，也跟着岳父干起了昧心的投机买卖来。——正像萨托里阿斯的口头禅所说的：做买卖的，还能讲什么道德吗？

华伦夫人的"职业"到底是什么

看了这出戏，确实让人"愉快"不起来。可是更丑恶的故事，还要数集子里的另一个剧本《华伦夫人的职业》。

华伦夫人是位阔太太，为了生意四处奔走，今天到布鲁塞尔，明天去维也纳。可华伦夫人是干什么的？她的职业，连她女儿薇薇也不清楚。

薇薇倒蛮有福气。她刚从剑桥大学女子学院毕业，那是只有富家女子才上得起的学校。如今她在乡间别墅里悠然度假，只等着夏天一过，便到伦敦一家律师事务所去任职。

华伦夫人带着一班朋友突然来到，打破了别墅的安宁气氛。薇薇对妈妈这帮不三不四的朋友挺反感，她决心向妈妈问个清楚：您究竟是干什么的？我爹又是谁？——当天夜里，经过一番争吵，华伦夫人不得不向女儿吐露了真情。

原来华伦夫人的妈妈本是个穷寡妇，靠着卖炸鱼，养活着四个闺女。华伦夫人和姐姐利慈长得挺漂亮，而同母异父的姐妹俩却长得又矮又丑。以后那姐俩都进了工厂，一个星期拼死拼活地干，只能拿到九个先令。不久其中一个就因铅中毒死掉了。另一个嫁了个酒鬼，日子过得挺惨。

有那两姐妹做样子，利慈死活不愿意再进工厂。她带着妹妹进了教会学校。可是有一天，利慈独自一个出了校门，就再也没回来。人们都说她跳了河。华伦夫人没办法，便去酒吧当了女招待。活儿虽然累得要命，可总算有了个吃饭的地方。

一天晚上，华伦夫人正在柜台里打盹儿呢，忽然来了位阔太太，那原来就是利慈！利慈没有死，她出去后当了妓女；以后又弄了几个女孩子，自己开起了妓院。她对妹妹说：干吗放着这么漂亮的脸蛋，替人家赚钱呢？咱们一块儿干吧。

就这么着，华伦夫人也干起了这个行当；而且"事业"发展得挺快，连布鲁塞尔和维也纳也都有了"分号"。

听了妈妈的自白，薇薇如梦方醒，原来自己读大学，过舒坦日子，用的全是妈妈挣来的脏钱！可她又没法子责备妈妈：没有妈妈的堕落，能有自己的清白吗？华伦夫人这半辈子，也不容易啊。无忧无虑的姑娘，这一夜却失眠了。

《华伦夫人的职业》剧照

以后又发生了许多事。有个比薇薇大二十几岁的老风流乔治爵士，死死缠着她。而薇薇又发现，自己所爱的年轻人富兰克，竟是自己同父异母的哥哥！——薇薇痛苦极了，她毅然决然地离开了这个家，去了伦敦律师事务所。从现在起，她要做个自食其力的清白人。

华伦夫人爱她的女儿，她追到伦敦，想拿眼泪和金钱打动女儿。可薇薇决心已下，再也不回头！——华伦夫人发了狂，她气急败坏地赌咒说：我还要干下去的，我不干，也照样儿有人干！从今天起一直到死，我要专干坏事，除了坏事什么也不干！我就是要靠干坏事发财啊！

这歇斯底里的叫喊，听起来真瘆人。是什么让一个天真可爱的女孩子变成了恶魔？恐怕不单是贫困生活的煎熬逼迫，答案里还得加上上流社会的熏染诱惑吧？——乔治爵士不是说过吗：你要是拿道德标准来选择朋友，那除非是跟"体面人"断绝关系！

《巴巴拉少校》：谁拯救谁

萧伯纳还写过《愉快的戏剧集》《给清教徒的三剧本集》及《人与超人》等。而作于1905年的《巴巴拉少校》，是他的又一部戏剧杰作。

巴巴拉少校可不是什么挎军刀、留胡子的军官，正相反，她是个天真活泼的漂亮姑娘。原来，英国新教底下有个社会团体叫"救世军"，专门举办慈善事业，救济穷人。由于救世军是照军队的形式组织的，所以有"上校""少校"等军衔。

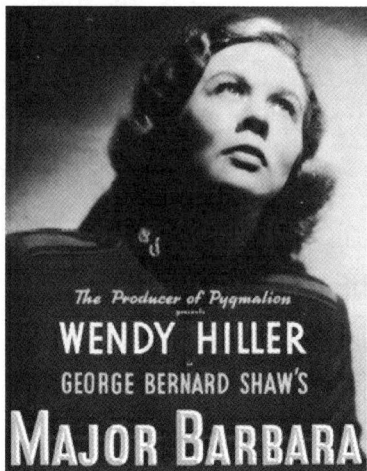

《巴巴拉少校》剧照

巴巴拉少校是救世军里最有热情的中坚分子，她开办了一家收容所，为那些无家可归的穷人提供一块面包、一杯淡奶。巴巴拉认为，这样做就可以拯救穷人的灵魂。

为了筹集经费，巴巴拉亲自带人上街去募捐。她的未婚夫柯森斯也跟着打鼓敲钹地凑热闹——他是位希腊文教授。但是募捐得来的几个铜子儿，远远不够收容所的开销。就在这当口，有位大财主到收容所来参观。他一张口，就愿意出资五千英镑，这可太让人激动啦，而巴巴拉却耷拉下脑袋。

原来这位财主不是别人，正是巴巴拉的爹爹，如今开着一家制造炸弹和大炮的兵工厂。巴巴拉让他参观收容所，本意是想拯救他的灵魂；不想救世军反而要靠他那带血污的钱来拯救！——巴巴拉少校陷入痛苦与惶惑之中，她终于离开了救世军。

这天，爹爹请巴巴拉以及她的妈妈、哥哥及朋友去参观兵工厂。妈妈早跟爹爹分了手，那是因为爹爹执意不肯让哥哥接班，却要按祖传的老规矩，找一个外姓的弃儿来继承这份产业。

出人意料，兵工厂根本不像巴巴拉所想象的，是什么"人间地狱"。那是一座大花园，图书馆啊，学校啊，托儿所啊，舞厅啊，教堂啊……应有尽有，工人们也都心满意足：这儿简直就是世外桃源啊。

大家在惊叹之余，又提起继承人的问题。巴巴拉的老爹说：柯森斯教授倒挺合适，只可惜他不是私生子。柯森斯马上反驳说：谁说不是？我父母的婚姻在澳大利亚是合法的，可到了英国就不算合法了。结果呢，这位军火巨头当场拍板，柯森斯成了他的助手和未来继承人。

当然，据柯森斯说，他并没有背叛自己的理想。他是想把兵工厂掌握在自个儿手里，将来好武装百姓去反抗政府。巴巴拉似乎也转过弯子来。她觉着这儿的工人虽然丰衣足食，灵魂却更需要拯救。今后，他们将住在这天堂般的大花园里，继续为自己的"理想"而奋斗。

整出戏里，形象最鲜明、性格最突出的，就是那位军火制造商了。他的话，句句道出资本家的"真理"。他公开宣布："在我的道德和宗教里，大炮和水雷占着重要的一席呢！"他听说儿子要去从政当官，就告诉他："我就是你的政府！你以为像你这样的一群半瓶子醋就能管住我们吗？不，你得照我们说的做才行。如果战争对我们有利，你就得去发动战争；如果战争对我们没好处，你们就得去'保卫和平'。……我们需要提高股息时，你得向老百姓证明：这合乎国家利益；如果有谁想降低我的股息，你就得派警察来帮忙！"

军火商的这段道白，把资产阶级政府的本质，揭露得太不留情面啦。难怪一位学者评论说："萧伯纳在撕掉那些绅士淑女的假面具、阔衣装时，连磋商的工夫、掩饰的法子也不给人一点儿！"

萧翁曾经来中国

萧伯纳的著名剧本，还有《英国佬的另一个岛》《伤心之家》《苹果车》等。他的剧本，大都离不开政治的主题。有意思的是，他的剧本还往往附带一篇洋洋洒洒的序言，里面尽情挥洒他的思想和主张，有的序言甚至比剧本还长。

尽管是谈政治，萧伯纳的戏剧却一点儿也不让人感到枯燥、乏味。这全亏了作者出众的对话技巧。机智幽默的语言，似是而非的妙论，是萧剧的一大特色。华伦夫人的独白、军火巨头的高论，就全是典型的例子。

萧伯纳还擅长设计"颠倒场面"。《鳏夫的房产》里的屈兰奇，一开头是何等地正派、清高，可后来却成了岳父狼狈为奸的同伙儿。巴巴拉少校虽然为自个儿的妥协找了一大堆理由，可她到底还是住进了爹爹为她预备的小洋楼。这种颠倒的结局，常能发人深省，让人回味无穷。

萧伯纳故居

　　语言幽默是萧伯纳戏剧的另一大特点。据说他在生活中也是个诙谐洒脱的人。相传有个漂亮的女演员对萧伯纳说："以你的头脑加上我的容貌，生下的孩子一定是举世无双的。"可萧伯纳拒绝得挺委婉，他说："要是反过来可怎么好？"

　　另有一回，有个胖神父向他挑衅说："瞧您这么瘦，人家还以为英国人都在挨饿呢。"萧回答说："可人们再看见你，就明白这苦难的根源了！"

　　还有一回，他的新戏首演获得成功，他登台谢幕，接受观众的鼓掌欢呼。忽然台下有个人高声说："你的作品没啥了不起，有什么好看的！"正在众人惊愕之际，只见萧伯纳不慌不忙地说："我完全同意您的观点，先生。可是只有咱俩反对这么多观众，又有什么用呢？"他的回答，立即被更热烈的掌声和欢呼声淹没了。

　　萧伯纳一生勤奋写作，一共创作了五十个剧本，并在1925年获得了诺贝尔文学奖。有人说，他是莎士比亚之后英国最伟大的戏剧家。

　　对了，萧伯纳还来过中国呢。那是1935年，他应邀来华访问，跟宋庆龄、鲁迅、蔡元培都

萧伯纳与鲁迅、蔡元培合影

见过面。当时他年近八十，瘦高的个子，一部白胡须飘飘的，简直就是一位智慧老人。鲁迅就称他是"现在的世界的文豪"！

毛姆"自传"：《人生的枷锁》

其实到过中国的英国文学家不止萧伯纳一位。有个叫毛姆的，20世纪20年代也曾到过中国。他有一部长篇小说《面纱》，就是拿中国做背景的。此外他还写过游记《在中国的屏风上》。

毛姆（1874—1965）出生在法国巴黎，少年时父母双亡，叔叔把他接回了英国。以后他进大学学医，毕业后当了产科医生。不久又回到巴黎，靠着一点儿遗产，埋头搞起文学创作，一写就是十年。直到剧本《佛烈德里克夫人》发表，他才一举成名。

毛姆最著名的小说是《人生的枷锁》，这部书带有自传性质。小说的主人公叫加利，不到九岁，父母双亡，是吝啬又古板的叔叔把他抚养大的。加利是个跛脚，学校里的孩子们都嘲笑他。有一次他犯了校规，老师看在他残疾的分儿上，免了他一顿打。可这种特殊照

毛姆

顾，让他觉得比挨打还要难受！

后来在德国读大学时，加利结交了几个信仰无神论的朋友，才渐渐从屈辱的回忆里解脱出来。——以前他一直渴望上帝能治好他的脚疾呢。

在英国学医时，加利认识了漂亮的女招待密尔德丽。可女招待嫌他穷，转而嫁给了一个有钱人。以后女招待被那人抛弃了，加利不计前嫌，给她安排住处，还为她支付生孩子的费用。女招待倒好，转脸又跟加利的 个朋友逃走了。

加利再遇见这女人时，她已经堕落成了妓女。加利可怜她，把她安置在家里，让她做点儿家务。可加利早已摆脱了感情的困惑，再也不迷恋这个庸俗而轻浮的女人。女招待见加利不再爱她，便发起狂来，把锅碗瓢盆砸得粉碎，跑出门，再也没回来。

后来加利发现，朋友的妹妹莎利一直爱着他呢。他突然醒悟：自己总是生活在期待中，眼下该是回到现实中的时候了。——他放弃了周游世界的计划，跟莎利结了婚，到一个小渔村当了乡村医生。

"一战"时，毛姆曾在英国情报部门服务，一生东奔西走，多次到过远东。他的不少作品，也因此带上异国的情调。那部著名长篇《月亮与六便士》，便讲述一个画家在太平洋的海岛上跟原住民同过原始生活的故事。

"月亮"和"六便士"是啥关系

"毛姆的长篇小说《月亮与六便士》也很有名。"爷爷喝了口茶，接着说，"小说的主人公克兰德，是个四十岁的伦敦证券经纪人，在妻子眼里，他是那么平庸无奇。其实他酷爱绘画，一心要投身艺术。他先去了巴黎，后又来到南太平洋的塔希提岛，在这儿，他终于实现了自己的艺术梦想。

"然而克兰德又是自私的，为了个人的理想，先是毫无先兆地抛弃了结发十七年的妻子。在巴黎，他又背叛了一心帮助他的好心艺术家，反去勾引人家的妻子，导致女人自杀。最终在塔希提岛上，他又心安理得地接受了原住民女性爱塔的爱戴与照料，得以心无旁骛地画画。——最终他死于麻风病，爱塔遵照他的遗嘱，把他的遗体连同画着壁画的房子，一把火烧了个干净！"

沛沛问："这书的书名又是什么意思呢？"

爷爷说："六便士是英国一种小面值的货币，那么不起眼儿，可在生活中又是片刻不能离的。而月亮则象征着崇高的理想。克兰德一心追求心中的月亮，本来无可厚非；可是他把爱情、道德也像六便士硬币那样随意丢弃，就不能不受谴责了。

"据研究，这位艺术家的生活原型是法国著名的印象派画家高更，相传他曾背叛热情帮助过他的艺术家梵高，此外他也确实死在塔希提岛上。——只是文学作品跟人物传记不是一回事，小说家对文学人物的褒贬，并不代表对生活原型的评判。

"毛姆还是写短篇的好手，专写在海外的英国人的生活。那些人中有法官、种植园主，也有行政长官。他们或是懦夫，或是势利小人，也有杀人犯、诈骗犯……总之，不再是派头十足的英国绅士形象，因而显得更真实。

"毛姆生于法国，死于法国，活了九十一岁。——前头说的萧伯纳，活了九十四岁。这两位跟昨天提到的伏尼契一样，都是英国文坛的老寿星。"

大侦探的烟斗与现代派的新诗

史蒂文森带我们登"宝岛"

沛沛拿着一本《牛虻》说："昨天我读了大半宿，真的很感人。"

"正好，我这本《宝岛》（又译《金银岛》）也挺有意思。"源源说着把书递给沛沛。

《宝岛》插图

爷爷踱过来说："那就请源源给我们讲讲《宝岛》吧。"

源源点点头："《宝岛》是史蒂文森的作品。书中主人公是个孩子，叫吉姆。他爹在海边开着一间小旅店。有一回，店里来了个老水手叫比尔，爱喝酒又喜欢骂人，不过讲起航海故事来还是挺吸引人的。

比尔有点儿怪，总像是躲着什么人似的；还嘱咐小吉姆，千万替他留心一个独腿水手。后来比尔突然中风死了，吉姆在他的遗物里发现一个层层包裹的油布包儿，那里面竟是一张藏宝图。——原来那些财宝是海盗头子埋在一座海岛上的，比尔想独吞，便偷了图逃出来。如今海盗们正四处找他呢。

"有了图，吉姆就跟乡绅特里劳尼和医生利夫西一道驾船出海去寻宝。船上还招募了不少水手，其中有个叫西尔弗的厨师挺精明，只可惜瘸了一条腿。

"一天吉姆钻到一个大桶里去取苹果，无意中听到有人在密谋反叛，其中一个，正是瘸腿厨师西尔弗——原来他就是比尔提防的那个独腿水手，是个海盗头子！眼下船上的水手有十九个都是他的部下，而吉姆和他的朋友总共才七个！

"船一靠岸，吉姆和朋友们先发制人，抢占了一座坚固的木屋。淘气的吉姆一个人跑进了丛林里，在那里碰到'野人'冈恩——他原本是个被放逐的海盗。吉姆把他带回木屋，自己又偷偷跑回船上，趁海盗们都在岸上狂饮的当口，把船开到岛的另一头停泊下来。可是当他再回木屋时，却发现自己闯进了贼窝。

"原来岛上的财宝早已被冈恩发现，并转移到自己的山洞里。医生见地图失去效用，就把它交给海盗，并让出了木屋，自己带人转移到冈恩的山洞。吉姆哪知这一昼夜间的变化呢，结果落到了海盗手里。

"不过此刻海盗死的死，伤的伤，只剩下六个人啦。他们挖不到财宝，全都发了狂。瘸子西尔弗见寻宝无望，为了给自己留条后路，就充当起吉姆的保护人来，带着吉姆投奔了医生，并一同打垮了剩余的海盗。但在归途中，他到底偷了一笔钱跑掉了。——吉姆他们乘风破浪，满载而归，终于又回到了自己的家园。"

"嘿，真棒！"沛沛不由得赞叹，"这位史蒂文森是什么人啊？"

爷爷说："他是深受青少年喜爱的英国小说家，他的那本《化身博士》更好看。"

《化身博士》，科幻传奇

史蒂文森（1850—1894）出生在建筑工程师世家，上大学时先攻读土木工程，后来又转学法律，最终却写起小说来。他的小说大多带有传奇性，除了这部《宝岛》，还有《绑架》《卡特琳娜》以及短篇故事集《新天方夜谭》等。就说说《化身博士》吧。

有一位德高望重的医学博士，名叫杰克尔。他发明了一种药，只要吞下它，人就变了一副模样，一切内心的恶念，全都冒了出来。

以后人们发现，有个叫哈克的恶魔常常出来作恶，撞倒小女孩儿还从她身上踏过去，后来竟

史蒂文森

发展到杀人的地步。

杰克尔医生的律师发现，杀人犯当作凶器的那根手杖，正是他送给杰克尔的。可谁也弄不明白，邪恶的哈克跟受人尊敬的杰克尔医生，到底有什么关系？

你们当然已经猜

《化身博士》插图

到：哈克正是杰克尔的化身！每当杰克尔想放纵一下自己时，就吞服怪药，变成了哈克。

由于恶念膨胀，杰克尔渐渐控制不住哈克啦。即使不吃药，哈克也会突然显形——杰克尔博士没法子抑制自己的恶念，最终只好自杀了事。

你看，《宝岛》还是传统的传奇小说，而《化身博士》已经带有科学幻想的性质。——不过提起科幻小说，有个英国人比史蒂文森成就更大，简直可以跟法国的儒勒·凡尔纳一比高低了，他就是威尔斯。

"发明"了时间机器的威尔斯

威尔斯（1866—1946）比儒勒·凡尔纳晚生了近四十年。凡尔纳的作品，对科学发明做了不少预言；而威尔斯的作品，却强调科学发明对社会的影响。威尔斯更佩服写《格列佛游记》的英

213

威尔斯

国小说家斯威夫特，那也是位关心社会政治的作家。

威尔斯小时候家里很穷，父亲是个小店主，后来破了产；母亲给人家当女仆。威尔斯自己做过学徒、信差和店员，还当过小学老师。后来靠着助学金进了大学，学的是生物学——这成了他的本业。

威尔斯的第一部科幻小说是《时间机器》。有个旅行家发明了一架机器，乘上它，就可以到过去、未来任何一个时代去旅行。——"时间机器"在眼下的科幻作品里经常出现，但它的"发明"权，应当归威尔斯所有。

在小说中，旅行家坐上时间机器，来到公元80万年的某一天。他惊异地发现，那时候的人类全都成了矮个子的侏儒，身体虚弱、精神萎靡，还常感到疲倦。他们住在大花园里，只吃一点儿水果度日。由于衣来伸手、饭来张口，不用脑子不动手，他们的身体和头脑全都退化啦。

旅行家还发现了另一种人。他们长得像猿猴，终年在地底下做苦工，供养地面上的侏儒。一到夜里，他们就会跑出来，抓几个侏儒带回去吃掉！——威尔斯这是影射现实社会呢。

这以后，旅行家又继续向前飞进了几百万年。他发现在荒凉的海滩旁，已见不到人类的踪影，只有巨大的蝴蝶形动物和螃蟹样的怪物在活动。

再飞行到三亿年后，只见太阳已经沉没，周围冰天雪地，只剩下死一般的寂静。——旅行家急忙抽身回到现在，他的朋友们正坐在他家的餐桌边，等着他旅行归来呢。

《星际战争》，远虑深谋

今天的银幕上，充斥着各种星际大战故事。而外星人进犯地球的情节套路，其实也是威尔斯首创。他写过一本《星际战争》（又译《世界大战》），讲的就是火星人入侵地球的惊悚故事。

那些火星人都是什么样的怪物啊：只有一个大脑袋，上面长着十六只触角，代替了手和脚；它们没有内脏，因而也不用吃东西，只靠吸食其他动物的鲜血活命。

这些自私自利、毫无感情的家伙，却有着超凡的智力，可以制造威力无比的武器。人类在它们的攻击下，眼看就要灭种啦。

可是有一天，火星人突然停止了攻击，一个个趴下不动了。原来尽管它们神通广大，却对付不了地球上一种不起眼儿的细菌。结局是火星人全军覆没，地球上又恢复了和平。

《星际战争》插图之一

威尔斯这是借小说来表达自己的忧虑呢：人类只顾盲目发展科学技术，却不注重灵魂的修养，这样迟早会造成灾难的。

有意思的是，作家的好几次预言都说中了。1908年，威尔斯在小说《空中战争》里描写了一场大战，战争中使用了最新的兵种：空军。而六年后就爆发了第一次世界大战，战争中果然使用了空军。

到了1933年希特勒上台时，威尔斯又在《未来事物的面貌》一书中预言另一次世界大战的到来，并提到原子武器。结果不久就爆发了第二次世界大战。

威尔斯可不是什么未卜先知的神仙。他只是科学知识渊博，政治目光敏锐，善于观察又精于预测。不过这确实是了不起的本事。

威尔斯的科学幻想小说还有《莫洛博士岛》《隐身人》《月球上的第一批人》等。他跟法国的儒勒·凡尔纳，共同为科学幻想小说这种文学新形式奠定了基础。

《星际战争》插图之二

柯南·道尔的"血字"谜题

不过据说头一个把科学观念引入幻想文学的，是美国作家爱伦·坡。他比威尔斯要早半个世纪呢。爱伦·坡还是西方侦探小说的鼻祖，以后介绍美国文学时，还要提到他。咱们下面要说的，是一位跟威尔斯同时代

柯南·道尔

的英国侦探小说家柯南·道尔（1859—1930），他的作品深受爱伦·坡影响。

柯南·道尔出生在苏格兰的爱丁堡。他上大学时攻读医科，并取得了博士学位，毕业后在伦敦开业行医。不过让他闻名天下的，不是他的医术，而是他的小说。大名鼎鼎的大侦探福尔摩斯，就出自他的笔下。

柯南·道尔头一部侦探小说是《血字的研究》：在一处住宅里发生了凶杀案，死者衣冠齐整，身上没有任何伤痕，屋子里也不见抢劫格斗的痕迹。——只是屋内的几处血迹和墙上的几个血字，让人疑惑不解。

私人侦探福尔摩斯根据现场留下的蛛丝马迹，推测出案情真相。原来杀人者名叫侯波，他跟死者有夺妻之恨。他不辞辛苦，追踪仇人，终于把仇家引入这间空屋，逼他吞下致命的生物

碱。——侯波本人患有血管瘤，一时激动，鼻血不止，便蘸着血在墙上写下了血字。

据说开始时，这篇稿子投了好几家杂志，好不容易才被一家杂志接受。而另一家杂志的主编看出作者的才华来，约柯南·道尔创作更多的福尔摩斯故事，于是便有了《四签名》《巴斯克维尔的猎犬》《波希米亚丑闻》《五彩带》《红发会》……

《血字的研究》插图

多财贾祸《四签名》

就说说《四签名》吧。有位梅丽小姐是英军上尉摩斯坦的女儿，她来找福尔摩斯，告诉他一件怪事：几年前爹爹从印度回国度假，不明不白地失踪了。以后每年都有人寄珍珠给她，这回她又接到书信，叫她去跟赠珠人见面。

福尔摩斯和朋友兼助手华生医生陪姑娘来到一处住宅，一个年轻男子接待了他们。那人是舒尔托少校的儿子，而舒尔托正是摩斯坦上尉的同事。十一年前，舒尔托少校从印度带回一匣巨价珍宝。可从那时起，他便总是坐卧不宁，尤其害怕一个装木腿的人。

有一回，舒尔托接到一封信，不觉脸色大变，从此卧床不起。他告诉儿子，这财宝有一半是摩斯坦上尉的；几年前上尉从印度赶来向他索取财宝，在发生口角时心脏病发作，死在他家。

舒尔托要两个儿子日后好好照看上尉的孤女——就在少校交代遗嘱时，窗外有个人把鼻子抵在玻璃上偷听。少校一见，大叫一声，气绝身亡。可财宝藏在哪儿，他却没来得及交代。

以后哥儿俩发现家中有人来过，还留下一张有四人签名的纸条。哥儿俩一面遵父命寄珍珠接济梅丽小姐，一面家里家外搜寻百宝匣。直到咋天，他们才在乡间别墅的夹层里发现财宝。他们决定请梅丽小姐来，拿去她应得的一份儿。

等福尔摩斯陪着梅丽小姐来到乡间别墅时，却发现年轻人的哥哥已被人杀害，百宝匣也不翼而飞。福尔摩斯经过仔细勘察，推测有个小矮人曾潜入别墅，用一种细小的毒箭射死了年轻人的哥哥。——而这一回，桌上又留下一张有四人签名的纸条。

福尔摩斯布下的天罗地网，在第三天收紧了网口。当凶手驾着一艘快艇逃走时，福尔摩斯的快艇追了上去。凶手是个装了木腿的恶汉，身边跟着个来自印度原住民的小矮人。

原来瘸腿汉本也是驻扎印度的英国士兵。他伙同三个印度士兵杀死一名原住民酋长，劫了一匣珍宝，藏在古堡里。可没等分赃事情就败露了，他也被送上一座海岛服苦役。瘸腿儿本想收买岛上的看守军官舒尔托和摩斯坦，可老奸巨猾的舒尔托却拿了四人签名的藏宝图，私下掘走财宝，跑回英国。

以后瘸腿儿在小矮人的帮助下逃离海岛，回英国找舒尔托算账，这才有了后来的劫夺与凶杀。——如今凶手是抓到了，可财宝又在何处？原来瘸腿儿自知难逃法网，把财宝都撒进泰晤士河啦。

不过华生医生倒挺高兴：他早就看上梅丽小姐，又怕人家看不起自己这个穷医生。眼下梅丽失去了财宝，两人算是"门当户对"了。不用说，爱情的喜悦最终冲淡了失落财宝的遗憾和感伤。

死亡沼泽，怪犬惊魂

著名中篇《巴斯克维尔的猎犬》则是一则气氛神秘的恐怖故事。巴斯克维尔爵爷府建在一片阴森森的沼泽地旁。据说沼泽里有一条眼睛闪闪发光的大黑狗，从前有位爵爷就是被那只怪犬咬死的，至今人们还常常听见那狗在沼泽里大声狂吠呢。

不料传说变成了事实。府中的查尔兹爵爷半夜里竟死在沼泽旁的小路上，尸体旁还有几个巨大的猎犬脚印。查尔兹的儿子亨利请来了福尔摩斯。——大侦探对付罪犯没问题，可他对付得了这神秘恐怖的怪兽吗？

《巴斯克维尔的猎犬》插图

经过一番扑朔迷离的侦破，案情终于水落石出。原来哪里有什么怪兽，那不过是条普通的大猎狗，被人在眼圈儿上涂了闪光的磷粉。搞这个名堂的是查尔兹爵爷的侄子。他利用家族中流传的神秘传说，导演了这场恐怖剧，目的是吓死查尔兹和亨利，好继承爵爷的头衔和产业。——害人不成反害己，最终他事败逃跑，慌不择路，陷进泥潭里送了命。

福尔摩斯面孔瘦削，少言寡语，无时无刻不在思考问题。他的逻辑推理本领真是惊人，随便拿起一支手杖，或是一块怀表，他就能推测出物品主人的身高、体重、外貌、性格以及经历、嗜好，说得头头是道。在读者心目中，他那支时刻不离手的大烟斗，也成了这位大侦探形象的一部分啦。

有一阵子，柯南·道尔写得有点儿厌倦了，便让福尔摩斯在一次悬崖搏斗中，跟对手一块儿掉进了深渊。这下子可惹恼了读者，有人写信给柯南·道尔，又是威胁又是谩骂，非逼着他让大侦探复活不可。没办法，作者只好又拿起笔，写了一篇小说《空屋》，让主人公死而复生，继续抽他的大烟斗，做他的精彩推理……

乔伊斯《尤利西斯》:《荷马史诗》现代版

以上咱们说的这几位：史蒂文森、威尔斯、柯南·道尔，都算是通俗文学作家。他们的作品故事性强，让人捧起就放不下。在他们之后，英国又出了几位具有现代风格的文学家。他们的作品，可就不那么通俗易懂啦。

就说那位乔伊斯（1882—1941）吧，他出生在爱尔兰的都柏林，从小受教会教育，准备长大了当个神父。可后来却对宗教产生了反感，又厌恶都柏林庸俗无聊的市民社会。大学毕业后，便自愿"流亡"到欧洲大陆，以后定居巴黎，一直到死。——不过

乔伊斯

他的小说，却总是拿都柏林做背景。也许他认为离家乡越远，看得越清楚吧。

乔伊斯的小说《尤利西斯》，被认为是现代派作品的经典。"尤利西斯"其实就是《荷马史诗》中奥德修斯的拉丁文名字，整部小说也是模仿《奥德修纪》写成的。

《奥德修纪》不是写奥德修斯远涉重洋，返回家园，最终跟妻儿团聚的故事吗？《尤利西斯》则记述了20世纪的某一天，都柏林的广告经济人布罗姆在城市里游荡了一整天，终于回到家中的经历。——他就是奥德修斯的现代化身，而他的妻子莫莱以及年轻的艺术家斯蒂芬，就是影射奥德修斯的妻儿。

只是这位布罗姆穷困潦倒，平庸无能，神经也不大正常，一点儿也不像史诗中的那位英雄。他的妻子贪图享乐，也不能跟英雄的妻子相提并论。斯蒂芬更是意志薄弱，满脑子虚无主义。

作者的用意何在？原来，他是借此批评现代社会的庸俗堕落，字里行间显示出作者内心的苦闷和失望。

文不加点的"意识流"

咱们前面讲普鲁斯特，提到"意识流"的手法。乔伊斯的

《尤利西斯》，用的也是"意识流"的手法。——别以为意识流作品就那么好写。作者在艺术上是下了大功夫的。《尤利西斯》共十八章，跟《奥德修纪》各章——对应。每章的文体又跟内容相配合，十分讲究。

例如第八章写布罗姆吃饭，文体就采用了"肠胃蠕动的节奏"。第十四章

《尤利西斯》插图

写女人生孩子，文中采用了九种古今不同的散文风格来象征胎儿在母体里成长的九个不同阶段。最后一章写女主人公的内心活动，一连四十页，却连一个标点符号也没有！作家大概认为一加标点，意识就"流"得不畅快了吧？这真可谓"文不加点"了。

乔伊斯的作品，还有《青年艺术家的肖像》《为芬尼根守灵》等。在后一部作品里，作者运用了十八种语言，任意组合，象征着一场噩梦。他还自造新词，用一百多个字母拼成"打雷"这个词。他说不这样，就不能形容雷声的隆隆不断。

乔伊斯的意识流小说，如果没人解释，是很难读懂的。为了开创新形式，乔伊斯呕心沥血，耗尽了精力。到晚年几乎双目失明，却仍然勤奋写作。人们称他是"现代派文学大师"，他是当之无愧的。

艾略特《荒原》：现代派诗歌里程碑

在世界文坛上，被称为现代派文学鼻祖的有四位，乔伊斯是一位，另三位是英国的艾略特、法国的普鲁斯特和奥地利的卡夫卡。这里说说艾略特吧。

在20世纪出生的英国文学家里，有一男一女两位艾略特。乔治·艾略特（1819—1880）是位女作家，她的作品有《弗洛斯河上的磨坊》《织工马南》《米德尔马契》等，都是小说。

这里要说的T. S.艾略特（1888—1965）则是位男士。他本是英国人，却出生在美国的圣路易斯。他的祖父是华盛顿大学的创办人和校长，父亲是个商人，母亲则是诗人。

艾略特在哈佛大学读哲学，以后又到欧洲深造，二十六岁以后定居英国。当过教师，干过银行职员，后来又办杂志、当主编，走上文学创作这条路。

艾略特的文学成就主要在诗歌上。他那部著名长诗《荒原》写于1922年。全诗共四百三十行，分成长短不一的五章。不过诗人笔下的荒原，可不是勃朗特姐妹和哈代笔下那大自然的荒原。这里的荒原是用来象征欧洲那沉寂枯萎的文明的。

在第一章《死者葬仪》里，

艾略特

诗人就写了这么一片精神上的荒原：树木枯死了，没有一点儿绿荫。遍地是石头，听不见潺潺水声。伦敦城一派黄雾弥漫，鬼影乱摇。花园里栽的不是鲜花，而是尸首……教堂的钟阴沉沉地敲了最后一下，周围死一般地沉寂。——这便是"一战"后的欧洲景象！

第二章《对弈》，写上流社会的男男女女们，在珠光宝气的环境里醉生梦死，穷极无聊。干点儿什么好呢？下盘棋来消磨时光吧。而下层市民们则在酒吧贪杯恋盏，打发日子。酒徒们无聊的谈话中，不断夹杂着伙计的催促声："快一点儿，关门啦！"一切都显得惶惶不安。

第三章《火诫》，写人们祈求圣火降临，把罪恶烧毁。第四章《水里的死亡》最短，只有十行：那是以水隐喻情欲的海洋，警告人们别在里面淹死。第五章《雷霆的话》又回到荒原主题上来。雷声在荒原上空隆隆响起，它告诉人们，要"给予，同情，克制"——这也许是使荒原复苏的唯一希望吧。

艾略特跟一般诗人不同，他其实是位大学者，不但深通西方的历史哲学，还掌握印度梵文，并了解中国文化。他的诗中运用了六种语言，还大量引用东西方的文史典故和名言，用以倾吐西方人的苦闷与彷徨。

诗中很少用韵，却又在自由的旋律中显示出诗歌的节奏感来——他为诗歌开拓了一条新路，成为西方现代诗坛上的大手笔；《荒原》也因此被人推崇为现代派诗歌划时代的里程碑。

艾略特的著名诗作还有不少，如早期的《普罗弗洛克的情歌》和后来的《四个四重奏》。这后一篇使诗人荣获诺贝尔文学奖。那一年是1948年，诗人整整六十岁。

贝克特：戈多等到了吗

沛沛掐指算了算，世纪之交的英国文坛还真热闹。爷爷今晚讲的内容，就包含了寻宝传奇、科幻小说、侦探小说、意识流小说及现代派诗歌等好几种文体及风格。

"英国戏剧除了昨天讲到的萧伯纳，还有什么有名的人物和作品吗？"沛沛问。

"当然有，"爷爷回答，"不过要稍晚一些。譬如有个同样得了诺贝尔文学奖的戏剧家塞缪尔·贝克特（1906—1989），跟前面几位比起来，要算是小字辈了。他出生在爱尔兰，后来移居法国巴黎。他因戏剧代表作《等待戈多》于1969年获诺贝尔文学奖，你们一定听过这个名字吧。

"那是一出荒诞派戏剧，几乎没什么具体情节。只是写两个流浪者在乡间小道一棵枯树下等待戈多的到来。两人有一搭没一搭地侃着大山，百无聊赖又心情焦躁。可是等来等去，戈多到底也没出现。戏就那么结束了。

塞缪尔·贝克特

"戈多是谁？两人又为什么等他？没人说得清。据说有的观众去问作者，作者说：我若知道，早就在戏里告诉大家了。——这可真够荒诞的！

"说到底，作者是想通过这出没头没脑的戏，表达现代文明中人们精神上的委顿空虚、惶惶不安。他们内心苦闷，对前途丧失信心；似乎总是在等什么，其实连他们自己也不知等什么。

"这出戏一针见血地诊断出这种'世纪病'来，诺贝尔文学奖的评判者，大概就是冲这个把大奖颁给贝克特的吧。"

第 33 天

俄罗斯文学之父 普希金

俄国·19世纪

说说俄罗斯

"怎么说来说去，还没说到俄国啊？"沛沛问爷爷。

"是呀，除了《伊戈尔远征记》，还真没说到俄国哩。从今天起，咱们就集中介绍俄国的文学家，好不好？"爷爷问。

"当然好！"沛沛很想听听普希金、果戈理、屠格涅夫、托尔斯泰的故事，这些名字如雷贯耳，他早就听说过。

"不过，咱们还得从俄国历史谈起。在十四五世纪以前，俄国只是些分散的小公国，一度还受着蒙古人的统治。后来莫斯科公国的大公伊凡三世赶走了蒙古人，统一了俄国。他的儿子伊凡四世——就是那个杀死了亲儿子，被称作'伊凡雷帝'的家伙，自封为全俄国的沙皇。

"从那时起，这个农奴制的封建帝国便日益强大，沙皇也代代相传。这中间出过彼得大帝那样的雄主，也有过叶卡捷琳娜那样的女皇。

"到了19世纪中叶，由于受法国革命和俄法战争的影响，一群有见识的俄国贵族看出这个老大帝国的衰朽与没落，打算效法法国革命，推翻沙皇，改革政治。就在亚历山大一世突然死去，帝位空虚之际，这批贵族率领造反军队占领了京城彼得堡的元老院广场，向皇家骑兵开了火。

"沙皇的弟弟尼古拉凶残地下令向广场开炮！结果起义被镇压下去，参加起义的贵族们也死的死，关的关，下场十分凄惨。——由于这次起义发生在1825年俄历十二月，日后人们便把这些贵族革命者称作'十二月党人'。

"不过'十二月党人'的鲜血没有白流。彼得堡的枪炮声唤醒了沉睡着的俄国民众，让他们从铁桶般的黑暗中见到了一线光明。

"咱们今天要介绍的俄国大诗人普希金（1799—1837），就跟'十二月党人'有着密切联系。"

普希金

普希金在皇村

还是从普希金的家世说起吧。

普希金出生在莫斯科一个贵族之家。他的远祖是普鲁士移民，以后好几代做过沙皇驾下的重臣。不过到他父亲这一辈，家道已经衰落。

　　他父亲是个禁卫军官，厌倦了宦海生涯，只喜欢在家里读读书，排排戏。母亲这边呢，普希金的曾外公本是俄国宫廷里的黑奴，由于能力超群，深受彼得大帝器重，后来竟做到了将军。普希金黝黑的皮肤和卷曲的头发，八成就是这位曾外公的"赐予"呢！

　　普希金自幼聪明好学，父母也特别重视他的教育，为他请了好几位家庭教师，教他俄语、法语、拉丁语以及绘画、音乐等。父亲书房里有的是藏书，客厅里也常常挤满文人雅士。普希金就在浓郁的文学气氛里一天天长大了。

　　提到启蒙老师，得特别说说他的奶娘。她是个目不识丁的女奴，却会讲那么多动人的民间故事。奶娘的形象以及她讲过的故事，日后都出现在普希金的诗歌里。

　　此外，普希金还有个伯伯，是当时很有名气的诗人。普希金十二岁那年，就是被伯伯领着去投考皇村学校的。

普希金读书的皇村，叶卡捷琳娜宫坐落于此

皇村学校设在彼得堡郊区，能进这所学校的全是贵族子弟，教师都是出类拔萃的学者。开学典礼那天，沙皇也亲自驾临。他满打算把这里办成培养忠诚奴仆的基地，谁知日后这儿却成了"十二月党人"的温床！

普希金在这儿涉猎各种知识，读了大量书籍，还结交了不少有自由思想的朋友。他的诗才，也是在这时萌发的。

有一回，他在学校当众朗诵他的诗作《皇村回忆》，把来参观的大诗人杰尔查文感动得热泪盈眶。杰尔查文擦着眼睛说："将来接替我的人在这儿呢！"——这以后，普希金不但常在报上发表诗歌，还成了大诗人的座上客。

歌唱自由，得罪沙皇

从学校毕业，普希金进外交部当了个小文官。业余时间，他依旧勤奋写诗。长篇叙事诗《鲁斯兰和柳德米拉》，就是这时写成的。诗中讲述的是一个民间传说故事，情节曲折，想象丰富，还运用了生动的民间口语。一些自命高雅的守旧文人看不上它，可真正的诗人却看出了这

《鲁斯兰和柳德米拉》插图

诗的价值。

这期间，普希金还写了不少抒情诗和政治讽刺诗，像《自由颂》《乡村》《童话》《致恰达耶夫》等。这些诗在民间广泛流传，也被宪兵抄送到沙皇的案头。

亚历山大一世读了不禁大怒，拍着桌子命人把这个胆大包大的年轻人流放到西伯利亚去！是什么惹得沙皇大发脾气呢？读读《自由颂》中的这几行吧：

> 我要给世人歌唱自由，
> 我要打击皇位上的罪恶……
> 战栗吧！世间的专制暴君，
> 无常命运的暂时宠幸！
> 而你们，匍匐着的奴隶，
> 听啊，振奋起来，觉醒！

多亏有人替普希金说情，沙皇才勉强同意把流放改成"调动职务"——那还不是一回事！就这样，普希金离开了京城彼得堡，前往南方。这是1820年的事。

普希金在基尼涅夫度过了四年流放生活。在那儿，他饱览南俄的自然风光，还参加"十二月党人"的集会，并写下不少优秀诗篇。其中有《高加索的俘虏》《短剑》《致西伯利亚的囚徒》等。

那部著名的长篇诗体小说《叶甫盖尼·奥涅金》的前两章，也是这时完成的——不过长诗的写作直到1831年才告一段落。

诗体小说《叶甫盖尼·奥涅金》

诗中写的是个爱情故事。男主角叶甫盖尼·奥涅金是个彼得堡的贵族公子哥儿，女主角达吉雅娜，则是外省乡村的一位贵族千金。

奥涅金的爹爹当过大官。他本人英俊潇洒，谈吐机智，属于讨女人喜欢的那类男子。多年来，他出入彼得堡上流社会的客厅舞场，过着日夜颠倒的荒唐生活。虽然年纪轻轻，可内心的感情早已枯竭，落下个萎靡不振、空虚麻木的"忧郁症"病根儿。

这会儿，他正坐着马车风尘仆仆赶往乡下。在那儿，他的伯父就要死了，有一大笔遗产等着他去继承呢。

奥涅金赶到时，伯父已经咽了气，偌大一座庄园，成了奥涅金的财产。初来乡下，他感到几分新鲜，可没过几天就又觉着空虚无聊起来。幸好有个年轻的诗人连斯基从国外归来。尽管两人脾气秉性并不投合，可是在乡下土财主的包围下，两人教养相近，还算聊得来，也便成了朋友。

有一回，连斯基到邻

《叶甫盖尼·奥涅金》插图之一

村去看未婚妻奥丽加，约了奥涅金同行。在那儿，奥涅金见到了奥丽加的姐姐达吉雅娜。这姑娘文静、忧郁，耽于幻想，爱读法国浪漫小说。她一见面就爱上了洒脱英俊的奥涅金。炽烈的感情使姑娘丢掉了羞怯，不久便主动写了一封深情的信给奥涅金，向他表白爱情。

奥涅金呢，多少彼得堡的贵族女子都让他厌倦，又哪里看得上一个乡下姑娘！他跟姑娘见面时，就实话实说了。他说假如自个儿想成家，姑娘当然是再好不过的人选啦；可惜他眼下并没有兴趣，只怕强扭的瓜不甜，反招她伤心……这次花园谈话让达吉雅娜伤透了心，人也憔悴下来。

另一天，正是达吉雅娜的命名日。连斯基不知就里，硬拉着奥涅金前去赴宴。奥涅金本来就讨厌无聊的应酬，又见达吉雅娜那难受的神情，便暗自怨恨起连斯基，打算来个恶作剧，捉弄他一番。

于是奥涅金故意当着连斯基，向他的未婚妻奥丽加大献殷勤，又是邀舞又是调笑，搞得连斯基吃起醋来，当场提出跟他决斗。

奥涅金少年气盛，当然不能服软啦！结果枪声一响，连斯基倒在了血泊里！奥涅金悔恨不迭，埋葬了朋友，便独自一人出了国。

"多余人"奥涅金

两年以后，奥涅金心情恹恹地回到彼得堡。在一次舞会上，他惊异地发现，有位仪态万方的公爵夫人非常眼熟——那不就是当年那个痴情的乡下姑娘达吉雅娜吗?

达吉雅娜见了他,一点儿也没显出惊奇和激动来,只是从容而又冷淡地跟他寒暄了两句,就转身走开了。这简直让奥涅金受不了!他后悔当初对姑娘的冷漠,这回轮到他自己日思夜想啦。

这以后,他每天都到公爵府上去做客。可达吉雅娜的态度总是那么淡淡的。奥涅金痛苦极了,写了一封信给达吉雅娜,信写得跟当年达吉雅娜的那一封同样热烈。可等来等去,没有回音。第二封、第三封发出去了,依然没有答复。再碰到她时,她的脸色反而比以往更加严峻了。

奥涅金灰了心,一头钻进书房里,一冬天都没露面。可他忘不掉一件件往事,总是看见窗边的达吉雅娜、血泊里的连斯基……

春天的一个清晨,奥涅金鼓足了勇气,乘雪橇沿着涅瓦河来到公爵府上。没等通报,他就径直闯进了夫人的卧室。他看见达吉雅娜独自一人坐在那儿,没有打扮、脸色苍白,正在读他的信呢,眼泪像小河似的静静地流着——这还是当年的达吉雅娜呀!

奥涅金跪在了她的脚边,她只是战栗了一下,

《叶甫盖尼·奥涅金》插图之二

237

没有动。沉默半晌，她说话了："我曾恭顺地聆听您的教训，现在轮到我说几句了。我爱过您，可您不稀罕一个纯真少女的感情。我得到的，只是冷漠的眼光和长篇的教训！既然那会儿您不爱我，干吗现在又来追求我呢？是不是因为我成了贵妇人，我的失节，可以给人带来'情场老手'的声誉？其实这种豪华的生活，这些个化装舞会、灿烂与喧哗，又算得了什么？不如换一架书，换一处荒园，换成我初次见到您的地方……假如您今天没忘记您的达吉雅娜，我宁愿听到您的刻薄而冷酷的笑骂，却不愿看到您那让人脸红的眼泪和情书！您空有聪明才智，怎么会成了卑微感情的奴隶啦？我劝您离开这儿吧，您有自尊，也懂得名声的重要。我爱您，但我已嫁了人，我将一辈子对他忠贞！"

公爵夫人说完就走开了，奥涅金呆呆地站在那儿。正当此刻，大厅里响起马刺的声音，是公爵回来了……

诗体小说到这儿便戛然而止。据说普希金本打算接着写下去，写奥涅金怎么参加"十二月党人"起义，又怎么遭流放。可计划最终没有完成。

诗中的奥涅金聪明，有才干；他不满意上流社会，却又离不了这个社会。由于远离人民，精神空虚，又缺乏生活目标，他到头来一事无成，成了废人。有人就说过，奥涅金是"他所处的环境中的多余的人"。——以后俄罗斯文学人物画廊里出了一系列"多余人"形象，奥涅金是他们当中的头一个！

达吉雅娜呢，她才是诗中最感人的形象。她富于理想、道德高尚、纯朴而又坚忍，因而人们称她是"俄国的灵魂"。以后的俄罗斯文学里又出现一系列有光彩的女性形象，她们身上差不多全有达吉雅娜的影子。

《茨冈》：这里人人爱自由

话又回到19世纪20年代。普希金在基尼涅夫待了四年，又被调到敖德萨，最终被流放到他父母的领地米哈伊洛夫斯克村，受着当局和教会的监视。陪伴着他的，只有老奶娘。在那儿，普希金完成了长诗《茨冈》和历史剧《鲍里斯·戈都诺夫》。

《茨冈》写的是一大群热闹的茨冈人沿大路流浪，有个逃避官府捉拿的俄国贵族青年阿乐哥也参加进来，并跟可爱的茨冈姑娘真妃儿相爱了。

茨冈人的生活像鸟儿一样自由自在，可阿乐哥渐渐发现，真妃儿对他越来越冷淡。真妃儿的老爹对他说："这儿的人个个都是自由的，谁又能阻止一个年轻姑娘去爱自己所爱的人呢？真妃儿的娘，还不是跟了我一年，就和别人私奔了吗？"阿乐哥却恶狠狠地说："这种忘恩负义的女人，就该一刀

《茨冈》插图

宰了才解恨！"老汉听了，只是摇头。

在一个漆黑的夜晚，阿乐哥一觉醒来，发现真妃儿不见了。他跟踪到墓地里，见姑娘正跟一个茨冈小伙子幽会呢。阿乐哥怒从心头起，举刀杀了这一对恋人！

天亮了，初升的太阳照着浑身是血的阿乐哥。茨冈人默默埋葬了死者，真妃儿的老爹对阿乐哥下了"逐客令"："远远离开我们吧，骄横的人。我们是野蛮人，没有法律，却也从不杀人。我们讨厌跟杀人凶手生活在一块儿。你只晓得你自己的自由，我们却有着善良的灵魂。"——说完，老汉领着茨冈人上了路，把阿乐哥独自一个甩在后边。

普希金在流放中接触过茨冈人。他十分喜欢茨冈人那种无拘无束的天性、自由自在的生活。茨冈姑娘的奔放性格，茨冈老人的开明思想，跟阿乐哥的自私、粗暴形成鲜明对比，让人看出诗人的追求与批判。

僭主滴血手，囚徒正气歌

《鲍里斯·戈都诺夫》则是一出名副其实的历史剧。剧中演的是16世纪末17世纪初的一段历史。

沙皇费陀尔死了，而御弟季米特利早在十二年前就不明不白地让人杀害了，大权在握的国舅戈都诺夫理所当然地坐上了皇位。

新沙皇登基后，百姓的日子越来越难过。于是民间起了流言，说御弟季米特利当年是被戈都诺夫害死的。——这传闻让新沙皇如坐针毡。

就在这当口，季米特利突然出现了！他带着波兰军队朝莫斯科杀来。百姓听说御弟来了，都打心眼儿里高兴。民心一散，戈都诺夫的军队也就不战自溃。

其实这位季米特利并非真御弟。他本是莫斯科一家修道院的小神父，因为不甘寂寞，便想出冒充御弟的点子来，跑到波兰去寻求援兵。

《鲍里斯·戈都诺夫》插图

就在戈都诺夫因恐惧而死、他的儿子刚刚登基的时刻，"季米特利"攻进了莫斯科。一进皇宫，他先杀了新沙皇一家。百姓们扶老携幼地来欢迎他，可一看到这血腥场面，便都陷入恐怖和沉默之中⋯⋯

仿佛普希金有着先见之明，他刚写完这部历史剧，亚历山大一世便去世了。紧接着爆发了"十二月党人"起义，沙皇的三弟尼古拉镇压了广场上的起义者，双手滴着血登上了皇位，就跟戏里演的一样。

刚刚登基的尼古拉一世还没抹净手上的鲜血，转脸又做出宽容的姿态。他召见普希金，假惺惺地宣布赦免他的罪过，并允许他自由写作。但又说只有经过他本人过目，才能发表。

可是当普希金把《鲍里斯·戈都诺夫》交给他"审查"时，他批示说：如果能把这出悲剧改成类似司各特的历史小说那样，就没有问题了！——普希金当然不能同意啦，因此这戏依旧不准上演。

普希金当然不会就此消沉，他继续挥洒着羽毛笔，为自由而歌唱。有一首《致西伯利亚的囚徒》，就是诗人这会儿写成的。诗中的"西伯利亚囚徒"，指的自然是流放中的"十二月党人"。诗人写道：

> 在西伯利亚矿坑的底层，
> 望你们保持着骄傲忍耐的榜样。
> 你们悲惨的工作和思想的崇高意向，
> 决不会就那样消亡。
> …………
> 爱情和友谊要穿过阴暗的牢门，
> 达到你们的身旁。
> 正像我的自由的歌声，
> 会传进你们劳役的深坑。
> …………

普希金没直接参加十二月的那次起义，却是当之无愧的"十二月党人"的歌手。他在诗中还说："自由会愉快地在门口迎接你们，弟兄们会把利剑送到你们手上。"——此时诗人送上的，不正是克敌制胜的精神利剑吗？

"驿站长"："小人物"登台亮相

1829年，普希金在一次舞会上认识了"莫斯科第一美女"冈察罗娃。他向她求婚，却碰了软钉子。诗人受不了这打击，当天就不辞而别，去了高加索前线。

一年后他从前线回来，再度向姑娘求婚，却意外地得到了应允。普希金高兴极了，他赶回乡下去处理一些杂务，却因道路阻隔，在那儿耽搁了三个月。

也许是人逢喜事精神爽吧，诗人在三个月里写了四部戏剧、五六篇短篇小说，完成了长诗《叶甫盖尼·奥涅金》的后两章，还写了一篇童话诗和三十来首抒情诗。——这真是个大丰收的秋天啊，后来人们便把这百十天称作"波尔金诺的秋天"。

在这些染着明亮秋光的作品里，有一组短篇小说尤为出色。它们包括《射击》《暴风雪》《驿站长》《村姑》等。因为集子发表时用的是"别尔金"的笔名，所以取名《别尔金小说集》。

《驿站长》是反映现实的作品。小说中的"我"

中文版《普希金诗选》封面

头一次路过那个小驿站时，对那位带着个漂亮女儿过活的驿站长印象深刻。可几年后再次途经这里，却见驿站长完全变了个人：五十多岁身强力壮的汉子，成了借酒浇愁的衰朽老头儿，身边的女儿也不见了。

聊起来才知道，三年前有个彼得堡来的年轻军官路过这儿，看上了他女儿，把她骗走了。驿站长死了老伴，女儿就是他的命根子！于是他扔了驿站的差使，徒步上彼得堡去寻女儿。

女儿的住处倒是让他找到了，可那军官塞给老头儿一卷钞票，便把他打发出来。老站长气愤地扔掉钱，两天后再次闯进去，女儿一见他就晕了过去；老站长照旧被赶到大街上。驿站长身微言轻、人地生疏，上哪儿说理去啊？只好忍气吞声回到驿站，借酒浇愁，打发日子……

"我"第三次来到驿站时，老站长已经过世。听一个孩子讲，夏天时来了位年轻漂亮的太太，乘着马车，还带着小少爷。她一听说老站长去世就哭了起来，还到老人坟前跪了许久……"我"听了感慨万分。

这位姑娘算是走运，到头来总算没被抛弃。但正像驿站长说的，让人勾引又甩掉的傻姑娘在彼得堡多的是，她们今天穿绸挂缎，明天兴许就流落街头。

不过最让人同情的还是驿站长自己，他是那个弱肉强食的强梁社会中的小人物，没权没势，只有受人欺负的份儿。——普希金创造了奥涅金那样一位"多余人"，又塑造了驿站长这样一位"小人物"。这两位都成了后来作家模仿的典型。

《上尉的女儿》：为"强盗"立传

此后，普希金又创作了《上尉的女儿》，那是他唯一一部长篇小说。小说是以俄国历史上的普加乔夫起义为题材的。

本来，沙皇曾提议让普希金写一部"彼得大帝史"。普希金因此得到自由翻阅国家档案的权利。在查阅中，他对普加乔夫这位带领农民起义的传奇英雄产生了兴趣，于是跑到喀山去搜集有关这次起义的民间传闻。为了写这部小说，诗人整整准备了十年。

不过对一个公然造反的"强盗头儿"可不能正面歌颂。普希金采用的，是侧面描述的手法。小说里的"我"是个贵族青年，十七岁时，遵父命到军队里去见世面。当他带着老仆，乘雪橇前往日的地时，途中遇到了暴风雪，眼看迷失了方向。

幸亏有个人从风雪中走来，凭着经验，把"我"们带到一家小客店里。这位向导四十来岁，宽肩膀，黑胡须，一双有神的眼

画家笔下的普加乔夫

睛里透着点儿狡猾，衣服却是破破烂烂的。"我"请他喝酒，还赏了他一件兔皮坎肩。

到达目的地后，"我"被分配到偏远的白山要塞。要塞司令是个上尉，他有个漂亮的女儿玛莎——"上尉的女儿"自然就是她。"我"很快便爱上了这姑娘。

不久，普加乔夫的农民军攻陷了白山要塞，上尉被送上了绞架。作为要塞军官，"我"的脖子也给套进绞索里。就在这千钧一发的当口，老仆人发现，大摇大摆坐在上面的"大皇帝"普加乔夫，原来就是大风雪中的向导，"少爷还赏过他一件兔皮坎肩呢"！

普加乔夫也认出这主仆二人，便宽宏大量地把他们放了，还赏给他们马匹和外套。获释后，"我"便不顾一切地去白山要塞营救玛莎，普加乔夫又顺水推舟放了玛莎。

以后农民军失败了，"我"被诬告犯了"通匪罪"。这回轮到玛莎来救"我"了。她勇敢地独闯京城，在皇村遇上一位乐于助人的太太，"我"终于被赦免了。——事后才知道，那位太太，

根据《上尉的女儿》改编的同名电影剧照

就是叶卡捷琳娜女皇！

普加乔夫却被判了极刑。临刑时"我"也在场。普加乔夫从人群中认出了"我"，还朝"我"点点头，态度是那么从容……

在诗人笔下，一向被人看作是杀人魔王的农民领袖，却显得那么刚毅沉着、宽仁大度，富于人情味儿。这才是这位起义领袖的本来面目呢。诗人的爱憎，也从对人物的描写中传达出来。

普希金最能理解普加乔夫追求自由的心，因为他本人也生就一副向往自由、蔑视权贵的硬骨头。——在精神世界，他跟普加乔夫是息息相通的！

俄罗斯文学之父

"《上尉的女儿》差不多是普希金后期最重要的作品了。"爷爷端起茶杯，呷了一口，接着说，"诗人自从跟冈察罗娃结婚，便陷入深深的痛苦之中。冈察罗娃不是坏女人，她也爱她的丈夫。可她喜欢交际，常常要丈夫陪着在各种沙龙和舞会中出头露面。这不但占据了诗人的宝贵时间，增加了他的开销，还引来一大群浪荡公子跟前跑后的，给诗人带来无穷烦恼。

"甚至尼古拉一世也看上了这位美人，为了能常常见到她，特意赐给普希金一个'宫廷近侍'的虚衔——这本来是专门赏给年轻贵族的头衔，对于三十五岁的普希金，这简直是拿他开玩笑。

"有个叫丹特斯的法国贵族，追求冈察罗娃最露骨。于是上流社会流言纷纷，逼得诗人不能不用决斗来维护自己的名誉。

普希金雕像立于决斗处

"1837年2月8日，普希金与丹特斯决斗。枪声响过，硝烟散去，一代大诗人倒在地上，鲜血染红了白雪。——两天以后，普希金离开了人世。报刊上登载这一噩耗时说：俄罗斯诗歌的太阳陨落啦！

"是啊，没有普希金，就没有俄罗斯文学的繁荣。后人把他称之为'俄罗斯文学之父'，这在他，是当之无愧的。

"诗人的好朋友果戈理说得好：'普希金就像一部大辞典，包含了我们语言的全部宝藏、力量和活力……在他身上，俄罗斯的大自然、俄罗斯的灵魂、俄罗斯的语言、俄罗斯的性格，反映得那样纯洁，那样美，就像在凸透镜上映出的风景一样！'"

"记得有一篇童话诗《渔夫和金鱼的故事》，也是普希金的作品呢。"沛沛说，"有个老渔夫，从海里捞到一条会说话的小金鱼。渔夫心肠软，又把它放回大海里。可他家那个贪婪的老太婆听说了，非逼着他向金鱼索要报酬不可。

"头一回，老太婆只要一只新木盆，因为她的木盆早就坏掉了。第二回，她又要一所新木屋。以后，她的胃口越来越大，想做贵妇人和女皇，小金鱼都一一答应了。

"最后老太婆昏了头，竟要当海上霸主，让小金鱼做奴仆，随时听她使唤！小金鱼生了气，尾巴一摆，一声不响游向了大海深处。老头儿回家一看，哪儿还有什么华丽的宫殿、尊贵的女皇？眼前依旧是那间破泥棚，老太婆坐在门槛上，脚下也依旧是那只破木盆！"

"这童话我小时也读过。"源源接过话头，"给我印象最深的，是大海的变化。开头儿，大海是蔚蓝色的。随着老太婆贪心增强，海面也渐渐起了变化：由波浪起伏，到怒涛翻滚，最终整个大海都奔腾咆哮起来。我想，诗人是借海面景象衬托小金鱼的内心变化吧。"

爷爷一直微笑地听着。爷儿仨这会儿仿佛正坐在海边上呢。——普希金让他们着了迷！

讽刺大师果戈理

俄国·18—
19世纪

寓言家克雷洛夫

"普希金被称作'俄罗斯文学之父'，那么在他之前，俄国就没有出色的文学家吗？"源源问。

"怎么没有？普希金能为俄罗斯文学奠基，也是继承了前辈文学遗产的结果呢。譬如比普希金早生八九十年的罗蒙诺索夫（1711—1765）吧，人们都知道他是位伟大的科学家，其实他还是位诗人呢。

"再如昨天提到的老诗人杰尔查文（1743—1816），对普希金影响也不小。还有茹科夫斯基（1783—1852），是公认的俄罗斯浪漫主义诗歌的奠基人，又是普希金的老师和朋友。茹科夫斯基还当过沙皇的老师，跟宫廷关系密切。普希金和'十二月党人'遭受迫害，还多亏他从中保护呢！"

爷爷呷了口茶水，接着说："要多说几句的，是寓言作家克雷洛夫（1768—1844）。他是个下级军官的儿子，自幼丧父，不得不一边读书一边打工。

"艰苦的生活磨炼了他的意志和才能，以后他到彼得堡当了一名小职员，不久又办报纸，编剧本，写讽刺时政的文章。报纸被官府查禁后，他又开始写起寓言来。这一写就打不住，前后创作了二百多篇。

"克雷洛夫的寓言是用诗体写成的，寓言里的主人公也跟《伊索寓言》《拉封丹寓言》一样，全都是狮子、狐狸、乌鸦等，山川草木也都有了生命。——按说这些寓言有点近乎神话，可人们却说克雷洛夫是一位现实主义作家。且看这几则。

"《杂色羊》说的是狮子大王挺讨厌杂色的羊，却又怕杀了它们，自己担恶名。狐狸爱卿便替它出主意：何不赏给羊一片水草丰茂的地盘，再派狼去管理它们呢？狮子听从了。结果怎么样？杂色羊绝了种啦！大家只知道那是豺狼干下的暴行，却没人指责狮子大王。

"再如《农民与大河》，写夏天到了，小溪暴涨，卷走了农民的财物。农民们寻思：大河是小溪的头头儿，平日威严坦荡，肯定能管住小溪。他们于是成群结伙去向大河告状。可来到大河一看，却只有跺脚叹气的份儿——原来小溪劫夺的财物，全在大河上漂着呢。大河既然得了好处，又哪儿能替农民主持公道呢！

"听了这两则寓言，你们就明白了，作者哪里是讽刺狮子、狐狸、大河、小溪，他这是'指桑骂槐'呢！难怪人们把克雷洛夫的寓言看作是俄国现实主义文学的开端。——不过克雷洛夫倒是很谦虚，自称他的作品是写给孩子看的。有个朋友夸他的书畅销，他不无幽默地说：还不是因为孩子们容易把书弄坏，所以不得不多印点儿！

"以上说的这几位，都是对普希金产生过影响的人。下面要说的，可都是深受普希金影响的作家啦。今天咱们就说说大作家果戈理。"

一 "夜"成名的果戈理

果戈理（1809—1852）比普希金小整整十岁。他出生在乌克兰波尔塔瓦省的一个小庄园里。

据说果戈理的祖上有波兰血统。他爷爷是军官出身，受过良好的教育。他爹不乐意当官，只喜欢恬静度日，因此早早就退了休，在家里管管庄园、写写剧本什么。果戈理家并不富裕，但有门阔亲戚，不但在生活上照顾他们，还常邀果戈理的爹爹去府上排演戏剧。果戈理也在那儿读了不少文学书籍。

果戈理

十二岁那年，果戈理考上了乌克兰有名的涅仁中学。在一群贵族公子哥中，这个贫家子弟显得有点儿寒酸；可他脾气挺倔强，不肯服输。他读了大量书籍，还喜欢演戏。

有两件事给果戈理的中学生活蒙上了阴影。一件事是爹爹死了；另一件是他所喜欢的一位老师因宣传自由思想被解了职，果戈理替这位老师辩护了几句，于是也被校方看成危险分子。毕业时，他被降了两级，只发给一张十四品官的证书。

就在毕业这年的秋天，妈妈东挪西借给他凑了一笔盘缠，果戈理满怀报效祖国的热忱，去了首都彼得堡。

然而现实跟理想全然是两码事。整整一年，他什么工作也没找到。自费出版了一部长诗，得到的也只是批评与嘲笑。一气之下，他把没卖出去的书全都投进了火炉！

以后他当上了一名小职员，靠着微薄的薪水艰难度日。不过这倒让他与底层社会有了更亲密的接触。爹爹死后，妈妈不能在金钱上帮助他，却应儿子的要求，为他搜集了不少家乡的乌克兰民间故事。终于，果戈理的第一部小说集《狄康卡近乡夜话》出版了。

这部集子连同续集，共收进了八个故事，全都是带着泥土气息的民间故事式作品。例如《圣诞节前夜》，讲的是一个聪明的铁

《狄康卡近乡夜话》插图

匠，画得一手好画。可他因为画驱魔图得罪了魔鬼，魔鬼便偷走了月亮，不让铁匠跟心爱的姑娘幽会。

铁匠还是摸黑去了。姑娘美是美，就是太骄傲。她心眼儿里喜欢铁匠，却又提出非得穿上女皇的金鞋子才肯出嫁。

铁匠就想法子制伏了魔鬼，让魔鬼从彼得堡皇宫中弄来金鞋子。——其实姑娘早把一颗心许给他，有没有金鞋子都会嫁他的！

《狄康卡近乡夜话》一出版，果戈理立刻成了名扬全国的作家。普希金读了这部集子十分兴奋，说："这才是真正的欢乐、真正的不平凡呢！"

《塔拉斯·布尔巴》：哥萨克英雄传

果戈理出了名，结识了不少文学家朋友。由于良师益友的鼓励和熏陶，二十二岁的果戈理写得更带劲儿了。

《密尔格拉得》是紧接着《狄康卡近乡夜话》以后的又一部小说集，包括《塔拉斯·布尔巴》和《旧式地主》等好几篇。《塔拉斯·布尔巴》是一篇历史题材小说，写的是17世纪时哥萨克好汉们反抗波兰人的故事。

老布尔巴是哥萨克联队长，留着一部威严的大胡子。他的两个儿子刚从基辅神学院毕业回家，布尔巴不容他们歇息片刻，马上送他们到哥萨克军营去接受严酷的军事训练。因为老布尔巴相信一条真理：对哥萨克的爱抚，不是家庭的温暖，而是草原和烈马！

可是两个儿子最终走的路却不同。小儿子安德烈早在基辅时，就认识了波兰总督的漂亮千金。后来他随联队攻打杜勃诺城，听说小姐也给困在城里，便开了小差，溜进城里去会情人。什么祖国呀，爹娘呀，全都抛在了脑后。

老布尔巴气愤极了，他派部下把身穿波兰军服的安德烈引到城外森林里，亲手杀了他。可不久，厄运又降临到他的大儿子奥斯达普头上。

奥斯达普在一次战斗中被俘，经受了敌人的酷刑折磨，始终不肯屈服。得知儿子被俘的消息，老布尔巴昏死了过去，他再也经受不住失去儿子的痛苦啦。

身体刚一复原，他就假扮成商人，深入虎穴去看儿子。可他们的最后一面，竟是在刑场上见到的。断头台上的大儿子已经很虚弱了，望着刑场上黑压压的陌生面孔，他高喊着："爹，你在哪儿？你听见了吗？"

"我听着呢！"寂静的人群里，响起老布尔巴打雷似的吼声。多少父子深爱，都包含在这惊天动地的吼声里！——当敌人扑向人

《塔拉斯·布尔巴》插图

群时，老布尔巴早已消失得无影无踪……

最终，老布尔巴也在一次战斗中落入敌人手中，他被钉在一棵大树上，脚下堆起干柴。可他还不忘利用这最后的机会，大声指挥着远处的弟兄们撤退。就在这时，火焰吞没了他的双脚，笼罩了整棵大树……

萧条田家院，金粉涅瓦街

《塔拉斯·布尔巴》写得那么轰轰烈烈、慷慨悲壮，让人读了热血沸腾。《旧式地主》却完全是另一种情调。

有一对地主老夫妇，并不是什么坏人。他们住在乡下的老宅子里，过着富足的生活。两人相敬如宾、相亲相爱，可精神却空虚得要命，一天到晚仿佛除了吃，就没有什么好干的。

后来老太婆在花园里看到一只黑猫，迷信地认为死神将临，不久以后便真的死了。老爷子由于伤心过度，跟着也死了。他们的产业本已销蚀不少，在继承者手里就越发萧条，农舍也几乎完全坍塌了。

作者用细腻的笔致描写了一个几乎没有情节的故事。可是从故事那迟缓的节拍和阴沉的色调里，却让人得到了农奴制衰落的消息。——也有人说，这个故事里有着果戈理家庭的影子。难怪字里行间，流露出惋惜和伤感的情绪。

《彼得堡故事》是果戈理又一部出色的小说集。里面包括《涅瓦大街》《鼻子》《外套》《马车》《肖像》《狂人日记》等不少闪光的作品。

《涅瓦大街》写两个年轻人——画家和中尉，一同来逛彼得堡最繁华最热闹的涅瓦大街，可巧遇上两个漂亮姑娘。

一向玩世不恭的中尉撺掇画家去跟踪黑发姑娘，自个儿则去追逐金发女郎。善良而真诚的画家被姑娘的如花美貌和高雅气质迷住了，可是到那姑娘家里才知道，那么清纯的少女，竟是个烟花女！爱幻想的画家想帮姑娘跳出火坑，得到的却是嘲笑和拒绝。画家受不了这打击，回家后就自杀了！

浪荡中尉又怎么样呢？他追的女人原来是个德国壶匠的妻子。就在他勾搭那女人时，壶匠出现了，把他痛打了一顿。他可是想得开，上街吃了两个馅饼，又去寻欢作乐了。

读罢小说，谁能不想想：美丽受着摧残，污秽蒙蔽了纯真；善良的人黄土长埋，作恶的人却如鱼得水——这就是当时的俄国社会啊！

涅瓦大街今貌

《外套》：生时微贱，死为鬼雄

《外套》是果戈理最著名的短篇，里面写了个小人物——九品文官巴施马奇金。他是个非常称职的抄写员，平日安分守己、与世无争，说起话来也是结结巴巴的。这也难怪，他的地位太卑微啦。同事们见他软弱可欺，总拿他开玩笑、找乐子。

这个可怜的人的一件外套补了又补，实在不能再将就了。他终于咬了咬牙，准备做一件新的！这对一个穷职员来说，可是件大事。他省吃俭用，不但取消了晚间的一顿茶，夜里连蜡烛也免了。

新外套终于做好了，可头一天穿着它上班，就被人抢了去。他失魂落魄地向一位大人物求助，却遭了一顿训斥。他默不作声地回到家，爬上床去，从此再没起来。

不过从这儿以后，总有个鬼魂在夜里出来，专剥人家外套。连向巴施马奇金发脾气的那位大人物也没能幸免。——生前老实胆小、受尽欺凌的小职员，总算在死后痛痛快快报了仇啦！

果戈理初到彼得堡时，

〔俄〕果戈理 著　韦素园 译

《外套》中译本封面

就当过卑微的小公务员。每逢上司来到办公室，他都要随着大家一同起立致敬。有一回他听同事们聊天，讲到有个小公务员喜欢打猎，节衣缩食，好不容易买了一把猎枪。可头一回去打鸟，枪就掉进水里。他费力打捞，始终没捞上来；自己反而受了风寒，在床上躺了两个礼拜，就那么死去了。这个故事深深打动了果戈理，于是便有了这篇《外套》。

还记得普希金笔下的驿站长吗？那是俄国文学中头一个"小人物"形象。《外套》里的这个小公务员，则是更生动、更典型的一位。——"小人物"又怎么样？他们也是人啊！《驿站长》和《外套》所写的，正是这样一个大题目。

以后的俄罗斯文学家屠格涅夫、陀思妥耶夫斯基以及契诃夫，都写过这类小人物。照陀氏的说法："我们所有的人，都是从果戈理的《外套》里孕育出来的！"《外套》在俄国文学史上的意义，还用多说吗？

果戈理的这几部小说集，为他奠定了大作家的地位。当时的进步文学评论家别林斯基，就称他是"文坛盟主"和"诗人的魁首"。果戈理在文坛上差不多跟普希金并驾齐驱啦。

专骗骗子的"钦差大臣"

不过果戈理仍然奉普希金为老师。果戈理的两部最著名的作品：讽刺喜剧《钦差大臣》和长篇小说《死魂灵》，就全是普希金提供的材料。普希金曾到外省搜集普加乔夫的历史素材，当地官员还以为彼得堡派大官儿来私访呢，都跟前跑后地大献殷勤。

果戈理听了很受启发，一个"钦差大臣"的故事就这样诞生了。

故事发生在外省一个小城市。市长风闻有位彼得堡的钦差大臣要来私访，马上召集手下官员研究对策。他要慈善医院主任赶快把医院整顿好，又提醒法官别在法庭上晾破烂儿、养鸡鸭，还叮嘱邮政局长拆看来往信件，遇着控诉或检举的一律扣下来……

就在这当口儿，有人慌慌张张跑来报告，说本市一家旅馆住进一位行动诡秘的年轻官员，八成就是彼得堡来的大官儿！这下子可把市长一伙儿急坏了，大家一商量，还是主动出击为妙！

旅馆里这位年轻人叫赫列斯达科夫，是个高不成低不就的公子哥儿。他正经事干不来，只喜欢乱花钱、穷摆阔，外加能吹好赌；眼下由于付不起房钱饭钱饿得肚子乱叫，正受仆人埋怨呢！

忽听市长驾到，他先吃了一惊。等闹明白事情原委，他就又吹开了牛，说自己是彼得堡来的高官，在京城里手眼通天、权高势大。市长听了，浑身哆嗦，先答应借钱给他，接着又邀请他到家中下榻。这正中赫列斯达科夫下怀。

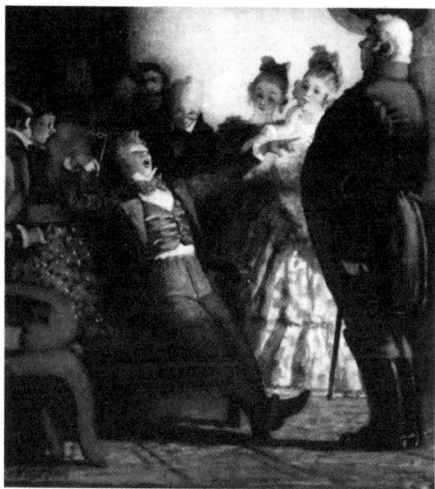
剧本《钦差大臣》插图

等这位"钦差大臣"视察了慈善医院，饱餐了美味佳肴，有了精神以后，牛吹得就更厉害啦。他说自个儿每天都出入宫廷，下一步就要升元帅了！

官员们先是目瞪口呆，但马上就想明白"钱能通神"的道理，于是走马灯似的到"钦差大臣"房间里去送钱。赫列斯达科夫的钱袋正闹"饥荒"，又哪有不赏脸的呢？

市长的老婆和女儿也争着向"贵人"卖弄风情。赫列斯达科夫飘飘悠悠，简直有点儿忘乎所以啦！——还是聪明的仆人提醒他："梁园虽好，不是久恋之家，一旦被人识破，可不是好玩儿的！"

说走就走，主仆二人带上大笔钱财，驾上最好的马匹，假托去串亲戚，就那么大模大样扬长而去。

等邮政局长私下拆开"钦差大臣"留下的信，登时两眼发黑。市长一伙儿听说遇上了骗子，也都干瞪眼儿。——照市长的说法："我当官三十年，没一个买卖人、承包商能骗得了我。连最狡猾的骗子也栽在我手里，一手遮天的流氓恶棍都上过我的当。我还骗过三个省长呢！"可如今怎么样？他让更狡猾的骗子骗啦！

就在市长一伙儿后悔不迭的当口，宪兵报告说："真的钦差大臣到了！正在旅馆等着呢。"舞台上的人顿时像是触了电，一个个呆若木鸡。全剧就在一片沉寂里落下了帷幕。

"脸丑莫怪镜子歪"

果戈理的讽刺天才，在这出戏里发挥得淋漓尽致！戏正式公演时，剧场里坐满高贵的观众，连沙皇也带着皇太子驾临啦。开演以后，剧场里"哗——""哗——"一阵阵哄堂大笑。

可笑过之后，人们又觉着不是滋味。尤其是市长的那句台词："笑什么？笑你们自己吧！"是啊，戏里讽刺的，不正是台下这班达官显贵吗？"脸丑莫怪镜子歪！"这正是果戈理写在剧本前的题词。

的确，《钦差大臣》就像一面照见官场丑恶的镜子，刺痛了沙皇及大大小小的官僚们。于是他们骂起人来。有人嚷着要禁演这出戏，还有人说要把剧作者用铁链子捆起来送往西伯利亚充军！官僚、警察，甚至商人、文人，都来攻击二十六岁的果戈理，只因为这出戏里"稍微有一点儿真理的影子"（果戈理语）。

不过老百姓却十分喜爱这出戏，它的剧本一出版，立刻被抢购一空。许多年轻人还能大段大段地背诵精彩的台词呢。戏台上那位轻浮浅薄、爱虚荣、好吹牛的赫列斯达科夫，也成了挂在人们嘴边上的人物。生活中谁若是厚着脸吹牛皮，人们一准叫他"赫列斯达科夫"！

划时代巨著《死魂灵》

官僚贵族们对《钦差大臣》的攻击诽谤让果戈理寒心，他不得不出国去换换环境，也好安安静静地写他的新小说《死魂灵》。

他到过德国、瑞士、法国和意大利，三年以后才回来。普希金逝世时，他正在国外。听到老师去世的噩耗，他手脚冰凉，一言不发，回到寓所就病倒了。

《死魂灵》的写作，也是受普希金的启发。一次普希金跟他讲了一个骗子收购灵魂的故事，不久就收到他的信说：我正开始写一部小说《死魂灵》呢。后来他当面把小说的头几章念给普希金听，普希金先是不断地笑，听到后来，却越来越严肃。直到念完，普希金用悲哀的声音说："我的老天，我们的俄罗斯是多么悲惨！"

小说从写作到修订出版，前后经历了十年光景。书写成后，沙皇政府的书报检查机构却不准许出版。那位负责检查的官僚说："什么？灵魂还能死去吗？灵魂可是永生的！"后来经过别林斯基等人的奔走，又修改了一些章节，这部书总算印出来了。

那么，"死魂灵"到底指的什么呢？——原来在农奴制的沙皇俄国，官府每隔十年做一次人口调查，地主们要为他们拥有的每一个农奴交税。有些农奴死了，可他们的名字得在下一次调查时才被注销，地主照样得为这些不存在的农奴纳税，这就是书中所说的"死魂灵"。

有个心思诡诈、善于投机的地主乞乞科夫，异想天开地跑到各地去收买死魂灵。他打算用贱价买进这些地主巴不得扔掉的空额，再拿到救济局去抵押，好骗取一大笔贷款。

《死魂灵》插图之一

于是读者便有机会跟着乞乞科夫，走进一处处地主庄园，看看俄国农奴制的根基——那些地主，到底是些何等人物。

头一位被访问的叫玛尼罗夫，他是个富有而又文雅的地主，谈吐高雅，举止得体，却又甜蜜蜜的让人腻歪。

他懒散得要命，在他那讲究的客厅里，有一对只绷了麻袋布、还没蒙上面子的扶手椅。主人就任它们在那儿摆着，懒得去管。书房的桌子上搁着一本书，书签夹在两年前读过的地方，后来就一页没翻过。窗台上磕着无数堆烟斗灰，一堆堆摆得挺整齐，这可是主人的"精心设计"呢。——玛尼罗夫的生活，就是这么无聊而又空虚！

另一个地主叫梭巴开维支，他身体结实粗笨，活像头狗熊，连穿的衣裳也是熊皮色的。他家的一切，房子啊，栅栏啊，桌椅啊，也都跟他一样粗笨；就连客厅墙上挂的人物肖像，也虎背熊腰的。

然而这个笨汉谈起生意来却挺机灵。他听明白乞乞科夫的来意后，马上开出一个灵魂一百卢布的高价来。不过经过一番讨价还价，最后以两个半卢布的价格成了交。

泼留希金，吝啬典型

在梭巴开维支这儿，乞乞科夫听说有个叫泼留希金的地主，拥有八百个快要饿死的农奴，就赶紧奔过去。可一路打听，却没人听说过泼留希金的名字，只知道有个地主，外号叫"打补丁的"。

是了，"打补丁的"就是泼留希金。初次见面，谁也不敢想象，眼前这位竟是有着上千个死魂灵的大地主。

他的衣裳全然看不出颜色，袖子和领口脏得发亮，竟像是做长靴用的皮革。衣裙的下摆露出了棉花团，脖子上围的东西不是旧袜子就是破绷带，但绝不是围巾！他的仓库里堆得满满的，干草和谷子早沤成肥料了，只

《死魂灵》插图之二

差在上面种白菜。地窖里的面粉结成硬块，得用斧子去劈。麻布、呢绒和布匹，烂得一碰就会化成飞灰。可就是这样，老泼留希金仍然在一刻不停地聚敛财物。

泼留希金走在路上，时刻留心着脚底下。无论看见什么玩意儿：一只旧鞋底、一片破衣裳、一枚铁钉、一角碎瓦，他全都捡起来，扔回他家的破烂堆里去。因而他走过的路，压根儿就用不着打扫啦！

譬如有个军官刚觉着掉了个马刺，那玩意儿早已躺在泼留希金的破烂堆里了。有个农妇没留神把水桶忘在井沿上，泼留希金拎起来就往家跑。若是被捉住呢，他就和和气气给人撂下；可一旦躺进他的杂物堆里，你就别想再要回来。——他会指天发誓，恨不得把那东西说成是祖传的！

泼留希金也有"慷慨"的时候。他女儿带着小外孙来看他，他随手从桌上拿了一个纽扣送给外孙当礼物。可是下一回，女儿给他送来点心和新睡衣，他却只把两个外孙放在两条腿上，一高一低地给他们当马骑，却再不肯给一个子儿。

这回他听说乞乞科夫耍买走死魂灵，替他解决纳税负担，顿时激动万分，破天荒第一次拿了发霉的饼子来招待客人！

这些人物，就是果戈理笔下的俄国地主形象。究竟谁是"死魂灵"呢？玛尼罗夫、梭巴开维支、泼留希金之流，才是真正的"死魂灵"啊！小说里的每一个形象、每一段情节，都让人发笑。可是在笑料后面，你会发现作者是蘸着眼泪来写作的。

果戈理爱他的祖国，他渴望着在俄国大地上扫除一切贫瘠、散漫、腐朽、愚昧……他在《死魂灵》末尾抒发着自己的感慨："唉唉，俄国呀，我的俄国呀……这不可测度的开阔和广漠是什么意思？你本身是无穷的，在你的怀抱里，难道不该产生出无穷的思想吗？在这可施展、可以迈步的旷野里，难道不该产生出英雄来吗？"——这才是果戈理所期待的！

生命有尽，文字长存

自然，《死魂灵》问世后，保守势力的攻击就更厉害了。他们说：这哪里是艺术，分明是一幅愚蠢的漫画……每个人物都是前所未有的夸大，简直让人读不下去！

还有人硬说果戈理中伤俄国，嚷着要把他投入监狱。可别林斯基、赫尔岑这些进步学者，却把小说称为"划时代的巨著"，说它可以跟普希金的《叶甫盖尼·奥涅金》相媲美。又说《死魂灵》的问世，标志着俄国文学进入了"果戈理时代"——没有比这更高的评价啦！

不过果戈理的性格中也有弱点。他并不想推翻农奴制，只想让地主们良心发现，变得崇高一点儿。受到统治者的攻击压迫之后，他决定写一部《死魂灵》续集，把第一部中的这几位地主，改成经过修炼，道德得到升华的正面人物。

1842年夏天，他再次出国。在国外一待三年，第二部的初稿总算完成了。可他自己读了又读，总觉着不对劲儿，于是毫不犹豫地把辛苦写成的书稿扔进了火炉里。

果戈理的身体一天不如一天，情绪也越来越低落。他发表了一部书信集，里面说了些消极的话，让朋友们看了痛心。以后他去耶路撒冷做了一次朝圣旅行，回国后便深居简出，继续写《死魂灵》的续集。

书倒是写完了，可他已经病得起不了床。1852年，就在冬日将尽的一天深夜，他把书童喊来，要他把写好的稿子烧掉。书童哭着劝阻他，可他理也不理，亲自动手把书稿扔进壁炉里，看着它化成灰烬，果戈理倒在沙发上放声大哭！

几天以后，果戈理离开了人世。那一年，他才四十三岁。——生命最后几年的果戈理心情沮丧，这肯定会影响到他的身体和创作。然而他的人生曾放射出那么灿烂的光华，照亮了整个俄罗斯文坛！有人因此称他为"俄罗斯散文之父"，并认为俄罗斯现实主义小说传统，是由他开创的。

果戈理的文学天才，没人能比；而他的勤奋，也是无人能比

果戈理塑像

的。他常常一头扎进书房里，完全沉浸在写作中，几天不出来。有人总抱怨写作没灵感，果戈理对他说：抱怨没用，你得写才行！坐在书桌前不停地写，哪怕只写"今天我什么也写不出来"，写上一百遍，总会写出些东西来的！

果戈理自己的创作经验是：把初稿写在笔记本上，然后"扔"到一边去干别的。过一两个月，拿起来再读，会发现许多不合适的地方，就在空白处进行修改。空白处写满了，就把全稿誊在新的笔记本上，搁一段时间再改。——这样的修改进行到第八次，作品也就变得完美了！

果戈理的作品在20世纪初就传到中国。鲁迅先生非常喜欢他的作品。果戈理曾写过一篇短篇小说《狂人日记》，里面描写一个因为受压抑而发了疯的小人物，后来鲁迅也写了一篇同名小说。鲁迅还曾亲手翻译了果戈理的《死魂灵》，可见这位俄国大文豪在他心目中的地位！

农奴诗人舍甫琴科

"果戈理死后九年，沙皇政府宣布废除农奴制。而果戈理的作品，无疑是挖倒这座压迫之塔的锋利铁锹！"爷爷这样总结果戈理的文学成就。

源源说："真可惜，这样的历史时刻，果戈理竟没能亲眼见证。"

"可不是！"爷爷回答，"还有一位诗人更可惜，他自己就出身农奴，废除农奴制的命令是在他死后一个礼拜发出的。——这位诗人叫舍甫琴科（1814—1861）。

"跟果戈理一样，他也是乌克兰人，出生在基辅的一个农奴家庭。他十四岁便被送到地主家当小厮，之后又随主人去了圣彼得堡。主人无意中发现他有绘画的天赋，就送他到一位画家那里学习绘画。以后他的画在帝国艺术学院考试中不止一次获奖，他也在朋友的帮助下赎身成了自由人，并进入彼得堡艺术学院深造。

"舍甫琴科很快就发现，诗歌比绘画更能表现人的思想和情感，于是他一面学画，一面开始作诗。他的第一部诗集题为《卡巴扎歌手》——卡巴扎本是一种弹拨乐器，古代乌克兰民间诗人常弹着它四处游吟。

"舍甫琴科'弹奏'的歌曲，确实深受民众欢迎，但沙皇政府听了挺刺耳。譬如

舍甫琴科自画像

他的那首长诗《卡泰林娜》，描写一个女性的痛苦和死亡，欺凌她的则是虚伪的沙俄军官！在另一首抒情长诗《海达马克》中，诗人歌颂了历史上乌克兰人反抗波兰贵族的斗争，他的诗歌，有着浓郁的乌克兰民族色彩。

"连沙皇都听说他的诗名，特地召见他。相传晋见那天，宫殿里的所有人都向沙皇深深鞠躬，只有诗人昂然而立。沙皇不悦，问他为何不弯腰，他回答：'不是我要见陛下，是陛下要见我。我若弯腰，您又怎么能看清我的面孔呢？'

"由于秘密参加地下社团，宣传民族思想，三十一岁那年，舍甫琴科被充军流放到中亚，十年后才回到彼得堡，不过他的文学创作从未停止，这一时期有诗集《二年》及自传体小说《音乐家》《艺术家》等作品不断问世，他还写过剧本。

"流放期间，沙皇明令禁止他写诗画画。可诗思这东西，又有谁能挡得住呢？舍甫琴科秘密将诗句写在一个小本子上，平时就掖在靴筒里。这就是有名的《靴筒诗抄》，共有一百多首。

"长期流放生活令他疾病缠身，1861年他在彼得堡去世时，刚过完四十七岁生日！他的遗体被朋友辗转运回故乡，安葬于故乡的僧侣山，面朝第聂伯河——那是基辅罗斯文化的母亲河。

"就在舍甫琴科去世后的第七天，俄国政府颁布了废除农奴制的法令。——诗人没能看到这一天，但这一天早在他的预言中！诗人有一首《遗嘱》诗，在他三十岁之前就写好了：

　　当我死了的时候，
　　把我在坟墓里深深地埋葬，

在那辽阔的草原中间，

在我亲爱的乌克兰故乡，

好让我看见一望无边的田野，

滚滚的第聂伯河，还有峭壁和悬崖；

好让我听见奔腾的河水

日日夜夜在喧吼流淌。

…………

把我埋葬以后，大家要一致奋起，

把奴役的锁链粉碎得精光

并用敌人的污血

来浇灌自由的花朵。

在伟大的新家庭里，

在自由的新家庭里，

愿大家不要把我遗忘，

常用亲切温暖的话语将我回想。

"朋友们不远千里把诗人的灵柩运回乌克兰安葬，便是遵从他的这份遗嘱。——而这位俄国历史上第一位又是最后一位农奴诗人，也被誉为乌克兰现代文学的奠基人，被尊为乌克兰的民族英雄！"

第 35 天

拿笔做枪的『猎人』

屠格涅夫

俄国·19世纪

莱蒙托夫《当代英雄》

"19世纪受普希金影响的俄国文学家，远不止果戈理一个。著名诗人莱蒙托夫、小说家屠格涅夫，也都受到普希金光辉的映射。

"就说莱蒙托夫（1814—1841）吧，他的成名作《诗人之死》，就是为悼念普希金而写的。——普希金去世的那天傍晚，在彼得堡街头，有人在人群中高声朗诵一首署名莱蒙托夫的诗歌：

> 诗人死了——光荣的俘虏！
> 倒下了，为流言蜚语所中伤。
> 低垂下他那高傲不屈的头颅，
> 胸中带着铅弹和复仇的渴望……

"人们被这首诗感动了，纷纷打听：谁是莱蒙托夫？

"原来，莱蒙托夫是个二十岁出头的近卫军军官。他出生在莫斯科一个退役军官家庭，在贵族学校读书时就开始迷恋写诗，后来升入莫斯科大学，又转入士官学校，但始终未放下手中的诗笔。

"如今，他所崇拜的大诗人普希金死于上流社会设置的圈套，又怎能让他默不作声？

"由于在诗中指责沙皇和权贵，莱蒙托夫两次遭到流放，受尽官府迫害，但他的笔反倒更勤奋了。像诗歌《咏怀》《诗人》《一月一日》《童僧》《恶魔》以及《波罗金诺》等，都是在这时写成的。这最后一首，还受到大作家托尔斯泰的推崇呢。

"莱蒙托夫也写小说，他的长篇《当代英雄》就是挺有名的一部。书中这位'当代英雄'叫皮却林，是个年轻的贵族军官。他精力充沛，才智过人。因为厌倦了上流社会的生活，来到高加索的一座要塞。

"他常到当地土司家去串门儿，看上了土司的二女儿贝拉。为了跟阔商人卡比基争夺贝拉，皮却林不惜耍花招、使诡计，终于把姑娘抢到手。土司却被恼羞成怒的卡比基杀死了。

"然而新鲜劲儿一过，皮却林便把姑娘撇在一边，自己整天到林子里去打猎。一次姑娘独自去散步，被卡比基劫了去。等皮却林把她抢回来，姑娘已是身受重伤，不久就死了。皮却林自己也大病一场，病愈后离开了这伤心地。

"以后皮却林到一处温泉去散心，遇上老朋友葛鲁式尼茨基。这位正热

《当代英雄》插图

拿笔做枪的『猎人』屠格涅夫

恋着公爵的女儿玛丽呢。皮却林一旁看了，不免又鄙视又忌妒；后来竟发展到存心捣乱，故意向玛丽大献殷勤！

"老朋友气得要命，一来二去，两人展开决斗，而朋友竟死在他的枪下。皮却林备受指责，众叛亲离，独自去了波斯，最终死在那儿。

"这位皮却林，是不是有点儿像普希金笔下的奥涅金？论才能，他是人中的尖子，总在考虑'人为什么而活着'的大问题。可在那个社会里，他找不到发挥才能的地方，只好在无聊细事上浪费着精力和青春，变得越发忧郁、冷漠，最终孤独地死去。

"人们公认莱蒙托夫是普希金的继承人。说来也巧，连他的死也跟普希金相仿——他是在高加索跟人决斗而死的，那年他只有二十七岁。"

屠格涅夫：贵族子弟，偏爱农奴

今天要谈的中心人物屠格涅夫（1818—1883），也是普希金的崇拜者。不过他只见过普希金两面，而且始终没机会交谈。他也很钦佩果戈理的才气，果戈理逝世后，他不顾官方的禁令，写文章纪念这位大作家，还因此坐了牢。

屠格涅夫出生在奥廖尔省一个贵族之家。他家有座很气派的大庄园，那里奴仆成群、车马豪华。他父亲是个退役军官，生性温和，百事不问。庄园里的大小事务，全由母亲一个人说了算。母亲是个受过良好教育的女人，可性情暴躁、喜怒无常，对农奴毫无怜悯之心。——屠格涅夫从小就对母亲的行为很不满，暗暗发誓：绝不跟农奴制妥协！

为了让屠格涅夫受最好的教育，在他九岁那年，一家人搬到了莫斯科。屠格涅夫先是在私立学校读书，后来又先后进了莫斯科大学和彼得堡大学，还曾到德国去留学。

屠格涅夫从上大学时开始文学创作。二十五岁那年，他发表了长诗《巴拉莎》，受到著名评论家别林斯基的好评。

屠格涅夫

有一段时间，屠格涅夫跟母亲搞得挺僵，母子俩还断绝了经济来往。母亲死后，屠格涅夫继承了大笔遗产，生活才富裕起来，有了安心写作的条件。

从1847年起，他不断在进步刊物《现代人》上发表短篇小说。这些作品差不多全是一个主题：地主的可恨与农奴的可亲——这可是他从小就在心中酝酿的题目。这些小说以后结集出版，总名就叫《猎人笔记》，一共包括二十五个短篇。

《猎人笔记》：向农奴制宣战

在这些短篇小说里，作者"我"是以猎人的身份出现的。他

《猎人笔记》中译本封面

背着猎枪在俄国大地上东游西走，一个个人物故事便以猎人见闻的形式，展现在读者面前。

有一篇题为《总管》的，揭露地主最为深刻。"总管"名叫索夫龙，替地主老爷管理着一座村庄。表面上看，他可真是个人才，把村里的一切都整治得井井有条，全村没一个欠租不交的。然而农民们背地里都叫他"恶狗"——他把全村人折磨苦啦。有个农民跟他争辩几句，他就把农民的三个儿子一个个拉去当兵！

地主宾诺奇金是这条"恶狗"的主人。他可是个文明人，住在法国式的房子里，仆役们全都穿着英国式的制服。

他说话从不高声大气，若是仆人犯了错误，譬如酒没烫热，他就摇一摇铃，唤进一个黑大汉，平心静气地吩咐："照老规矩办吧。"而那斟酒的仆人呢，早已吓得脸色发白啦！——这么一看，总管索夫龙的那张凶脸，不过是宾诺奇金的另一副面孔罢了。

《猎人笔记》里写到的农民，却是纯朴而聪明的。像《霍尔与卡里内奇》，写了两个性格志趣各不相同的农民。一个有理性、有远见，一个为人热情、多才多艺。全篇虽然没有复杂的情节，但重要的是作者把农民写成了跟自己完全平等的"人",而不是以前文学作品里愚昧而麻木的另类。

还有那篇《活尸首》,写一个晴朗的早晨,猎人在母亲的庄园里散步,忽然在一间小棚屋里发现一个骨瘦如柴的女人躺在台子上。他万万没想到,这就是当年那个能歌善舞的漂亮女奴露克丽亚。她受一种无名病症的折磨,已在床上躺了七八年了。

露克丽亚依旧那么善良,她自己病成这个样子,可想到的还是别人。她向猎人说:"我一切都满足……可是老爷,您最好劝劝您的老太太,请她略微减轻一点儿农人的租税也好,他们太穷啦……"这是一颗多么高尚的心灵!

露克丽亚是个真实人物。屠格涅夫少年时还偷偷爱慕过她呢。后来屠格涅夫的母亲要卖掉她,屠格涅夫便把她藏了起来,总算没让人把她带走。然而,她到底没能摆脱悲惨的命运!

《猎人笔记》发表后,统治者大为恼怒。有个大臣给沙皇上

《猎人笔记》插图

书说：《猎人笔记》是在侮辱地主呢！这样传播开来，贵族还有什么尊严？——后来屠格涅夫被捕入狱，这也是原因之一。

可广大读者却非常喜欢这些小说。有一回作者在一个小车站里遇见两名年轻人。他们问屠格涅夫：您就是《猎人笔记》的作者吧？屠格涅夫点点头，两个年轻人便深深鞠躬说：我们以俄国人民的名义感谢您！

作者自己也因《猎人笔记》而自豪，他说：但愿我的墓碑能刻上这样的话："我的这部书，促进了农奴的解放！"

屠格涅夫同情农奴的遭遇，却不主张用暴力推翻农奴制。他跟《现代人》杂志的进步朋友们的观点有分歧，渐渐疏远，以后便去了国外。

在法国，他跟福楼拜、左拉、莫泊桑等大作家交往密切。他的小说创作，也有了更大发展。单是长篇小说，就写了六部，它们是《罗亭》《贵族之家》《前夜》《父与子》《烟》和《处女地》。

《罗亭》：言长行短"多余人"

《罗亭》写于1856年。主人公罗亭是位出身小贵族的中年男子，身材魁伟，一双蓝眼睛让人一见就忘不了。

一个偶然的机会，他来到莫斯科郊外一位贵妇人的庄园。在客厅里，有个叫毕加索夫的人正在滔滔不绝大发谬论呢。

罗亭一开始只是默默地听着，后来却忍不住跟他辩论起来。毕加索夫声称要否定一切信念，罗亭便问："照您这么说，就没有信念这东西啦？""不错，压根儿就不存在！"罗亭抓住他话中的漏洞，反击说："那又怎么能说没有信念呢，您自己首先就有了一个！"是啊，这"没有信念"本身不就是一个"信念"吗？毕加索夫顿时哑口无言，败下阵来。

客厅里的人不禁为罗亭的雄辩喝起彩来。罗亭兴致更高了，风度优雅地谈起人生的意义、人类的使命。——他的知识是那么渊博，思想是那么敏锐，又极富辩才，客厅里的人全被他吸引住了。而最受感动的，是贵妇人的女儿娜达利亚。

《罗亭》中译本封面

娜达利亚是个性格内向又感情深挚的姑娘。听了罗亭的演说，她一宿没睡。第二天，她在花园里又跟罗亭相遇了。他们一边散步，一边聊天。罗亭向姑娘讲述自己天涯漂泊的经历，以及找不着知音的孤独心情；还说空谈没用，得行动起来！姑娘静静地听着，她眼里的罗亭，简直就是圣人！

有个叫伏令采夫的年轻人，看到姑娘被罗亭吸引，心里很不是滋味儿，因为他深深爱着这姑娘呢。可姑娘就像着了魔，整天跟罗亭一起读书聊天、探讨人生。有一回，话题谈到伏令采夫，罗亭问姑娘到底爱谁。姑娘说了句"我是你的"，就跑掉了。罗亭心里感到幸福极了。

　　可姑娘的母亲不同意女儿嫁给这么个落魄的中年人。姑娘听了很着急，就偷偷把罗亭约出来，向他讨主意。其实姑娘早就下了决心：只要罗亭一句话，她立刻抛弃一切，跟他出走！

　　谁知罗亭听了，脸色发白，头也晕起来，咕哝了半天，说出一句：那只好向你母亲屈服啦。——听了这话，本来那么坚强的姑娘止不住热泪流淌，话也哽咽了。她说："您真让我伤心，我是认错人啦！……我本来求您拿主意，可没想到您头一句话就是'屈服'，原来您就是这样来实践您的高论的呀！……现在，什么都完了，我得谢谢您给我的教训……懦夫！"

　　罗亭还有什么可说的呢？他离开了庄园。几年以后，有人在一个偏远小城里遇见了他。他满脸皱纹，动作迟缓，像个老人。

罗亭的漫画像：语言的巨人，
行动的矮子

他说自己创办过二十多桩新事业，可都失败了。他至今一事无成、怀抱空空，依旧到处流浪……

　　罗亭是俄国文学里又一个"多余人"形象。他说起话来滔滔不绝，像个巨人，可行动时却变成了矮子！几年以后《罗亭》再版，作者为小说添了个新的结尾：1848年6月，在法国无产阶级革命的街垒上，有个异国人腰系红带，手拿红旗，倒在枪林弹雨中。——那是罗亭的最后归宿。

屠格涅夫另一部长篇《贵族之家》的男主人公费嘉，也是个"多余人"。他出身贵族，人很正直，但他的妻子华尔华拉风流放荡，让他伤透了心。然而天生的软弱，使他不敢去追求真正的爱情，最终虚度岁月，一事无成。——这是又一个"多余人"形象。

"新人"在《前夜》登场

那么，屠格涅夫的作品里，就没有有力量有作为的人物了吗？有，那就是《前夜》中的英沙罗夫和《父与子》中的巴扎洛夫。

《前夜》的故事发生在1853年。贵族少女叶琳娜眼光很高，志趣不凡，此刻她正在莫斯科郊外的别墅里避暑。年轻的大学生苏宾和伯尔森涅夫陪伴着她，这两位一个小有才华，一个忠厚老实，可他俩都没让姑娘看上——她像在等着什么人似的。

不久伯尔森涅夫的同学英沙罗夫来了。他是保加利亚人，家里是富商。此时保加利亚正遭土耳其人的蹂躏，英沙罗夫的爹

《前夜》插图

娘全被土耳其人杀害了。他发誓要雪国耻，报家仇，这会儿正为此奔走呢。

英沙罗夫平素沉默寡言，可一谈起他的祖国，就滔滔不绝、激情燃烧！叶琳娜被他的热情深深感染了。

不久，几个年轻人随叶琳娜一家去郊游，在一处渡口，遇上一群醉醺醺的德籍军官拦住去路。伯尔森涅夫和苏宾都被吓呆了，只有瘦弱的英沙罗夫冷静地警告对方：别再往前靠！

有个亡命徒不顾警告，扑了上来。一瞬间，那家伙已被英沙罗夫举起，扑通一声扔进了水里。这一切，给叶琳娜留下深刻印象，她爱上了英沙罗夫！

英沙罗夫也爱着叶琳娜。可一想到自己还有重任在身，他就下了决心：走！姑娘听到这消息，不顾一切去找他。两人在路上相遇了，姑娘大胆向他表白了爱情！这真是激动人心的时刻，一刹那，英沙罗夫被幸福陶醉了。

可他马上清醒过来，问姑娘：你不是在欺骗自己吧？你的父母永远不会同意这桩婚事的。我呢，穷得像个乞丐，而且命里注定不能在俄国久住。你爱我，就意味着要远离祖国和亲人，跟着我去经历危险和屈辱，过苦日子……

可姑娘的回答却那么坚定：这一切我都想过了，我爱你，这就是一切！

以后他们回到莫斯科，英沙罗夫因为奔走劳碌，突然病倒了。叶琳娜去探望他，事情被她的父母知道了。父亲发脾气，母亲掉眼泪，叶琳娜却不为所动。她镇定地告诉他们：我们两星期前就结婚了，不久就要去保加利亚！

十月间，土耳其对俄宣战，时候到了！英沙罗夫不顾大病初愈，立刻登上归程，叶琳娜也随丈夫一同离开俄国。

路经威尼斯时，英沙罗夫又病倒在旅馆里。他忍着病痛，等待前来接洽起义的爱国志士。可人没等来，他就不行了。他最终没能死在报效祖国的战场上！

叶琳娜的母亲不久接到女儿的来信，说她要接着走丈夫没有走完的路。又说除了英沙罗夫的祖国，她没有别的祖国："我不知将来会怎样，可是，我……要忠于他的遗志、他的事业……"

五年过去了，叶琳娜音信全无。这个美丽的姑娘就这样永远地消失了。

小说里的男女主人公是那么高尚热情、坚毅果敢。英沙罗夫家仇在身，却把为国雪耻摆在前头。他爱叶琳娜，可想到解放祖国的大业，就宁可舍弃个人幸福。虽然没死在战场上，可谁能说他不是英雄呢！——这个平民知识分子不再是"多余人"，他是俄国文学里的"新人"形象。

叶琳娜同样是"新人"。为了追求真理和正义，她百折不回，勇敢献身，一点儿也不像一般文学作品里的娇弱女性。她的爱情，是同伟大的民族解放事业联结起来的，因而有着悲壮、动人的色彩。

屠格涅夫是塑造女性形象的能手。除了叶琳娜，《罗亭》里的娜达利亚，《贵族之家》里的丽莎，都有着动人的气质。她们善良、坚强，又不失温柔妩媚，称得上是俄罗斯女性的典范。

《父与子》：虚无主义呱呱落地

屠格涅夫小说里另一个"新人"形象巴扎洛夫，也是个平民知识分子。这位《父与子》中的男主角，是个军医的儿子，也是医科大学的学生。他长得高高大大，总带着点儿野性和泥土气。他到好朋友的庄园里来做客，仆人们都不把他当少爷看待。

他的这个朋友叫阿尔卡狄，是个贵族少爷。阿尔卡狄佩服巴扎洛夫，把他当导师看待。这两位年轻人，属于"儿子"这一代。而"父与子"中的父辈一代，指的是阿尔卡狄的爹爹尼古拉和伯伯巴威尔。他们自命"开通"，可跟年青一代已经没有共同语言啦。

《父与子》插图

巴威尔的思想尤其顽固。他看不惯巴扎洛夫，故意在聊天时贬低搞自然科学的，而自命风雅地大谈艺术。巴扎洛夫却冷冷地回答："一个好的科学家比二十个大诗人还有用呢！"

巴威尔的自尊心受不了啦，又找

机会大谈贵族的尊严和权利。巴扎洛夫反问他："您尊重您自己，也只是这么抄着手坐着；您不尊重自己，不也是这么空坐着吗？这对社会又有什么用？"——这句话，说得巴威尔脸色都变了。

后来巴威尔感到自个儿的贵族派头跟新的时代太不调和了，最终出国去打发余生。巴扎洛夫呢，也回到父母身边，帮着父亲在乡间行医。

一次解剖尸体时，他感染了致命的病菌，年纪轻轻就死去了。临死时他感叹说："我还要干一番事业呢，我不要死，我可是个巨人啊！"

然而，他即使活着，单枪匹马、独往独来，又能干出什么大事业来呢？作者看不到他的前途，因而不能不安排他死去。

不过，巴扎洛夫确实是个前所未有的知识分子形象。他身上没有贵族那套温文尔雅；他待人冷淡，甚至有点儿粗鲁。可他相信科学，重视行动，处处显示出自信和力量来。未来是属于他这一代人的。

巴扎洛夫还有个著名观点：否定一切！他认为这个社会没有什么好东西，应当统统砸烂。至于新社会的建立，那是后人的事。——他的这个理论，后来在俄国成了时髦的思潮，被称作"虚无主义"。而"虚无主义"这个词，还是屠格涅夫发明的呢。

说起来，巴扎洛夫是有真实人物原型的。一次屠格涅夫在火车上遇到一位医生，他的渊博知识、高雅风度和崭新的认知，深深吸引了屠格涅夫，于是巴扎洛夫这个形象开始在他脑海里扎了根。屠格涅夫开始为这个虚构人物"记日记"，生活中遇到有趣的人和事，总是想：如果巴扎洛夫遇到了，会怎么想、怎么说？——就这样，在两年的时间里，他为这个虚拟人物记了厚厚的一大本日记。一旦开始动笔写作，巴扎洛夫就活生生地站在他面前！

《父与子》发表后，各界反应不一。有人说作者把虚无主义者捧得太高，有人说他污蔑了年青一代。不过也有人说，屠格涅夫目光敏锐，发现了年青一代身上的某些特点。——确实。《父与子》发表时，虚无主义才刚刚萌芽，可几年以后便席卷俄国、传遍世界！

是谁站在"门槛"前

《烟》和《处女地》是屠格涅夫晚年的作品。《烟》写了贵族人物里维诺夫的爱情悲剧。"人生如烟"，这就是男主角的悲观结论。

《处女地》则写一位民粹派青年涅兹达诺夫对事业的追求。——民粹派是当时的一个政治派别，主张到民间去，帮助农民摆脱贫困。可他们没能真正了解农民，农民对他们的活动也只报以嘲笑。涅兹达诺夫的事业走进了死胡同，最终只有以自杀来获得解脱。

"要翻处女地，不能用木犁，得用耕得很深的铁犁！"——小说前面的题词，表明了屠格涅夫的态度。

屠格涅夫的小说，永远反映着现实生活。没落贵族的悲剧人物、平民阶层的时代英雄、虚无主义者、民粹派分子……这些带着时代特色的人物，构成19世纪中叶的俄国社会画卷。

小说里的每位人物都那么真实，因为他们总是有着真人的影子。譬如罗亭吧，他的生活原型，是激进的政治鼓动家巴枯宁；《父与子》中的巴扎洛夫呢，那原型是作者在国外认识的一个年轻俄国医生。

屠格涅夫的小说不是以情节取胜，而是靠人物来带动故事。人物的魅力，又往往从爱情中显现出来。他还特别擅长描写自然风光，俄罗斯美丽的山川景色，在他笔下是那么动人。此外他的文笔洗练而优美，富于诗意，又带着深深的哲思。——屠格涅夫真不愧是俄国文学的一代巨匠！

屠格涅夫还写过不少中短篇小说，像《阿霞》《春潮》《初恋》《木木》等，也都很有名。

晚年他还写了不少散文诗。其中《门槛》一首别有深意：一个俄罗斯女郎站在一扇阴森昏暗的门前，有个重浊的声音在门内发问："你想进来吗？你可知道是什么在等着你？是寒冷，是饥饿，是憎恨，是嘲笑……是监狱、疾病……是孤独、牺牲、身死名灭……"

女郎的回答格外清脆："我知道这一切，只

屠格涅夫塑像

求放我进去！"——女郎一跨进门槛，门就关闭了。有人在她的身后笑她是傻瓜，可不知从哪儿传来这样的赞誉：她是一位圣人！

读了这诗，不由得让人联想到《前夜》中的可敬姑娘叶琳娜。其实诗人赞颂的不只是某个人，而是一代革命志士，甚至是一种民族精神！——屠格涅夫身上，不也有着这种精神吗？他勤奋写作，终生未娶，三十五岁头发就全白啦。他用他的笔抒发了自己对俄国全部的爱。为了反对农奴制，他还坐过沙皇的大牢！

1883年9月3日，屠格涅夫在巴黎逝世，以后又归葬俄国。有位法国作家建议，用白色大理石为屠格涅夫竖起一座纪念碑，并在上面雕刻一段被粉碎的锁链——那显然是象征他为粉碎农奴制所建立的功绩！

冈察洛夫《奥勃洛摩夫》

源源一边替爷爷续水，一边若有所思地说："我觉得罗亭这人并非一无可取。"

"说得对。有人就指出来，罗亭比奥涅金、皮却林要高出一截呢。他总还有个崇高目标，而且他的宣传鼓动，毕竟在人们心里撒下了种子。他最终一事无成，多半是社会造成的。不过俄罗斯文学里还有一位'多余人'，又在奥涅金、皮却林之下了。他是冈察洛夫小说里的奥勃洛摩夫。

"这部小说的书名就叫《奥勃洛摩夫》，写的是个三十岁出头的贵族地主，心眼儿很好，受过良好的教育，心里总在盘算着改造社会的大计划。可他生性慵懒，整天躺在沙发上打发日子。他有个五十岁的老仆人，和他一样懒惰。主仆二人就这么悠闲度日，全不管墙上挂满蛛网，镜子蒙着灰尘，桌上摊开的书也早已纸张发黄。

"奥勃洛摩夫有个精力充沛的朋友，为了帮他克服懒惰的毛病，常常拉着他参加各种社交

《奥勃洛摩夫》插图

活动。可奥勃洛摩夫只感到疲惫，不久就又缩回自己的安乐窝。

"甚至爱情也不能让他振作起来。朋友给他介绍了一个活泼美丽的姑娘奥尔迦，奥勃洛摩夫为此也兴奋了一阵子。眼看快要举行婚礼，奥勃洛摩夫一想到还要找房子，上法院，料理一大堆杂务，便又打了退堂鼓。闹得姑娘大病了一场，后来嫁了别人。奥勃洛摩夫又恢复了往日的生活——终于因为缺乏运动而中了风，年纪不大就死掉了。

"小说一发表，立刻引起了轰动。大家拿奥勃洛摩夫一对照，发现自个儿身上也都有奥勃洛摩夫式的惰性。于是'奥勃洛摩夫性格'成了时髦的字眼儿。还有人写文章来探讨'奥勃洛摩夫主义'。奥勃洛摩夫的生活代表了旧贵族的穷途末路，他成了'多

余人'中最典型最没用的一个啦!

"冈察洛夫（1812—1891）比屠格涅夫大六岁，出生在辛比尔斯克一个商人家庭，在莫斯科大学读过语文系。他的小说除了这一部，还有《平凡的故事》和《悬崖》两部，都没有这部名气大。

"19世纪50年代初，他随一艘俄国战舰环球航行，还到过咱们中国呢。——那时正赶上太平天国运动，后来他在游记《战舰巴拉达号》里，就记述了这些见闻。这也算冈察洛夫跟咱们中国的一点儿因缘吧。"

第 36 天

心理小说大师陀思妥耶夫斯基

俄国·19世纪

赫尔岑思考"谁之罪"

"跟冈察洛夫同年出生的，还有一位文学家兼哲学家赫尔岑（1812—1870）。他出身于莫斯科一个大贵族家族，父辈不是军官就是大臣。可赫尔岑从小受'十二月党人'的影响，发誓要为被处死的革命者报仇。他在大学读书时，曾组织政治小团体，并因此遭受迫害，被流放八年。以后举家去了国外。

赫尔岑

"赫尔岑写过几部小说，如《偷东西的喜鹊》《克鲁波夫医生》，前者是农奴女艺人的惨史，后者则讽刺了社会的'普遍的疯狂'。

"此外还有一部《谁之罪》最为著名。书中的贵族青年别里托夫从小受理想主义教育，心中充满仁爱。他的庄园有三千名农奴，他对他们很和善，甚至见了面还主动脱帽打招呼。别的地主看不惯他这副做派，背地里总是指指戳戳的。

"别里托夫虽然富有，但并不幸福。他的善良与坦诚，让他到处碰钉子。对于无所事事的贵族生活，他厌烦透了。不久他结识了一家人，男的是个教师，娶了一位将军的私生女柳波尼卡。将军正巴不得把这女仆生的姑娘打发走呢，可连一个子儿的陪嫁也没给。

"教师原也不是为了钱。他们在一座小城里住下，男的找了一份教书的差事。不久两人又有了孩子，一家人幸福又和睦。——如今别里托夫认识了这一对高尚的人，真有点儿相见恨晚，从此成了他家的常客。

"不过教师很快就听到流言，说别里托夫爱上了柳波尼卡。他还亲眼看见，只要别里托夫一跨进门，妻子的眼睛就发亮。他痛苦极了。柳波尼卡也受不了内心矛盾的煎熬，病倒在床上。

"别里托夫呢，他也觉察出有些不对头来，于是离开了小城。然而一切都晚了，柳波尼卡不久就病死了，教师唯有整日以泪洗面……

"这是一出悲剧，可谁是造成这悲剧的罪人呢？要知道，这三位可全都是好人啊。也许，在这悲剧的后面，还有着更深刻的社会的、心理的原因吧？"

源源说："爷爷，我在图书馆里看到一部《往事与随想》，作者好像就是赫尔岑。"

"那是赫尔岑流亡国外时写的回忆录，里面有日记、书信、还有散文、随笔及各种杂感，是一部包罗万象的大书。不但书中的思想受人推重，单说这种文体，也是赫尔岑的独创呢。

"跟赫尔岑同时的，还有一位进步诗人涅克拉索夫（1821—1878）。他创作过大量诗歌，如《诗人与公民》《摇篮歌》《被遗忘的乡村》《大门前的沉思》《严寒，通红的鼻子》等，都很有名。有一部诗歌巨著《谁在俄罗斯能过好日子》，讽刺了沙俄政府所谓的农奴制改革，堪称他的诗歌代表作。

"涅克拉索夫后来当上《现代人》杂志的主编，跟他一块儿主持编务的还有别林斯基（1811—1848）、车尔尼雪夫斯基（1828—1889）和杜勃罗留波夫（1836—1861）。这三位都是有名的文学批评家。中国学者常把他们合称为'别车杜'。

"因为编杂志，涅克拉索夫结识了不少文学家朋友。其中陀思妥耶夫斯基、托尔斯泰这两位大师的文学才华，便都是涅克拉索夫发现的呢。——他可称得上19世纪俄罗斯文坛的'伯乐'了。"

"新的果戈理"陀思妥耶夫斯基

陀思妥耶夫斯基（1821—1881）的成名作，是长篇小说《穷人》。他写这部小说时，不过是个二十四岁的小青年。小说写好后，他不敢拿出来发表，生怕别人笑话。

有个朋友就带他去见涅克拉索夫。涅克拉索夫被小说主人公的命运感动了，流着泪把小说一口气读完，天不亮就去敲作者的门，跟这个年轻人紧紧拥抱在一起。当天他又把这份稿子交给别林斯基，一见面就喊："新的果戈理诞生啦！"

陀思妥耶夫斯基是个医生的儿子，从小在父亲工作的贫民医院里长大。周围的贫穷、痛苦、灰暗，在他那幼小的心灵中刻下深深的烙印。他爹是个有野心的人，平日省吃俭用，拼命攒钱，总算有了一处庄园和上百个农奴，还弄到一个贵族头衔。

陀氏从小喜爱文学，父亲却偏要他去彼得堡军事工程学校学军事。那儿的课程提不起他的兴致，他度日如年，还因功课不及格蹲了一班。旁的贵族子弟穿着讲究、挥金如土，他却寒酸得连喝茶的钱也没有。唯一的安慰是在课余读了普希金、果戈理等不少大文学家的作品。

陀思妥耶夫斯基

好不容易从军事工程学校毕业，他以准尉的身份到制图局供职。可他喜欢的是文学，枯燥的公务成了他的负担。一年后他就退了职，开始专心致志地写起小说来，而《穷人》正是他的第一部长篇小说。

《穷人》：“小人物”也高尚

有个叫马卡尔的老抄写员，一辈子勤勤恳恳伏案抄写，到头来却穷得纽扣掉了都买不起，还常常受人家嘲笑捉弄。没人把他当人看，在大人物眼里，他连块破擦脚布都不如。最终弄得他自己也讨厌起自己来，认为自己天生愚蠢。

可是有个姑娘让他改变了对自己的看法。那姑娘叫瓦莲卡，是个可怜的人儿。她参本来是阔人家的管家，后来丢了差使，死在贫病之中。她只好住到一个远房亲戚家里，看够了人家的白眼。起初她跟一位家庭教师要好，可家庭教师病死了，她的运气算是坏到家啦。

老马卡尔把瓦莲卡从逼良为娼的老鸨手里救下来，并爱上了她。这可不是一般的男女之爱，老马卡尔只是要做姑娘的保护人——看着姑娘活得好，他的爱也就得到了满足。为了姑娘，他甘愿卖掉礼服，只穿破靴子，听任别人嘲笑。

姑娘也爱老马卡尔，爱他的善良和心地高尚。从姑娘这儿，老马卡尔明白了自己的价值，恢复了做人的尊严。这两个小人物：一个连块破布都不如的孤老头儿，一个被人不齿的"卖笑妇"，在灰暗的人生中，闪烁出人性的动人光彩。

可是瓦莲卡不忍心老是拖累老马卡尔，最终嫁给了曾经欺负过她的坏蛋。老马卡尔绝望了，他喊着："我的心堵得慌，满是眼泪……眼泪闭住了我的气，撕裂了我的心！"

老马卡尔是个令人同情的"小人物"，却在卑微中显出人类的高尚本性来。小说的意义因而也显得异常深刻。

"二重"描病态，"死屋"记黑牢

陀思妥耶夫斯基跟涅克拉索夫、别林斯基的亲密关系，并没有维持多久。吵架的原因，出在对陀氏另一部小说的评价上。在《二重性格》中，作者写了个病态人物，写他那梦幻般的内心活动。别林斯基批评说：这种写法背离了现实主义。文学就是文学，而不是什么病人的臆想！

可陀氏自有看法。他说：写平凡的生活才是现实主义吗？其实只有从不同寻常的人和事中，才能看到被日常生活掩盖着的真实呢！——陀氏的创作和理论，后来开启了20世纪现代派文学的先河。

陀氏虽然跟别林斯基分了手，他的政治立场却没变。他跟几个朋友秘密组织了政治小组，暗中传阅违禁的文章。沙皇政府早就注意着陀氏的行动呢。

1849年的一天夜里，宪兵抓走了陀氏，经过草草审讯，便把他拉上了刑场。就在士兵们端起枪的当口，忽然又传来沙皇的特赦令，死刑改成了苦役，陀氏真是死里逃生啊！

可是这场假枪毙却让他受了很大刺激，从此落下癫痫病的病根儿。以后他在西伯利亚度过四年可怕的苦役生活，不过这倒使得他有足够的时间去观察周围的囚徒，思考种种人生问题。日后他的作品总离不开犯罪的题材，那些人物和事

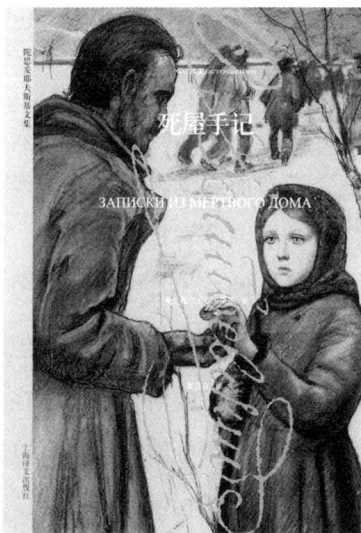

《死屋手记》中译本封面

件的原型，有不少就是这时积累的。

苦役结束以后，他先被发去充军。在朋友的周旋下，他又当上了军官，还恢复了贵族地位。不久他退了伍，重新拿起笔来。他以苦役生活为材料，写了一部纪实文学《死屋手记》。——托尔斯泰特别欣赏这部书，说当代文学里没有比它再好的了。

接着《被侮辱与被损害的》又问世了，那又是一部"小人物"的惨史。在小说里，心地善良的小人物总是受侮辱，遭损害；道德败坏、图财害命的大恶棍，却处处受着命运的关照。从小说中，可以看出陀氏对世道的强烈不满。

《罪与罚》：大学生杀人为哪般

陀氏最著名的长篇是《罪与罚》。主人公是个连伤两条人命的杀人犯。可是读者并不觉得他是什么杀人不眨眼的恶魔，反倒对他产生几分同情。

拉斯科尔尼科夫是个读大学的穷学生，父亲死后，他因为没钱交学费而失学，住在彼得堡的贫民窟里，眼看就要给房东赶出门了。他家还有母亲和妹妹。妹妹冬尼娅给人家当家庭教师，无端被主人欺负，丢了饭碗不说，名誉也遭玷污。

大学生走投无路，忽然想起放高利贷的老太婆来——那老太婆心肠狠毒、爱财如命，活在世上只会给人们带来痛苦。若是把她杀了，把钱分给大家，可以救助几十个家庭呢。

"不义之财，取之无碍"，大学生动了杀人的念头！他在看门人那里偷来一把斧头，直奔老太婆家。

就在老太婆低头细看抵押品的当口，大学生手起斧落，把她劈倒在地。他拿了老太婆的钱袋正想离开，不料老太婆的妹妹刚好进门。一不做，二不休，他又杀了第二个！

说起来，大学生杀人也并非一时头脑发热，他早就总结了一套理论。他说人可以分成"平凡的"和"不平凡的"两类。平凡的人活在世上，只是听人摆布、任人宰割的。不平凡的人呢，却可以为所欲为，自己把握自己乃至他人的命运。大学生杀老太婆，也是想借此掂量掂量，自己是循规蹈矩的凡夫俗子呢，还是可以平静杀人的"超人"？

《罪与罚》插图之一

不过真杀了人，可就不是那么一回事啦。杀人后的第二天一早，警察局就把大学生传了去。到了那儿才知道，原来是房东通过警察局向他催讨房钱呢。大学生悬着的心刚放下来，又听警察们在议论昨天的杀人案。他眼前一黑，就晕了过去。

他一直昏迷了三天三夜，水米未进，只是说胡话。此后他一闭眼就做噩梦，梦见老太婆没死，坐在一间空屋子里冲他笑呢。——他的精神完全崩溃啦。再加上警察不断向他施加压力，他最终到警察局坦白了罪行。

烛光下的"罪人"

促使他去坦白的，是一个名叫索妮娅的姑娘。这姑娘是个穷人家的女儿。她爹整天借酒浇愁，最终被车撞死在大街上，紧跟着后娘也发疯死去；剩下几个弟弟妹妹，全靠她当妓女挣钱养活。——可就是这样一个可怜的人，却还有人要欺负她。

原来索妮娅的酒鬼爹爹被撞死那天，大学生刚好在场。他见索妮娅哭得可怜，就动了恻隐之心，把娘刚给他寄来的三十个卢布全都给了她。

这事让一个叫卢仁的绅士知道了。卢仁是个自私卑鄙的小人，仗着自己有几个糟钱，想把大学生的妹妹冬尼娅弄到手。大学生讨厌这家伙，坚决反对这门婚事。卢仁就借机挑拨他们兄妹的关系，说当哥哥的不正派，竟拿钱送给一个下流女人。为了证明索妮娅品行不端，卢仁还安排下陷阱。

就在姑娘的酒鬼爹下葬那天，卢仁故意摆了一桌子钞票在那点数，又把索妮娅叫来，假仁假义塞给她十卢布。可就在左邻右舍都在索妮娅家吃饭的时候，卢仁气急败坏地闯来，硬说索妮娅恩将仇报，偷了他一百卢布！一搜身，还真从姑娘口袋里搜出一张大票子来！

幸而有个正直的邻居站出来做证，说那钱是卢仁偷偷塞进姑娘口袋里的；当时他还以为卢仁是好意呢，谁知竟是为了栽赃陷害！

有了这样一番周折，大学生跟索妮娅无形之中被连在了一起。因而当大学生走投无路时，他便来到索妮娅的住处，向她讨主意。在他眼里，索妮娅是那么纯洁正直。

索妮娅是个虔诚的基督徒，她回答大学生："去受苦赎罪！"她给他读起《圣经》，昏黄的烛光照着两个罪人：一个杀人犯，一个卖淫妇……

大学生被判八年苦役。在流放地，他大病了一场。病愈后，他来到一条大河边。索妮娅出现在他的身旁，清瘦的脸上含着微笑。他们有足够的耐心，等待着新生的一天……

《罪与罚》插图之二

自从陀氏经历了牢狱的煎熬，他的宗教思想越来越浓厚，这从小说的结尾就能看出来。

尽管人们对这个结尾有不同评价，可没人否认这是一部出色的社会心理小说。作者在书中细致描绘了人物的内心活动，探讨了复杂的社会道德和人生哲理问题。俄国社会的贫困与堕落，在小说中显得那么触目惊心。主人公的"罪恶"，不正是从这个没落的社会里孕育出来的吗？

《罪与罚》的发表，给作者带来巨大的声誉，陀氏成了举世闻名的大作家啦。

《白痴》："弱智"贵族的情感历程

这以后，他又发表了著名长篇《白痴》。不过这回作者写的不再是穷人，而是上流社会的公爵、将军、富商及交际花们。——但这些人中照样有被侮辱与被损害的，照样有带着病态心理的。小说的男主人公梅诗金公爵，就患有癫痫病，"白痴"指的就是他。

年轻的梅诗金虽然贵为公爵，家世却早已没落。如今他的监护人也死了，他只好从瑞士疗养地回国，来彼得堡投奔叶潘钦将军。叶将军官运亨通，家财万贯，拉扯梅诗金一把并不难。——谁让梅诗金是将军夫人的远亲呢。

将军为他安排了文书的职位，又介绍他到秘书甘尼亚家做房客。甘秘书正准备结婚，未婚妻叫娜斯塔霞，人长得跟天仙似的。甘秘书拿她的照片给将军一家看，大家没有不惊叹的。可梅诗金却从这张绝美的面孔中看出她内心的痛苦来。

对于这个女子，他并非一无所知。在回国的火车上，同行的有个富商的儿子罗果仁，也发疯似的追求这个女子呢。还花了一万卢布为她买了钻石耳

《白痴》插图之一

环；为了她，罗果仁跟爹爹吵翻了。

娜斯塔霞到底是什么人？原来她也是贵族出身。六七岁时父母双亡，有个叫托茨基的地主收养了她。托茨基为她请了最好的教师，又给她安排了最优雅舒适的生活环境。眼看她出落成美貌绝伦的少女，托茨基就占有了她，却压根儿没打算跟她结婚。

后来托茨基要跟叶将军的大小姐订婚，娜斯塔霞得知消息，便赶来彼得堡。如今她再也不是当年那个好对付的小姑娘啦。她若闹起来，托茨基在彼得堡可就不好做人啦。

没办法，他只好小心应对，为她预备了豪华公馆，带着她出入上流社会。一时之间，娜斯塔霞成了闻名彼得堡的交际花。

可长此以往也不是事儿啊。托茨基咬咬牙，拿出七万五千卢布来，要娜斯塔霞嫁给将军的秘书甘尼亚，自己好脱身。娜斯塔霞收下钱，但声称是否同意这门婚事，得等她生日那天再宣布。

其实甘秘书是个薄情的人。他要娶娜斯塔霞，完全是为了那笔钱。叶将军呢，他热心撮合这桩婚事，还送了贵重的首饰给娜斯塔霞，也是不怀好意呢。

只有梅诗金心地最善良，他看出周围这些人的险恶用心，深深同情这个可怜的姑娘，便在她生日那天劝她再慎重考虑考虑。

残缺躯体包裹着高尚灵魂

娜斯塔霞听从梅诗金的劝说，当晚拒绝了甘秘书。就在这时，罗果仁来了。如今他继承了爹爹的百万家财，带了十万卢布来娶娜斯塔霞。

十万卢布捆作一包，摆在了桌子上，这简直是拿活人拍卖呀！眼看着娜斯塔霞就要毁了，梅诗金突然走上前，宣布他要娶娜斯塔霞！

娜斯塔霞受了感动：这么多年，有哪个"上等人"真心爱过她，提出过跟她正式结婚呢？——不过她不愿拖累梅诗金，不情愿接受谁的怜悯，最终决定跟罗果仁走。

这些人里头，最让她寒心的是甘秘书。她临走前，突然拿起那十万卢布，对甘秘书说："我想最后看看你的灵魂，这儿是十万卢布，我把它扔进火里，你当着大家的面，用手把它拿出来，但要挽起袖子，不能戴手套！如果取出来，十万就全是你的了！"

《白痴》插图之二

钱扔进了火炉里，周围一片惊呼，大家很快给甘秘书闪出一条道来。甘秘书脸白得像纸似的，凝着一丝憨笑，两眼死死盯着那烧着的纸包，身子一动不动。几秒钟后，他突然转身想往外走，可没迈几步，就咕咚一声栽倒在地板上。

娜斯塔霞用火钳把纸包夹出来，扔到他身边说："这十万卢布全是你的了。看来你的自尊心比贪财心还大些,这是我赏给你的……"说完,就同罗果仁走了。

多么惊心动魄又残酷无情的一幕!人们的一切伪装全都给剥去了,深藏在心底的卑鄙和贪婪,被这熊熊的炉火照得清清楚楚。也只有像陀思妥耶夫斯基这样的大手笔,才能写出如此震撼人心的场面来!

可故事还没完。娜斯塔霞并不甘心跟着罗果仁,曾几次逃跑。梅诗金依旧那么关心她,一再去寻找她。后来娜斯塔霞听说梅诗金要跟将军的小女儿结婚,就拼命把梅诗金抢到了手。可等到要去教堂举行婚礼时,她又发疯似的跑掉了。

小说的最后一幕,是梅诗金追到罗果仁家。罗果仁把他带到楼上书房里,梅诗金看见帘子后面躺着个人,身上盖着白单子,一动不动。——罗果仁怕再失去娜斯塔霞,把她杀啦!

梅诗金受了刺激,病情加重,再次被送往瑞士疗养。这回他的病算是没指望了,他真的成了白痴!

梅诗金公爵善良、纯朴,有着丰富的同情心。他虽然疾病缠身,言行有点儿可笑,但跟周围那些疯狂追逐金钱和肉欲的家伙比起来,他的心灵却是最纯洁、最健康的。——一个残缺的身躯反而包裹着最高尚的灵魂,作者的这种安排,包含着多少深意!

娜斯塔霞也是意义深刻的人物。她那惊人的美丽,本该给人世间增添光彩,可是在那个社会里,美却成了供人买卖、任人糟蹋的商品。在病态的环境里,她养就了病态的虚荣和自尊。——然而虚荣和自尊保护不了她,最终她毁了自己,也毁了别人。

由《赌徒》撮合的婚姻

1864年，陀思妥耶夫斯基的妻子患病去世。紧接着，他的哥哥也死了，留下一家老小和一堆债务。债主天天上门逼债，眼看陀氏过不去这一关，就要入狱了。

这会儿有个出版商跑来，乘人之危，用低价买下了他全部著作的版权，还要他在六个月内再写出一部新作品来。陀氏手头正忙着别的稿子，五个月过去了，新作品还没动笔呢。

最终还是听了一位朋友的劝说，他决定找个速记员来，试一试新的写作方式。请来的速记员是个热心、能干的姑娘，二十岁出头，名叫安娜。白天，陀氏向她口述四个钟头；晚上，她把速记稿带回去整理。

奇迹出现了：一部长篇小说，只用二十六天就完成了。——在不到一个月的密切合作中，作家跟姑娘产生了爱情，几个月

以陀思妥耶夫斯基为主题的莫斯科地铁站

后，两人结了婚，这年陀氏四十六岁。

这部促成一段姻缘的小说名叫《赌徒》。它同时又成了作者婚后生活的不幸预言。陀氏自己就是个赌徒。由于穷，他常跑到赌场里去碰运气。然而赌博从没给他带来过好运，反而把安娜的衣物、首饰全都输光了。直到七年后，他才下决心戒赌。

因为戒了赌，也由于安娜善于操持，陀氏一生的最后十年生活最安定，创作也最丰富。《魔鬼》《少年》《卡拉玛佐夫兄弟》这三部长篇小说，全是这十年里完成的。

《卡拉玛佐夫兄弟》：卑鄙无耻一家人

这三部里，《卡拉玛佐夫兄弟》写得最好。洋洋洒洒一百多万字，写的又是一桩杀人命案。

老卡拉玛佐夫是个暴发户，靠着种种卑鄙手段，积攒了十万卢布家私。可是他又吝啬又荒唐，一大把年纪，还跟个风流女人格鲁申卡勾勾搭搭。

他的大儿子德米特里是个军官，带着未婚妻来向爹爹讨取母亲的遗产，也迷上了格鲁申卡。父子俩相互吃起醋来，儿子还差点儿把老子杀了。——不久老头

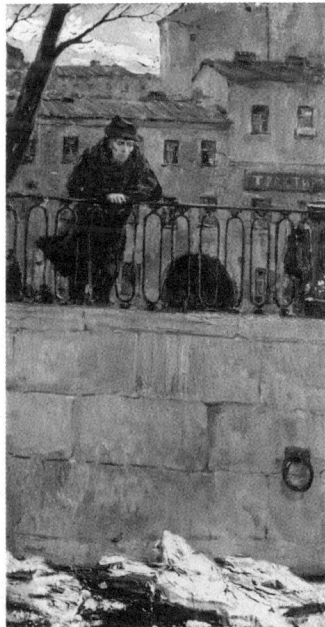

《卡拉玛佐夫兄弟》插图

子真的给人杀了，大少爷自然嫌疑最重，并为此上了公堂。

其实杀人的是老头儿家的一个白痴仆人，他是老头儿跟一个疯女人生下的私生子。别看他外表一副痴呆相，骨子里却跟老子一样卑鄙。而他杀人，又是受了二少爷伊凡的影响。

伊凡受过良好的教育，有一套摒弃道德、不分善恶的理论。他对这个家庭又爱又恨，是个性格复杂的人物。他在这桩命案中可算是最清白的，其实他是在坐山观虎斗呢，巴不得爹爹跟大哥死掉一个才好。他既惦记着爹爹的遗产，又看中了大哥的未婚妻啦。

陀氏在小说里特别强调这一家人身上的遗传气质——为了满足对金钱和肉欲的强烈欲望，这伙人不择手段、为所欲为，弄得爹不像爹，儿不像儿，兄弟之间也尔虞我诈。

陀思妥耶夫斯基墓

归结起来，这种遗传气质就是卑鄙无耻！用陀氏的话说，卡拉玛佐夫一家是个凑合起来的家庭。其实它正可以看作是分崩离析的沙俄社会的缩影呢。

读陀氏的小说，并不是件轻松愉快的事。他的笔下，总离不了穷街陋巷、凄风苦雨、受屈辱的人物、病态的心灵……然而他的小说深刻、耐读。长篇作品大多情节离奇、扣人心弦，却又蕴含着耐人寻味的哲理。书中时时插入大段大段的议论，却并不让人觉着枯燥。

陀氏更擅长人物心理的剖析，读者往往能从那带有病态的心理刻画中，体会出人物内心的深度来。后来的现代派作家，就把他奉为祖师爷。他在世界文坛上的声誉也越来越高，有一阵子，几乎跟托尔斯泰并驾齐驱啦。

亚·奥斯特洛夫斯基《大雷雨》

沛沛问："那么陀思妥耶夫斯基又是怎么死的呢？"

爷爷说："是死于肺病。陀氏一生债务缠身，为了还债糊口，只有拼命写作。贫困和劳累毁了他的健康，最终债虽然还清了，身体却不行了。一次写作时，笔掉在箱子夹缝里。他去搬动箱子，用力过猛，吐起血来，竟止不住，三天以后便去世了，那一年他整整六十岁。"

"陀思妥耶夫斯基写过剧本吗？"源源问。

"他的文学成就主要在小说方面，没听说写过什么剧本。不过跟他同时代的人里，却出过剧作家，像奥斯特洛夫斯基。——对了，俄罗斯作家中有两位奥斯特洛夫斯基，这儿说的是剧作家亚·奥斯特洛夫斯基（1823—1886）。他一生创作了五十来个剧本，是19世纪中叶最杰出的俄国剧作家。

"奥氏最出名的剧本是《大雷雨》。主人公卡捷琳娜是个美丽天真的姑娘，从小在家里过惯了自由自在的日子。可自从嫁给季洪，她的眉头就没舒展过。

"季洪是个'窝囊废'，已经是结婚的人了，却对母亲百依百顺，没一点儿主心骨。他母亲是个恶婆子，对儿媳横挑鼻子竖挑眼。卡捷琳娜在她跟前连说句话的权利也没有。

"以后来了个年轻人鲍里斯，卡捷琳娜便爱上了他，偷偷跟他幽会。但她心里乱极了：一个女人不爱自己的丈夫，却爱上别的男子，这可是有罪的啊。

"有一回外出，正赶上雷雨将至。卡捷琳娜随着众人到教堂里去躲雨。忽然有个疯老太太出现了，声音凄厉地预言：'雷电将劈死有罪的人！'随着雷声隆隆、电光闪闪，卡捷琳娜又看见壁画上的地狱图，她简直要吓疯了，终于在婆婆面前坦白了自己的'罪过'，结果遭到一顿毒打。

《大雷雨》插图

"鲍里斯准备离开这座小城时，卡捷琳娜鼓足勇气去找他，要跟他一起走，然而懦弱的鲍里斯拒绝了她。

"他这一拒绝，可就断了姑娘的生路。她走上高高的伏尔加河岸，高喊着：'我的朋友，我的欢乐，再见吧！'一纵身跳进激流里。

"人们把她的尸体捞上来，季洪扑在她身上痛哭流涕。可婆婆却冷冷地说：'得啦，哭她才罪过呢。'一向温顺得像绵羊似的季洪，突然扭过头冲母亲狂喊：'是你毁了她！你，你，你！'

"'不自由，毋宁死！'卡捷琳娜最终以一死，向旧世界提出抗议。人们从卡捷琳娜的呼喊里，已经听到了人们心中的惊雷！"

外国作家简明词典（二）（以出生年为序）

杰尔查文（1743—1816），俄国诗人。有诗歌《费丽察颂》《攻克伊兹梅尔要塞》《致君王和法官》《梅谢尔斯基公爵之死》《上帝》《瀑布》等。其创作影响到普希金。

史达尔夫人（1766—1817），原名热尔曼娜·内克，法国女作家。有论著《论文学与社会建制的关系》（简称《论文学》）及《论德国与德国人的风俗》（简称《论德国》）。撰有小说《黛尔菲娜》及《高丽娜》。

夏多布里昂（1768—1848），法国作家。有《论古今革命》《美洲游记》《论英国文学》等。撰有小说《阿达拉》《勒内》及散文史诗《纳切兹人》，三者共同构成《基督教真谛》。

克雷洛夫（1769—1844），俄国寓言家。有剧本《用咖啡渣占卜的女人》《疯狂的家庭》《恶作剧的人们》《特鲁姆弗》《小时装店》等。创作诗体寓言二百多篇，著名的有《狮子打猎》《兽类的瘟疫》《杂色羊》《执政的象》《鱼的跳舞》《狼和羊》《农民和羊》《农民和河》《梭鱼》《野兽的会议》《树叶和树根》《鹰和蜜蜂》《狼落狗窝》《分红》等。

司汤达（1783—1842），原名马里-亨利·贝尔，法国小说家。有论著《意大利绘画史》《拉辛与莎士比亚》，散文《罗马散步》，自传《亨利·勃吕拉传》等。撰有小说《阿尔芒斯》《瓦尼娜·瓦尼尼》《吕西安·娄凡》《拉弥埃尔》《巴马修道院》。代表作为长篇小说《红与黑》。

茹科夫斯基（1783—1852），俄国诗人。有诗歌《俄国军营中的歌手》《黄昏》《捷昂与艾斯欣》《柳德米拉》《十二个睡着的姑娘》等，并翻译了许多欧洲及东方的诗歌。

普希金（1799—1837），俄国诗人。有诗歌《赠娜塔利亚》《皇村回忆》《自由颂》《童话》《致恰达耶夫》《乡村》《短剑》《致西伯利亚的囚徒》《预感》《致凯恩》《酒神祭歌》《先知》《致诗人》等。长诗有《鲁斯兰和柳德米拉》《茨冈》《强盗兄弟》《加甫利里亚德》《波尔塔瓦》《高加索的俘虏》《青铜骑士》等。诗剧有《鲍里斯·戈都诺夫》《吝啬的骑士》等。又有长篇诗体小说《叶甫盖尼·奥涅金》。小说则有《别尔金小说集》（包括《射击》《暴风雪》《棺材匠》《驿站长》《村姑》等短篇），中篇《杜布罗夫斯基》《黑桃皇后》及长篇《上尉的女儿》。另有童话诗《沙皇萨尔丹的故事》《渔夫和金鱼的故事》《神父和他的长工巴尔达的故事》等。

巴尔扎克（1799—1850），法国小说家。撰有小说《舒昂党的人们》《婚姻生理学》《驴皮记》《高老头》《夏倍上校》《猫滚球布店》《三十岁的女人》《欧也妮·葛朗台》《幽谷百合》《纽沁根银行》《皮罗多兴衰记》《农民》《乡村医生》《村里的神甫》《老姑娘》《幻灭》《高布塞克》《于絮尔·弥罗哀》《搅水女人》《邦斯舅舅》《贝姨》等，共九十一部，合称《人间喜剧》。

大仲马（1802—1870），法国作家。撰有剧本《拿破仑·波拿马》《亨利三世及其宫廷》《克里斯蒂娜》《安东尼》等。有小说《布拉日罗纳子爵》《玛尔戈王后》《约瑟夫·巴尔萨莫》《王后的项链》《昂日·皮图》《沙尔尼伯爵夫人》等。小说代表作为《三个火枪手》和《基督山伯爵》。

雨果（1802—1885），法国作家。有诗歌集《新颂歌集》《颂诗与长歌》《东方吟》《秋叶集》《黄昏歌集》《心声集》《光与影》《惩罚集》《静观集》等。有史诗《历代传说》《上帝》《撒旦的末日》等。有剧本《克伦威尔》《欧那尼》《玛丽蓉·德洛麦》《逍遥王》《玛丽·都铎》《昂杰罗》《吕伊·布拉斯》《卫戍官》等。有散文《莱茵河》《克伦威尔·序言》《小拿破仑》《罪恶史》《文学与哲学杂论》《论莎士比亚》《行动与言论》等。有小说《冰岛魔王》《一个死囚的末日》《穷汉克罗德》《巴黎圣母院》《悲惨世界》《海上劳工》《笑面人》《九三年》等。

梅里美（1803—1870），法国小说家。写剧本也写小说，曾出版《克拉拉·加苏尔戏剧集》，另有剧本《雅克团》。小说有长篇《查理九世时代轶事》，短篇《塔曼果》《马特奥·法尔哥内》《攻克堡垒》《炼狱的灵魂》《双重误会》《伊尔的美神》等。中篇小说《嘉尔曼》《高龙巴》是其代表作。

乔治·桑（1804—1876），法国女小说家。有小说《安蒂亚娜》《莫普拉》《木工小史》《魔沼》《弃儿弗朗索瓦》《小法岱特》等。其代表作为《康素爱萝》和《安吉堡的磨工》。

果戈理（1809—1852），俄国作家。撰有诗歌《汉斯·古谢加顿》，讽刺喜剧《钦差大臣》等。小说则有《狄康卡近乡夜话》《密尔格拉得》《小品集》《彼得堡故事》等小说集，内中收入《旧式地主》《塔拉斯·布尔巴》《涅瓦大街》《肖像》《狂人日记》《鼻子》《外套》等作品。其小说代表作为长篇小说《死魂灵》。

缪塞（1810—1857），法国诗人。有诗歌《夜歌》，诗集《西班牙与意大利的故事》《坐着扶手椅观剧》，自传体小说《世纪儿忏悔录》，并有《喜剧与格言》等多部剧本。

盖斯凯尔夫人（1810—1865），原名伊丽莎白·克莱格霍恩·斯蒂文森，英国小说家。有长篇小说《玛丽·巴顿》《克兰福德》《露丝》《南与北》《西尔维亚的恋人》和《妻子与女儿》。另有传记《夏洛蒂·勃朗特传》。

别林斯基（1811—1848），俄国文学批评家、哲学家、政论家。有文学批评论文《文学的幻想》《给果戈理的一封信》《艺术的观念》《诗的分类和分科》《关于批评的讲话》《论俄国中篇小说和果戈理君的中篇小说》《亚历山大·普希金作品集》《1846年俄国文学一瞥》《乞乞科夫的经历或死魂灵》《答〈莫斯科人〉》等。

萨克雷（1811—1863），英国小说家。撰有小说《当差通信》《凯瑟琳》《霍加蒂大钻石》《彭登尼斯》《亨利·埃斯蒙德》《纽克姆一家》《弗吉尼亚人》等。小说代表作为《名利场》。另有散文集《势利人脸谱》《转弯抹角随笔》《英国幽默作家》等。

狄更斯（1812—1870），英国小说家。有长篇小说《匹克威克外传》《奥利弗·退斯特》《尼古拉斯·尼克尔贝》《老古玩店》《马丁·朱述尔维特》《董贝父子》《荒凉山庄》《艰难时世》《小杜丽》《双城记》《远大前程》等，其中《大卫·科波菲尔》是其代表作。另有小说集《圣诞故事集》和游记《美国札记》等。

赫尔岑（1812—1870），俄国作家、政论家、哲学家。有小说《一个青年人的札记》《谁之罪》《偷东西的喜鹊》《克鲁波夫医生》等。又有文学评论及随笔等，如《终结与开始》《谈谈描写俄国人民生活的长篇小说》《俄国文学中的新阶段》《法意书简》《来自彼岸》等。其代表作为回忆录《往事与随想》。

冈察洛夫（1812—1891），俄国作家。有长篇小说《平凡的故事》《奥勃洛摩夫》《悬崖》。另有游记《战舰巴拉达号》，回忆录及文学评论《文学晚会》《在大学》《万般苦恼》《迟做总比不做好》等。

舍甫琴科（1814—1861），俄国诗人，出身农奴。有诗集《卡巴扎歌手》《三年》，长诗《卡泰林娜》《海达马克》《高加索》，组诗《命运》《诗神》《光荣》等。有自传体小说《音乐家》《艺术家》。诗歌代表作为《遗嘱》。

莱蒙托夫（1814—1841），俄国诗人。有诗歌《乞丐》《天使》《帆》《一八三一年六月十一日》《哈吉-阿勃列克》《诗人之死》《咏怀》《诗人》《一月一日》《童僧》《瓦列里克》《恶魔》《祖国》《波罗金诺》等，又有剧本《假面舞会》。小说代表作为《当代英雄》。

夏洛蒂·勃朗特（1816—1855），英国女小说家。撰有小说《教师》《雪莉》《维莱特》等。代表作为长篇小说《简·爱》。

艾米丽·勃朗特（1818—1848），英国女作家，夏洛蒂·勃朗特之妹。有诗歌作品。代表作是小说《呼啸山庄》。

屠格涅夫（1818—1883），俄国作家。撰有诗歌、散文《巴拉莎》《地主》《门槛》《斯芬克斯》《无巢》《蔷薇曾经多么娇美》等。有剧本《斯杰诺》《缺钱》《贵族长的早餐》《单身汉》《食客》《物从细处断》《村居一月》等。中短篇小说有《安德烈·柯洛索夫》《多余人日记》《雅科夫·帕辛科夫》《木木》《浮士德》《阿霞》《幻影》《旅长》《草原上的李尔王》《春潮》《表》等。其成名作为特写集《猎人笔记》，内中收有《霍尔与卡里内奇》《歌手》《白净草原》《总管》《两个地主》《活尸首》等。长篇小说则有《罗亭》《贵族之家》《前夜》《父与子》《烟》《处女地》。

安妮·勃朗特（1820—1849），英国女小说家，夏洛蒂·勃朗特之妹。有自传体小说《艾格尼斯·格雷》及小说《威尔德菲尔庄园的房客》。

涅克拉索夫（1821—1878），俄国诗人。有诗歌《思想》《在旅途中》《摇篮歌》《夜里我奔驰在黑暗的大街上》《未收割的田地》《被遗忘的乡村》《诗人与公民》《大门前的沉思》《叶辽慕什卡之歌》。有长诗《货郎》《严寒，通红的鼻子》《铁路》《祖父》《同时代的人》等。其诗歌巨著《谁在俄罗斯能过好日子》是其代表作。

福楼拜（1821—1880），法国作家。有小说《包法利夫人》、《萨朗宝》、《情感教育》、《圣·安东的诱惑》、《三故事》（包括《圣·朱利安传奇》《淳朴的心》和《希罗迪娅》）及《布瓦尔与佩居榭》。

陀思妥耶夫斯基（1821—1881），俄国作家。撰有中篇小说《女房东》《白夜》《脆弱的心》《涅陀契卡·涅兹凡诺娃》《舅舅的梦》《斯捷潘奇科沃村及其居民》《永久的丈夫》等。有长篇小说《穷人》《二重人格》《被侮辱与被损害的》《地下室手记》《罪与罚》《赌徒》《白痴》《群魔》《少年》《卡拉玛佐夫兄弟》等。有又有纪实及散文作品《死屋手记》《冬天记的夏天印象》

《作家日记》等。

亚·奥斯特洛夫斯基（1823—1886），俄国剧作家。有剧作《全家福》《自家人好算账》《各守本分》《贫非罪》《切勿随心所欲》《代人受过》《肥缺》《女弟子》《艰苦的日子》《小丑》《深渊》《智者千虑必有一失》《炽热的心》《来得容易去得快》《森林》《狼与羊》《雪女》《血汗钱》《没有陪嫁的女人》《最后的牺牲》《名伶与捧角》等。有历史剧《司令官》《僭主德米特里与瓦西利·隋斯基》等。代表作为《大雷雨》。

小仲马（1824—1895），法国小说家、戏剧家，是大仲马的私生子。有小说代表作《茶花女》。另有剧作《半上流社会》《金钱问题》《私生子》《放荡的父亲》《欧勃雷夫人的见解》《阿尔丰斯先生》《福朗西雍》等。

车尔尼雪夫斯基（1828—1889），俄国哲学家、作家、批评家。有文学评论文章《贫非罪》《俄国文学果戈理时期概观》《莱辛，他的时代，他的一生与活动》《艺术对现实的审美关系》等。长篇小说《怎么办》是其文学代表作。

儒勒·凡尔纳（1828—1905），法国科学幻想和冒险小说家。其主要成就是总名为《在已知和未知世界中奇妙的漫游》的一套科学幻想和冒险小说。著名的三部曲《格兰特船长的儿女》《海底两万里》《神秘岛》是其代表作。另有小说《八十天环游地球》《气球上的五星期》《地心游记》《从地球到月球》《环游月球》《牛博士》《十五岁的船长》《蓓根的五亿法郎》《机器岛》等。

杜勃罗留波夫（1836—1861），俄国文学批评家、政论家。有论文《俄罗斯寓言爱好者谈话良伴》《俄国文学发展中人民性渗透的程度》《什么是奥勃洛摩夫性格》《黑暗的王国》《真正的白天何时到来》《黑暗王国的一线光明》等。

都德（1840—1897），法国小说家。有散文故事集《磨坊书简》。有短篇小说集《月曜日故事集》（内中包括《最后一课》《柏林之围》等名篇）、《故事选》、《冬天故事》等。又有长篇小说《小东西》《塔拉斯孔城的达达兰》《小弟弗罗蒙与长兄黎斯雷》《雅克》《富豪》《努马·卢梅斯当》《萨福》《不朽者》等。另有回忆录《一个作家的回忆》和《巴黎的三十年》及剧本《阿莱城的姑娘》。

左拉（1840—1902），法国小说家。早期作品有中短篇小说集《给妮侬的故事》《布尔勒上尉》《纳依斯·米库兰》等，剧本《拉布丹家的继承人》《狂风》，长篇小说《一个女人的遗忘》《马赛的神秘》《克洛德的忏悔》《黛莱丝·拉甘》《玛德莱纳·菲拉》等。其后着手创作连续性大型作品《卢贡—马卡尔家族》（又译作《鲁贡玛卡一家人的自然史和社会史》），包括二十部长篇，为《卢贡家族的命运》《贪欲的角逐》《巴黎的肚子》《普拉桑的征服》《土地》《莫雷教士的过失》《卢贡大人》《小酒店》《爱情的一页》《娜娜》《家常琐事》《妇女乐园》《生的快乐》《萌芽》《杰作》《梦想》《人兽》《金钱》《溃败》《帕斯卡医生》。此后又有长篇小说三部曲"三名城"（包括《卢尔德》《罗马》和《巴黎》）及四部曲"四福音书"（包括《繁殖》《劳动》《真理》及未完作品《正义》）。另有演说、散文、评论，如《我控诉！》《我的仇恨》《文学文献》《真理在前进》《杂文、序言、讲演集》及书简等。

哈代（1840—1928），英国诗人、小说家。长篇小说有《计出无奈》《绿林荫下》《一双湛蓝的秋波》《远离尘嚣》《卡斯特桥市长》《林地居民》等。代表作为《还乡》《德伯家的苔丝》《无名的裘德》。另有诗歌及剧本《列王》等。

法朗士（1844—1924），法国作家、文艺评论家。有诗歌《金色诗篇》、诗剧《科林斯人的婚礼》。有小说《希尔维斯特·波纳尔的罪行》《苔依丝》《红百合》《蹼掌女皇烤肉店》《场边榆树》《人体服装模型》《红宝石戒指》《贝日莱先生在巴黎》《克兰克比尔事件》《在白石上》《霞娜·达克传》《诸神渴了》《企鹅岛》《天使的反叛》等。并有评论集《文艺生活》。法朗士于1921年获得诺贝尔文学奖奖金。

莫泊桑（1850—1893），法国作家。有中短篇小说《两个朋友》《菲菲小姐》《米隆老爹》《蛮子大妈》《决斗》《一家人》《我的叔叔于勒》《项链》《勋章到手了》《伞》《巴里斯太太》《一次郊游》《孤独》《小客栈》《奥尔拉》《她？》等。代表作为《羊脂球》。长篇小说则有《一生》《漂亮朋友》《温泉》《皮埃尔和若望》《像死一般坚强》和《我们的心》六部。

史蒂文森（1850—1894），英国作家。撰有游记《内河航程》《驴背旅程》及故事集《新天方夜谭》。有小说《宝岛》《绑架》《卡特琳娜》《巴伦特雷的少爷》《化身博士》及小说集《岛上夜谭》等。

王尔德（1856—1900），英国作家、诗人。有童话故事《快乐王子》，长篇小说《格雷的画像》，剧本《少奶奶的扇子》《无足轻重的女人》《莎乐美》《理想丈夫》，诗集《里丁监狱之歌》及散文作品《说谎的堕落》《社会主义下的人的灵魂》《从深处》等。

萧伯纳（1856—1950），英国戏剧家。撰有剧本《鳏夫的房产》《华伦夫人的职业》《康蒂妲》《凯撒和克莉奥佩特拉》《英国佬的另一个岛》《巴巴拉少校》《皮格马利翁》《伤心之家》《圣女贞德》《苹果车》。作者另有评论集《易卜生主义的精髓》。

柯南·道尔（1859—1930），英国小说家。以一系列侦探小说塑造了大侦探福尔摩斯的形象。作品有《血字的研究》《四签名》《巴斯克维尔的猎犬》《波希米亚丑闻》《五彩带》《红发会》《空屋》等，收在《福尔摩斯的冒险》《福尔摩斯回忆录》和《福尔摩斯的归来》等集子中。

伏尼契（1864—1960），英国女作家。有小说《牛虻》《奥丽维亚·拉塔姆》和《中断了的友谊》等。

威尔斯（1866—1946），英国作家。有科学幻想小说《时间机器》《隐身人》《星际战争》《月球上的第一批人》《获得自由的世界》《莫洛博士岛》，也有反映现实生活的小说《爱情和鲁斯轩先生》《基普斯》《波里先生的历史》《托诺-邦盖》及政论性小说《像神一样的人》《梦》《帕勒姆先生的独裁统治》《未来事物的面貌》《你决不会太谨慎》《勃列特林先生看穿了它》等。

高尔斯华绥（1867—1933），英国小说家、剧作家。有长篇小说《岛国的法利赛人》《庄园》《友爱》《弗里兰一家》等，又有《有产业的人》《骑虎》《出租》合称《福尔赛世家》三部曲，《白猿》《银匙》《天鹅之歌》合称《现代喜剧》三部曲。《女侍》《开花的荒野》《河那边》合称《尾声》三部曲。短篇小说则有

《苹果树》等。剧本有《银盒》《斗争》《正义》《鸽子》《皮肤游戏》《忠诚》《逃跑》等。

普鲁斯特（1871—1922），法国作家。有纪事、随笔、故事集《悠游卒岁录》，长篇小说《追忆似水年华》（包括《在斯万家那边》《在少女们身旁》《盖尔芒特家那边》《索多姆和戈摩尔》《女囚》《女逃亡者》《重现的时光》七部），另有未完自传体小说《若望·桑德伊》。

毛姆（1874—1965），英国小说家、戏剧家。有剧本《佛烈德里克夫人》《杜特太太》《希望之乡》《我们的前辈》《圈子》《周而复始》等，短篇小说集《叶之震颤》《卡苏里纳树》《阿金》等，长篇小说《人性的枷锁》《月亮与六便士》《大吃大喝》《刀锋》《面纱》等，并有游记、回忆录、文艺批评等著作《在中国的屏风上》《总结》《作家笔记》《流浪者的心情》《观点》《回顾》等。

乔伊斯（1882—1941），爱尔兰小说家。有自传体中篇小说《青年艺术家的肖像》。代表作为长篇小说《尤利西斯》《为芬尼根守灵》等，又有诗集《室内乐集》《一分钱一首的诗》及剧本《流亡者》。

T. S. 艾略特（1888—1965），英国诗人、批评家。有诗歌《普鲁弗洛克的情歌》《一位夫人的写照》《小老头》《空心人》《灰星期三》《四个四重奏》等。代表作为五章长诗《荒原》，又有剧本《斗士斯威尼》《大教堂凶杀案》《全家重聚》《鸡尾酒会》《机要秘书》《政界元老》等。有文学批评文章《传统与个人才能》《批评的功能》《诗歌的用途和批评的用途》及论著文集《圣林》《论文选集》等。

塞缪尔·贝克特（1906—1989），爱尔兰戏剧家、小说家。有诗作《婊子镜》，长篇小说《瓦特》《莫菲》，小说三部曲《马洛伊》《马洛纳之死》《无名的人》及小说《如此情况》，剧作有《最后一局》《等待多戈》等。1969年获诺贝尔文学奖。